KB247570

문학은 어떻게 폭력을 기억하는가

문학은 어떻게 폭력을 기억하는가

유왕무 지음

문학은 어떻게 폭력을 기억하는가

콜롬비아의 폭력적 현실과 문학적 형상화

알렙

콜롬비아의 역사, 상처, 그리고 서사

구조적 폭력의 역사와 그 흔적

콜롬비아 현대사는 단순한 정치적 갈등을 넘어 구조적이고 지속적인 폭력의 역사로 점철되어 있다. 20세기 중반, 보수당과 자유당 간 대립은 단순한 정당 경쟁을 넘어서 지역, 계급, 이념 간 깊은 분열을 드러냈다. 정치적 갈등은 내전으로 이어졌고, 수십만 명이 목숨을 잃었으며 시민 공동체는 붕괴했다. 가족과 지역 사회는 심각한 상처를 입고, 사회적 기반은 뿌리째 흔들렸다.

이후 등장한 게릴라 조직과 우익 민병대는 단순한 무장 집단이 아니라 국가 권력과 대립하거나 때로는 협력하는 복잡한 정치 행위자였다. 이들은 폭력을 통해 자기 이념을 실현하려 했고, 그 과정에서 민간인은 반복적으로 희생되었다. 1980년대 이후에는 마약 카르텔이 등장하면서 폭력은 경제적 이익과 결합했다. 사회적 불평등과 부패 구조 속에서 폭력은 더 조직화되고 일상화되었으며 국가 전체를 위협하는 새로운 형태의 구조적 폭력으로 자리 잡았다.

이러한 폭력은 단순한 과거 사건으로 끝나지 않는다. 총성이 멎은 뒤에도 폭력은 사람들 기억에 남아, 사회와 문화, 그리고 국가와 시민 관계에 지속적인 영향을 미친다. 콜롬비아의 폭력은 단순한 역사적 사건의 집합이 아니라 현재진행형 현실이다. 이를 이해하려면 사실 기록을 넘어선 깊은 분석이 필요하다.

문학, 폭력을 기억하고 형상화하다

문학은 이 지점에서 중요한 역할을 한다. 문학은 폭력 사건을 단순히 재현하는 것이 아니라 구조와 흔적을 언어와 상상력으로 형상화한다. 작가들은 공식 기록이 담지 못한 감정, 침묵, 기억, 저항의 순간들을 드러내며 독자에게 윤리적·사회적 성찰의 기회를 제공한다. 문학은 폭력 '사실'을 전달하기보다 인간과 공동체가 겪은 상처와 기억을 탐구하는 매개체 역할을 한다.

필자가 이 책에서 다루는 여섯 명의 콜롬비아 작가는 각기 다른 문학적 스타일과 서사 전략을 구사한다. 하지만 모두 콜롬비아 사회에 깊이 뿌리내린 폭력의 기억을 문학 속에 새기려는 공통된 의지를 공유하며 역사적 상처를 성찰하고 집단적 기억을 환기하려 노력한다.

가브리엘 가르시아 마르께스는 마꼰도라는 신화적 공간을 통해 폭력의 반복성과 권력 구조를 은유적으로 드러내며 라틴아메리카의 역사적 현실을 환상과 상징 언어로 재구성한다. 페르난도 바예호는 청부 살인자와의 관계를 중심으로 폭력의 일상성과 도덕적 혼란을 직설적으로 묘사하며 성스러움과 잔혹함이 공존하는 사회 이면을 적나라하게 보여준다. 라우라 레스뜨레뽀는 광기와 부조리로 얼룩진 사회 현실을 배경으로 인간 정신 균열과 회복 불가능한 흔적을 문학적 상상력으로 풀어내며 폭력의 심리적 후유증을 탐구한다. 알바로 세뻬다 사무디오는 절제된 서사를 통해 자본주의 폭력의 실체를 고발하고, 민중의 저항을 통해 역사적 진실과 집단 기억을 되살리려고 노력한다. 에벨리오 로세로는 도덕적 시선과 심리 묘사를 통해 공동체에 내면화된 폭력의 일상화를 날카롭게 고발한다. 소또 아빠리시오는 사회적 약자들의 저항을 통해 억압적 체제의 모순을 비판적으로 조명하며 침묵 속에 가려진 목소리를 복원한다.

『문학은 어떻게 폭력을 기억하는가』는 문학이 폭력을 기억하고 재현하는 방식과 과정이 인간과 사회에 던지는 의미를 탐구한다. 문학은 단순히 사실을 나열하는 것이 아니라 사건이 남긴 자취와 그 의미를 새롭게 바라보며 말하지 못했던 사람들의 이야기를 되살리고 도덕적·감정적·사회적인 면을 함께 비춰 준다. 역사는 객관적 사실과 사건의 인과를 중심으로 서술되지만, 그 과정에서 수많은 개인적 경험과 감정은 종종 지워진다. 문학은 이러한 공백을 메우며 사실과 허구, 기억과 상상력의 경계에서 새로운 의미를 창조한다. 폭력의 문학적 형상화는 역사적 현실에 대한 또 하나의 해석이자 그 현실을 기억하고 성찰하는 윤리적 행위다.

이 책은 독자에게 분명한 메시지를 전한다.

첫째, 문학은 단순한 허구나 미학적 장치에 그치지 않고, 역사와 인간 경험의 복잡성을 재현하고 재해석하는 강력한 도구로 작용한다.

둘째, '폭력을 기억하기'는 단순히 과거를 떠올리는 것이 아니라 그 흔적을 성찰하며 오늘날 윤리적 책임을 되묻는 행위다.

셋째, 역사와 문학은 서로 독립된 영역이 아니라 상호 보완적인 관계 속에서 때로는 긴장과 충돌을 통해 진실을 탐구하는 통로가 된다.

따라서 콜롬비아 문학 속 폭력의 묘사를 분석하는 데 그치지 않고, 문학이 폭력을 어떻게 기억하고 의미화하는지를 탐구한다. 이 과정에서 문학과 역사가 어떤 방식으로 상호작용을 하며 진실을 드러내는지도 함께 살펴본다. 독자는 폭력이 남긴 상처와 그에 얽힌 인간적 경험을 깊이 이해하며 문학이 제공하는 성찰의 통로를 따라 과거와 현재, 그리고 미래를 함께 사유할 테다. 궁극적으로 폭력의 기억과 형상화를 통해 인간과 사회가 스스로 성찰하고, 다시금 삶의 가능성을 모색할 수 있음을 보여주고자 한다.

2025년 12월
유왕무

CONTENTS

| 일러두기 |

제1장 「역사소설에 나타난 폭력의 구조화와 문학적 재생」은 「라틴아메리카 소설에 나타난 역사적 현실과 문학적 형상화」(《서어서문연구》, 제11호, 1997)를 수정·보완했다.

제2장 「폭력의 언어와 저항의 미학」은 「페르난도 바예호의 작품에 나타난 콜롬비아 폭력의 역사와 문학적 형상화」(《중남미연구》, 제29권 1호, 2010)를 수정·보완했다.

제3장 「광기 서린 현대사의 어두운 거울」은 「광기와 부조리 사회의 문학적 형상화」(《중남미연구》, 제37호, 3권, 2018)를 수정·보완했다.

제4장 「전환 시대의 갈등 구조와 미래적 함의」는 「중남미 역사소설에 나타난 전환기 갈등 구조의 전망」(《한국 라틴아메리카학회 논총》, 제6호, 1994)을 수정·보완했다.

제5장 「폭력의 일상화와 문학적 증언」은 「에벨리오 로세로의 『군대들』에 나타난 집단적 기억과 문학적 형상화」(《비교문화연구》, 제56권, 2019)를 수정·보완했다.

제6장 「광산 노동자의 삶과 사회 구조에 대한 비판적 고찰」은 「소또 아빠리시오의 『쥐들의 반란』에 나타난 광산 노동자의 현실과 비판적 전망」(《스페인어문학》, 113호, 2024)을 수정·보완했다.

제 1 장

역사소설에 나타난 폭력의 구조화와 문학적 재생:

가브리엘 가르시아 마르께스의 작품을 중심으로

1 문학, 역사 그리고 역사의식

문학과 역사 간의 관계는 아리스토텔레스 이래로 문학의 본질을 탐구하는 데 중요한 논제로 다뤄져 왔다. 근대에 들어 두 영역은 각기 독립적인 분야로 발전했지만, 인간의 삶과 사회적 행위를 다룬다는 점에서 본질적인 공통점을 지닌다. 특히 역사소설은 특정 시대의 배경을 차용하며 문학과 역사를 상호 보완한다.

아리스토텔레스는 역사와 문학을 '사실'과 '허구'라는 관점에서 구분한다. 역사가 실제로 일어난 사건을 증거에 기반해 기술한다면, 문학은 개연성과 필연성의 법칙에 따라 일어날 사건을 상상하고 구성한다. 그는 이러한 차이를 통해 역사는 개별성을, 문학은 보편성을 추구한다고 보았다.

하지만 문학이 허구를 다룬다 하더라도, 시대성과 역사성을 배제할 수는 없다. 특히 소설 속 현실은 창작된 것이지만, 그 안에는 특정 시대의 삶의 양상이 자연스럽게 반영된다. 작가가 창조한 문학적 공간은 허구일지라도 당대 사회를 투영하며 그 창작 행위 자체도 시대적·역사적 맥락에서 이루어진다. 따라서 작가는 자신이 속한 시대와 사회에 대한 인식을 바탕으로 작품을 구성하며 이는 곧 작가의 시대의식 또는 역사의식이라 할 수 있다.

역사의 흐름 속에서 작가가 살아가는 당대 현실은 과거와 단절되어 있지 않다. 따라서 작가의 시대의식은 과거의 역사적 사실과 긴밀히 연결되어 있으며 진정한 역사의식이란 역사를 단순한 기록이 아닌 현재와 이어진 실체로 인식하는 태도를 의미한다.

이러한 역사의식은 과거·현재·미래를 유기적으로 연결하며 사회의 핵심 가치관을 드러내는 데 중요한 역할을 한다. 시대의식을 지닌 역사소설가는 문학의 창조적 특성을 활용해 역사 속 인간 삶의 과정을 설명하고, 과거 사회의 구조와 인간 행위 사이의 내적 연관성을 밝혀낸다. 이를 통해 당시 사람들의 삶을 생생하게 되살려낸다.

오늘날 우리의 삶은 오랜 역사적·사회적·인간적 힘들의 결과로 형성되었으며 이러한 힘들을 역사의식에 기반해 문학적으로 표현하는 것이 역사소설의 핵심 목표다. 이 관점에서 라틴아메리카의 역사소설을 살펴보면, 많은 작품이 과거의 사실을 깊은 인식 없이 지나치게 미시적으로 묘사해 문학적 성취가 낮은 수준에 머무른다. 반면, 일부 작품은 역사적 고찰을 통해 현재의 복잡한 문

〈그림 1〉•"인생은 그동안 살아온 삶이 아니라 거기서 무엇을 기억하고 어떻게 기억해서 그 이야기를 전달하느냐다." 가르시아 마르께스는 이 한 문장으로 기억과 서사의 힘을 강조하며, 자신의 삶과 라틴아메리카의 역사를 간결하게 요약했다.

출처: 위키피디아

제의 뿌리를 창조적으로 형상화하며 높은 평가를 받는다. 그 대표적인 작가 중 한 명이 바로 가브리엘 가르시아 마르께스(Gabriel García Márquez, 1927-2014)다.

가르시아 마르께스의 역사소설이 문학적으로 깊은 성취를 이룬 이유는 단순히 과거를 재현하는 데 그치지 않고, 역사를 현재와 연결하며 민중의 삶을 중심에 놓았기 때문이다. 그의 작품은 라틴아메리카의 정치적 현실과 사회적 모순을 문학적 상상력으로 풀어내며, 억압받는 이들의 기억과 저항을 생생하게 복원한다. 그의 역사소설은 과거를 통해 현재를 성찰하고, 문학을 통해 민중의 목소리를 되살리는 탁월한 예술적 성취를 보여준다.

이 글에서는 초기작 『낙엽(*La hojarasca*)』(1955)과 『아무도 대령에게 편지하지 않다(*El coronel no tiene quien le escriba*)』(1961), 그리고 대표작인 『백년의 고독(*Cien años de soledad*)』(1967)을 분석해 가르시아 마르께스가 역사적 사실을 어떻게 창조적으로 형상화했는지, 어떤 미학적 글쓰기 구조를 활용했는지, 그리고 이를 통해 제시한 문제의식과 라틴아메리카의 미래 전망이 무엇인지 살펴보고자 한다. 이를 위해 먼저, 텍스트와 현실을 유기적으로 연결하기 위한 기초 작업으로서, 19세기 말부터 20세기 중반까지 콜롬비아의 폭력 시대를 초래한 정치·사회 구조를 검토할 필요가 있다.

2 콜롬비아 역사 속 구조적 폭력과 사회·정치적 맥락

콜롬비아의 역사는 본질적으로 폭력의 궤적 속에서 형성되었다. 특히 20세기 중반은 정치 내전과 외세의 개입이 반복되며 사회적 붕괴와 집단적 고통이 일상화된 시기로 기록된다. 이 시기의 일련의 역사적 사건들은 서로 교차하며 증폭되었고, 국민 전체가 혼란과 상처의 구조 속에서 살아가야 했다.

가르시아 마르께스는 이러한 시대의 아픔을 자신의 문학적 공간으로 끌어들인다. 그의 작품은 단순히 역사적 사실을 인용하거나 배경으로 삼는 것이 아니라 그러한 사실을 서사적으로 해체하고 다시 구성하면서 기억되지 않은 민중의 역사를 드러낸다. 그는 폭력과 억압이 개인과 공동체에 남긴 흔적을 탐색하며 이를 문학적 은유와 구조적 반복을 통해 재현한다.

작품의 배경이 되는 콜롬비아 근현대 정치·사회 상황을 간략하게 살펴보자. 콜롬비아의 양대 정치 세력인 자유당과 보수당은 19세기 후반부터 이념적으로 대립해 왔다. 자유당은 근대화와 세속주의, 연방제 등을 주장했으며 보수당은 가톨릭 중심 질서와 중앙 집권을 지지했다. 이러한 대립이 무력 충돌로 격화된 것이 1899년부터 시작된 '천일 전쟁'이다. 전생은 1902년까지 이어지며 수십만 명의 사망자를 낳았고, 결국 보수당이 승리한다. 하지만 전후 콜롬비아 사회는 정치 불신과 경제적 파탄 속에 깊은 상처를 남는다. 이 전쟁은 콜롬비아 역사상 첫 번째 전국적 시민 전쟁으로 평가되며 가르시아 마르께스가 인식한 폭력의 기원으로 자리한다.

시민전쟁 이후 콜롬비아는 경제 재건을 위해 외국 자본을 적극적으로 유치한다. 이 과정에서 미국계 다국적 기업인 유나이티드 프루트 컴퍼니(United Fruit Company, 이하 UFC)가 북부 해안 산따 마르따(Santa Marta)에 진출하며 바나나 농장과 철도, 항만 등을 장악한다. 콜롬비아 정부는 외국 자본 유치를 명분으로 UFC에 토지, 세금 감면, 인프라 독점권을 제공했고, 그 결과 UFC는 국가 기반 시설을 민간 기업이 통제하는 구조를 만들었다.

경제적으로 UFC는 콜롬비아의 바나나 수출을 거의 독점하며 단일 작물 중심의 수출 구조를 고착시켰다. UFC는 막대한 수익을

〈그림 2〉•산따 마르따에 진출한 미국 바나나 회사 유나이티드 프루트 컴퍼니 회사 로고.
출처: 유나이티드 프루트 컴퍼니.

올리면서도 현지 노동자에게 극도로 열악한 조건을 강요하며 사실상 콜롬비아의 '경제 식민지화'를 초래한다. 이 기업은 정부와 협력하며 반노동 정책을 펼쳤고, 이는 후일 사회적 저항의 원인이 되었다. 노동자들은 하청 업체를 통해 간접 고용됐고, 쿠폰으로 임금을 지급받았으며, 열악한 숙소와 의료 환경에서 일해야 했고, 노동권은 사실상 무시되었다. UFC는 콜롬비아 정부와 군대에 영향력을 행사하며 정치적 개입과 사회적 억압을 정당화했다. 가르시아 마르께스는 이 시기의 경제적 착취를 마술적 리얼리즘 기법으로 재구성하며 『백년의 고독』에서 UFC를 은유적 존재로 등장시킨다.

노동자들은 UFC의 착취에 저항하기 위해 1928년 시에나가 (Ciénaga) 지역에서 대규모 파업을 벌인다. 이들은 정당한 임금과 근무 조건을 요구하지만 기업과 정부는 이를 위협으로 간주한다. 미국의 압력과 UFC의 요청에 따라 콜롬비아 정부는 군대를 투입하고, 시위대에 기관총을 발포해 수많은 민간인을 학살한다. 사망자 수는 정확히 알려지지 않았으나 수천 명까지 보고된다. 이 사건은 콜롬비아 민중에게 국가가 자신들을 보호하지 않고 외세의 이익을 대변한다는 상징적 계기가 된다. 가르시아 마르께스는 이 학살 사건을 『백년의 고독』의 핵심 장면으로 처리하며 망각과 침묵의 구조 속에서 역사적 참사를 복원한다.

결과적으로 UFC의 등장은 콜롬비아의 경제 근대화라는 명분 아래 주권 침탈, 노동 착취, 국가 폭력이라는 구조적 문제를 일으켰다. 1928년의 학살 사건은 그 정점에서 발생한 비극이며 오늘날까지도 콜롬비아 역사와 문학에서 반복적으로 소환되는 집단 기억의 상징으로 남아 있다.

1940년대 후반, 진보적 성향의 정치인 호르헤 엘리에세르 가이딴(Jorge Eliécer Gaitán, 1903-1948)은 자유당 내의 대중적 리더로 떠올랐다. 그는 노동자, 도시 빈민의 열광적인 지지를 받으며 대통령 후보로 부상했다. 그러나 1948년, 그는 정체불명의 괴한에 의해 암살되었고, 보고따 시민은 즉각 반발해 무정부 상태의 폭동을 일으켰다. 이 사건은 '보고따소(Bogotazo)'라 불리며 콜롬비아 전역에 충격을 안겼다. 수천 명이 사망하고 국가 기능은 마비되었다. 가이딴의 죽음 이후 콜롬비아는 약 10년 동안 '라 비올렌시아(La

Violencia)'라 불리는 폭력의 시대에 접어들었다.

폭력은 시골과 농촌까지 확산했고, 자유당과 보수당 지지자들 간의 정치적 갈등이 보복 살인, 방화, 약탈 등으로 이어졌다. 정부는 통제력을 잃었으며 군과 경찰도 특정 정당에 편향되었다. 지주, 농민, 성직자 등 다양한 계층이 정치 성향을 이유로 살해되거나 추방당했고, 가족 단위 학살과 마을 전체 소실 같은 참극이 발생했다. 수십만 명의 실향민과 20만 명 이상의 사망자가 발생했으며 농업 기반 붕괴와 공동체 신뢰 상실 등 사회적 피해가 극심했다. 이 시기는 콜롬비아 역사상 최악의 내전적 붕괴로 평가된다.

1953년, 구스따보 로하스 삐니야(Gustavo Rojas Pinilla, 1900-1975) 장군이 군사 쿠데타를 통해 권력을 잡으며 폭력 종식을 위한 사면 조처를 하기는 했지만, 근본적인 해결은 이루어지지 않았다. 결국 1958년, 자유당과 보수당은 양당 간의 권력 분점을 골자로 하는 '국민전선(Frente Nacional)' 체제를 수립했다. 이 체제는 대통령직과 주요 행정부 직을 번갈아 맡는 방식으로 정치적 갈등을 완화하고 폭력의 수준을 낮추는 데는 어느 정도 성공했지만, 이 과정에서 좌파 정치 세력은 철저하게 배제되었다. 그 결과, 정치에 참여할 수 없었던 농민 기반의 좌파 세력은 게릴라 조직을 결성해 반정부 무장 투쟁을 시작했고, 콜롬비아는 이후 수십 년간 또 다른 형태의 내전과 폭력에 시달리게 되었다.

콜롬비아 현대사에서 폭력의 역사는 매우 중요한 흐름을 형성하며 이러한 역사적 현실이 다수의 소설가에 의해 문학적으로 형상화되는 것은 자연스러운 현상이라 할 수 있다. 이는 문학이 사회적 현실을 반영하고 성찰하는 기능을 수행한다는 점에서, 작가에게 주어진 하나의 책무로 이해될 수 있다.

가르시아 마르께스 역시 이러한 역사적 맥락을 작품의 핵심 서사 구조로 적극적으로 활용한다. 그의 소설 대부분은 폭력의 시대를 배경으로 해, 콜롬비아 사회가 겪은 고통과 혼란을 다양한 문학적 기법을 통해 서술한다. 특히 그는 위와 같은 일련의 사건들을 단순히 기록하거나 설명하지 않는다. 그는 마술적 리얼리즘이라는 독특한 문학 기법을 통해 폭력의 기억을 환상 속에 내장시키며 현실의 암흑을 독자에게 은유적으로 전달한다. 그 폭력의 근원과 사회적 영향, 그리고 그로 인한 결과의 심각성까지 깊이 있게 제기함으로써, 역사에 대한 비판적 성찰을 가능하게 한다.

가르시아 마르께스의 문학이 역사소설로 높은 평가를 받는 이유는, 그가 단지 과거를 묘사하는 것이 아니라 역사를 살아 있는 사회적 체험으로 변환한다는 점에 있다. 그는 특정 시기의 정치적 사건이나 국가적 비극을 단순한 배경이 아닌 서사의 핵심으로 끌어들이며 억압받는 민중의 삶을 정밀하고 집요하게 그려낸다.

그의 작품 속 민중은 수동적인 피해자가 아니다. 가르시아 마르께스는 그들을 역사를 만드는 주체, 즉 갈등 속에서도 생존하고, 저항하며 기억을 이어가는 존재로 묘사한다. 이러한 접근은 그가 역사적 사건을 그 자체로 재현하는 데 그치지 않고, 현재의 사회 구조와 모순을 비추는 창으로 활용하기 때문이다. 그렇게 그의 문학은 역사소설이라는 장르 안에서 기록되지 않은 역사, 말해지지 않은 진실, 잊힌 인간을 복원하는 역할을 한다. 이는 민중의 목소

리를 대신해 말하고, 억압된 기억을 되살리는 문학적 실천이라고
볼 수 있다.

3 『낙엽』: 미래 부재의 숙명론적 역사 인식

가르시아 마르께스는 『낙엽』을 통해 마꼰도를 처음 창조하고, 폭
력이 구조화된 라틴아메리카 사회의 단면을 문학적으로 형상화했
다. 작품은 마꼰도의 건립과 쇠퇴, 서민들의 생활 양식, 폭력에 기
인한 증오와 복수 등의 감정을 중심으로 전개되며 이는 콜롬비아
의 역사적 현실을 반영한 결과이다.

특히 『낙엽』의 프롤로그에서 제시되는 역사적 사실은 서사에
객관성을 부여하고, 이야기의 정치·사회적 맥락을 명확히 하려는
작가의 의도를 반영한 것이다. 가르시아 마르께스는 단순한 사건
재현을 넘어서, 서민과 민중의 자각, 그들이 겪는 역사적 상황과
의 대결을 중심에 두며 서사 구조를 구축한다. 요컨대, 『낙엽』은
가르시아 마르께스의 역사 인식이 본격적으로 드러나는 첫 작품
이며 마꼰도를 통해 작가는 폭력의 사회 구조를 상징화하고, 역사
적 진실을 탐구하는 문학적 공간을 마련한다.

『낙엽』의 프롤로그가 일인칭 복수형 화자에 의해 서술된다는
점은 이 작품의 중요한 서사적 특징 중 하나이다. 이후 본문이 일
인칭 단수 화자의 독백 형식으로 전개되는 것과 대비되며 프롤로
그의 '우리'라는 표현은 마꼰도 주민 전체의 집단적 목소리를 상

〈그림 3〉·가르시아 마르께스의 『낙엽』 표지들.
출처: 출판사 Diario de Paz Colombia.

징한다. 이는 작가가 공동체의 기억과 역사적 맥락을 환기하며 현실을 보다 객관적으로 전달하려는 전략적 장치로 해석된다.

프롤로그에는 작품 전체를 관통하는 두 개의 역사적 사실이 제시된다. 첫째는 미국 바나나 회사의 존재로, 이는 마꼰도의 경제적 구조와 외세의 개입을 상징하며 이후 『백년의 고독』에서도 반복적으로 등장하는 라틴아메리카 자본주의 침투의 핵심 모티프이다. 둘째는 시민전쟁의 여파로, 직접적으로 묘사되지는 않으나 등장인물들의 태도와 성격 형성에 영향을 미친 역사적 원인(遠因)으로 기능한다. 이 두 요소는 가르시아 마르께스가 마술적 사실주의를 통해 역사적 현실을 문학적으로 재현하고자 했음을 보여준다.

(1) 기차를 타고 온 자본: 마꼰도의 번영과 붕괴

『낙엽』에서 바나나 회사의 등장은 작품의 가장 핵심적인 역사적 배경 중 하나로 작동한다. 이 회사는 콜롬비아 정부의 지원 아래 공공 서비스와 지역 자원을 독점하며 급속히 성장한 다국적 기업으로, 마꼰도라는 가상의 마을에 자본주의적 침투와 제국주의적 착취의 상징으로 등장한다.

작품 속에서 바나나 회사는 농업용수, 철도, 통신, 전력, 생활용품 등 지역 인프라를 장악하고, 경찰과 관료들과의 결탁을 통해 노동자들을 착취한다. 이러한 구조는 1928년 실제 벌어진 '바나나 농장 학살 사건'을 반영한 것으로, 가르시아 마르께스는 이를 통해 콜롬비아 사회의 불평등과 폭력의 구조화를 문학적으로 형상화한다.

가르시아 마르께스는 『낙엽』에서 기차의 등장을 통해 바나나 회사의 진출을 암시한다. 기차는 마꼰도라는 마을에 외부 세계가 처음으로 침투하는 상징적인 징후로 등장하며 이는 곧 근대화의 시작과 자본주의의 도래를 의미한다. 동시에, 기차는 마을이 지니던 공동체적 질서가 점차 붕괴한다는 예고 기호로 작용한다.

작가는 기차의 도착을 '견고함과 통일성의 획득'이라는 표현으로 묘사하면서, 마꼰도가 더 이상 고립된 촌락이 아니라 외부 자본과 권력의 영향 아래 놓이게 되는 전환점을 보여준다. 이러한 변화는 바나나 회사의 본격적인 진출과 함께 나타나며 마을은 경제적으로 외부 기업에 종속되고 사회 구조 역시 급격히 재편된다.

그 결과, 마꼰도의 자율성과 공동체 중심의 질서는 점차 해체된다.

이러한 상징은 이후 『백년의 고독』에서도 반복되며 가르시아 마르께스의 문학이 역사적 현실과 환상적 서사를 어떻게 접목하는지를 보여주는 중요한 장면으로 작동한다. 『백년의 고독』에서는 기차가 단순한 문명의 상징이 아니라 다양한 감정과 기억을 실어 나르는 존재로 묘사된다. 작가는 기차가 불안과 확신, 기쁨과 슬픔, 재앙과 향수를 함께 가져온다고 표현하며 이를 통해 기차가 마꼰도에 근대 문명의 낯선 요소를 들여오는 동시에, 마을의 쇠락과 가문의 몰락을 암시하는 장치로 활용된다.

요컨대, 기차는 근대화의 물리적 상징이자, 역사적 전환의 서사적 매개체로서, 마꼰도의 폐쇄성과 고립을 깨뜨리고 폭력, 착취, 변화, 그리고 기억의 서사를 이끄는 핵심적 요소라 할 수 있다.

마꼰도는 바나나 산업의 성장과 함께 경제 체제의 변화가 시작되며 자본주의가 뿌리내리기 시작한다. 이는 곧 마을의 생활 양식과 문화 전반에 영향을 미쳤다. 바나나 회사는 번영의 상징으로 자리 잡았고, 주민들의 삶도 점차 물질적으로 풍요로워졌다. 마꼰도는 외부 세계와 연결되며 점차 개방된 공간으로 바뀌었고, 극장, 공원 등 도시적 시설들이 들어서며 소비문화가 확산한다. 이러한 변화는 공동체의 해체와 인간관계의 소외를 예고하며 가르시아 마르께스는 이를 통해 자본주의가 가져오는 사회적 균열과 정체성의 위기를 비판적으로 보여준다.

『낙엽』은 마꼰도의 경제 체제 변화와 이에 수반된 사회·문화적 전환을 중점적으로 보여주는 작품이다. 바나나 회사의 진출은 단순한 산업 확대를 넘어 마을의 생활 구조와 가치 체계에 결정적인 영향을 미치며 자본주의 질서가 마꼰도에 깊숙이 침투한다. 농민들은 자영 농업에서 벗어나 회사 소속의 임금 노동자로 재편되었고, 일자리를 찾아 마꼰도로 몰려든 외부의 하층 계급은 기존 공동체의 풍속과 질서를 흐리게 했다.

마을은 외형적으로는 풍요와 번영을 누리게 되었으나, 내부적으로는 소외와 혼란, 가치의 혼돈을 겪었다. 토요일 밤의 흥청거림은 도시의 세속화와 소비문화 확산을 상징하며 극장과 공원 등 각종 오락 시설은 마꼰도의 전통적 공동체성과 거리감을 형성했다. 가르시아 마르께스는 이러한 변화를 '회오리바람에 몰려온 쓰레기'로 비유함으로써, 도시가 어떻게 오염되고 붕괴해 갔는지를 상징적으로 보여준다.

결국 『낙엽』은 경제적 번영 뒤에 감춰진 인간 소외, 공동체 붕괴, 문화적 퇴행의 과정을 통찰력 있게 제시하며 자본주의의 물결 속에서 무너져 가는 라틴아메리카의 정체성과 사회적 균열을 섬세하게 형상한다.

마꼰도의 변화는 경제적 번영과 문화적 혼란, 그리고 공동체의 해체와 인간 소외라는 일련의 과정으로 서사화된다. 바나나 회사의 진출은 마을에 자본주의적 풍요를 가져왔지만, 동시에 외부 문명의 유입으로 인해 기존 주민들은 문화적 이질감과 정체성의 혼란을 겪는다.

유토피아적 공동체였던 마꼰도는 점차 낯선 소비문화와 외래 가치에 잠식되며 주민들은 자신들이 주변화된 존재임을 인식한다. 이들은 새로운 문화의 압력 속에서 침체와 고독, 그리고 무기력한 수동성에 빠지게 되며 결국 손님을 기다리는 것 외에는 아무것도 할 수 없는 상태로 전락한다.

바나나 회사의 철수는 마꼰도의 경제적 기반을 붕괴시키는 결정적 사건으로 작용하며 마을은 폐허로 변하고 주민들은 실업과 상실의 감정에 휩싸인다. 과거의 번영은 회상과 비판의 대상이 되고, 현재의 몰락은 자본의 일시적 혜택이 남긴 공허함과 파괴를 상징한다.

요컨대, 가르시아 마르께스는 마꼰도의 쇠퇴 과정을 통해 자본주의의 일방적 침투가 공동체와 인간 존재에 미치는 구조적 폭력을 비판하며 라틴아메리카의 역사적 현실을 문학적으로 성찰한다.

(2) 시민전쟁의 어두운 그림자

『낙엽』의 이야기 전개에서 바나나 회사와 함께 중요한 역사적 배경을 이루는 요소는 시민전쟁이다. 이 시민전쟁은 작품의 시간적 배경(1903-1928)과 직접적으로 일치하지는 않지만, 서사 속에서는 희미하고 먼 과거의 사건으로 재현된다. 프롤로그에서 집단의 기억을 통해 묘사된 시민전쟁은 점차 신화적이고 비현실적인 성격을 띠게 되며 이는 참여자들의 개인적 기억에 따라 주관적으로 형상화된다. 특히 대령이 말보로우 공작을 묘사하는 장면에서는 시민전쟁이 환상적 이미지로 변형됨을 확인할 수 있다. 이처럼 시민

전쟁은 작품 내에서 시간의 흐름을 구분하는 서사적 장치로 기능하며 마꼰도는 그 결과로 형성된 공간으로 제시된다.

대령의 가족은 시민전쟁으로 인해 19세기 말의 풍요롭고 화려했던 삶의 터전을 떠나 방랑 끝에 마꼰도에 정착한다. 그러나 그들이 도착했을 당시에는 이미 전쟁으로 인해 질서가 붕괴한 상태였으며 가족은 몰락 직전의 상황에 놓여 있었다. 이처럼 시민전쟁은 과거의 번영과 현재의 몰락을 구분하는 중요한 전환점으로 기능한다. 시민전쟁 이후 대령은 분노 속에 과거를 묻어버리지만, 대령의 손자이자 어린 화자인 메메의 기억을 통해 드러나는 과거는 현실과 괴리된 전설로 변모하며 쉽게 잊히지 않는 상징적 기억으로 남는다.

앞서 살펴본 두 가지 역사적 사실 외에도, 작품 속에서 간접적으로 언급된 '피비린내 나는 일요일 선거' 또는 '공포 서린 선거의 일요일'은, 콜롬비아의 '라 비올렌시아' 시기인 1949년 11월 27일 실제로 발생했던 '선거의 일요일(domingo electoral)' 사건을 암시한다. 당시 정국은 자유당과 보수당 간의 격렬한 대립으로 인해 매우 불안정한 상태였으며 자유당은 보수당의 폭력과 탄압을 이유로 선거를 전면적으로 거부했다. 그 결과 보수당 후보 라우레아노 고메스(Laureano Gómez, 1889-1965)는 단독 출마했고, 선거는 아무 경쟁 없이 치러졌다. 선거 당일 전국적으로 자유당 지지자들을 대상으로 한 조직적인 폭력과 학살이 벌어졌으며 그 결과 수백 명이 사망하고 수천 명이 피난길에 올랐다. 이 사건은 콜롬비아 현대사에서 정치적 배제와 국가 폭력의 상징으로 남았으며 이후 라 비올렌시아 시기의 폭력성과 시민전쟁의 심화를 촉발하는 계기가 되었다.

이러한 역사적 현실은 작품의 서사 전개에 있어 핵심적인 전환점으로 기능하며 이야기 구조를 지탱하는 중요한 요소로 작용한다.

이러한 역사적 사건을 배경으로 진행되는 본 작품의 이야기체 진행은 연대기적 순서에 의해 서술되지 않고, 행위자들의 회상과 독백으로 빚어진 주관적 서술에 의존한다. 그러나 세 행위자의 독백은 독백자의 내적 심리 상태보다는 그들을 둘러싼 외부 세계의 설명에 중점을 둔다 독백자의 내적 상태는 그러한 외부 현실을 반영하는 매체로써만 나타날 뿐이다. 따라서 독백은 독자에게 많은 정보를 논리적이고 일관성 있게 제공해 주는 역할을 담당하는데, 이외에도 시간 표시, 괄호 안의 설명 삽입, 활자체의 변화 등도 독자들을 이끌어 가는 중요한 역할을 한다. 이러한 정보 제공 노력은 독자들에게 현실을 객관적으로 보여주고, 그들에게 스스로 판단하게끔 하려는 작가의 의도로 해석된다.

이러한 작가의 노력은 '의사의 매장'이라는 동일 사건을 세 사람 각자의 시각에서 초점을 맞추고 해석하는 서사 기법에서도 나타난다. 단순한 하나의 에피소드가 대령, 그의 딸 이사벨, 손자, 세 명의 행위자에 의해 투영됨으로써 복잡성과 모호성을 획득해 가는 것이다. 누구도 그 현실에 완벽하거나 절대적인 시각을 갖지 않으며 부분적으로 아는 현실을 각자의 주관성을 바탕으로 해석할 뿐이다.

세 명의 주요 인물 중 마꼰도와 가족, 그리고 의사에 가장 깊이 있는 이해를 지닌 인물은 대령이다. 그는 내전 참여 당시의 계급과 마꼰도의 창시자라는 지위를 바탕으로 사회적 위계 최상층에 있으며 외부에서 유입된 '낙엽'을 경계하고 배척하는 태도를 보인다. 전통과 안정, 인간적 유대감을 중시하는 대령에게 '낙엽'은 낯설고 불안정한 존재로 인식된다. 의사가 메메와 관계를 맺은 사실을 안 후, 대령은 자신의 원칙에 따라 그를 추방하지만 의사의 자살 이후에는 시신을 매장해야 한다는 도덕적 책임을 느낀다. 그는 오직 자신만이 올바른 판단과 행동을 할 수 있다고 믿으며 시신 매장을 추진한다. 대령의 행동은 집단의 편견과 사악함에 맞서 선을 실천하는 이상주의적 행위로 평가받을 수 있다.

마꼰도 주민들은 외부에서 온 의사에게 강한 집단적 증오를 드러낸다. 이는 단순한 개인적 반감이 아니라 외부 문명과 철학에 대한 본능적 거부감에서 비롯된 것이다. 지속적인 혼란과 외부 가치의 침투는 주민들에게 소외감과 절망감을 안기며 이러한 감정은 외부 인물에 대한 막연한 적대감으로 나타난다. 결과적으로 마꼰도는 점점 폭력적이고 무질서한 공간으로 변해 가며 '쓰레기'라는 상징을 통해 비논리와 부조리가 만연한 상태를 표현한다. 이는 외부 세계와의 충돌 속에서 마꼰도 주민들이 겪는 정체성의 혼란과 저항을 보인다.

마꼰도는 공권력과 교회 세력이 결합한 폭력적 구조 속에서 경제적 착취까지 겪으며 주민들의 이성을 마비시키는 공간으로 그려진다. 모든 인물은 정치적 무기력에 빠져 있으며 희망조차 존재하지 않는다. 가르시아 마르께스는 마꼰도의 숨 막히는 더위를 통해 이러한 비관적 현실을 상징적으로 표현하며 이는 콜롬비아 정치의 답답함을 반영한다. 결국 마꼰도는 독재에 시달리는 콜롬비아 해안 지역의 축소판이자, 숙명론적 세계관을 드러내는 상징적 공간이다.

가르시아 마르께스는 『안티고네』를 인용하며 작품 속 인물들이 숙명론적 세계관 속에서 살아가게 될 것을 암시한다. 『낙엽』과 『안티고네』는 모두 사회적 규범을 어기고 증오받는 인물(의사/폴리네이케스)의 시체를 매장하려는 주인공(대령/안티고네)을 중심으로 전개된다. 이들은 공동체의 법(주민 의지/크레온의 명령)을 거스르며 결과를 예견하면서도 자신의 신념에 따라 행동한다. 그 바탕에는 당위성과 자유에 대한 인식이 있다. 그러나 『낙엽』에서 대령의 자유는 실제로는 외형적일 뿐이며 그는 초월적 힘에 자신의 행동이 이미 결정되었음을 느낀다.

『낙엽』의 인물들은 모두 운명론적 시각을 공유하며 사건의 종말을 예감하면서도 이를 막으려 하지 않는다. 대령 역시 의사의 매장을 숙명처럼 받아들이며 그로 인한 고난도 감수할 준비가 되어 있다. 그는 인간의 힘으로 세계의 흐름을 바꿀 수 없다고 믿으며 모든 일은 예정된 대로 진행된다고 여긴다. 시민전쟁과 외부 변화로 인해 대령은 자신의 지위와 전통적 가치가 붕괴하는 과정을 체험하지만 이를 거역하지 않고 받아들이며 이러한 수용이 곧 숙명론으로 나타난다.

『낙엽』의 숙명론은 시간 서술을 통해서도 드러난다. 현재는 정지된 상태로 단 30분만 존재하며, 미래는 부재하고, 오직 과거만

이 의미 있는 시간으로 제시된다. 인물들은 과거의 25년을 회상하며 삶의 의미를 찾으려 하고, 현재는 그저 과거로 되돌아가는 출발점일 뿐이다. 미래에 대한 희망은 없으며 마꼰도의 파멸 이후 새로운 질서나 변화는 기대되지 않는다. 이는 폭력적 사회 질서 속에서 미래가 사라진 세계, 즉『낙엽』이 보여주는 숙명론적 세계관이다.

4 『아무도 대령에게 편지하지 않다』: 체제의 침묵과 개인의 소외

『아무도 대령에게 편지하지 않다』는『낙엽』과 여러 측면에서 뚜렷한 대조를 이룬다.『낙엽』은 바나나 회사가 번창하던 20세기 초반의 역사적 배경을 바탕으로 쓰였으며 쇠락하는 귀족 가문을 중심으로 이야기가 전개된다. 반면『아무도 대령에게 편지하지 않다』는 1950년대라는 보다 현대에 가까운 시기를 배경으로, 무의미한 일상을 살아가는 소시민의 삶에 초점을 맞춘다. 공간 설정에서도 차이가 뚜렷하다.『낙엽』은 마꼰도라는 전통과 상징성을 지닌 마을을 창조한 반면,『아무도 대령에게 편지하지 않다』는 이름도 과거도 없는 단순한 '마을'을 배경으로 삼아, 폭력에 희생된 민중의 삶을 조명하고자 한다.

　『아무도 대령에게 편지하지 않다』에 등장하는 마을 주민들은 바나나 회사가 떠난 이후의 황폐한 현실을 감내하며 살아간다. 그

〈그림 4〉•『아무도 대령에게 편지하지 않다』는 1999년 멕시코에서 영화화되어 같은 해 칸 영화제 경쟁 부문에 출품되었다.
출처: 영화 〈The Colonel Has No One to Write to(El coronel no tiene quien le escriba)〉 (1999)의 한 장면.

러나 그들의 삶은 『백년의 고독』 속 마꼰도 주민들의 삶보다 결코 더 나은 것이 아니다. 이들은 가난과 소외, 정치적 범죄와 폭력 속에서 벗어나지 못한 채 비참한 일상을 이어간다. 작품 속 '마을'은 마꼰도처럼 콜롬비아 현실을 문학적으로 압축해 낸 축소된 세계이지만, 마꼰도와는 달리 전설이나 마술적 요소, 신비로운 과거가 존재하지 않는다. 오히려 이러한 익명성과 현실성 덕분에, 이 마을은 라틴아메리카의 민중 현실을 더욱 직접적으로 상징하는 공간이 된다.

가르시아 마르께스는 이러한 공간적 대비를 통해, 마꼰도가 기적과 전설 속에서 살아가는 상상적 공간이라면, 『아무도 대령에게 편지하지 않다』의 마을은 신화보다 역사에 뿌리를 둔 현실적 공간으로 설정한다. 이름조차 없는 이 마을은 특정 지역을 넘어 라틴아메리카 대륙 전체의 민중적 고통과 침묵을 통합하는 상징적 장소로 작용하며 그의 문학이 지닌 사회적 통찰과 시대적 책임을 더욱 선명하게 드러낸다.

『아무도 대령에게 편지하지 않다』에서 익명의 '마을'을 중심으로 발생하는 갈등과 대립은 콜롬비아의 '라 비올렌시아' 시대를 배경으로 한다. 이 시기는 보수파와 자유파 간의 정치적 헤게모니를 둘러싼 당파적 투쟁이 격화되던 시기로, 표면적으로는 이념 대립처럼 보이지만 실제로는 상층 지배 계층의 기득권 유지를 위한 권력 싸움이었다. 대지주, 지방 호족, 정치가, 관료 등은 농민과 하층민을 동원하고 희생시키며 자신들의 사회적 지위를 강화하고자 했고, 그 결과 사회는 점차 혼란에 빠져 계엄령이 선포되는 상황에 이른다.

가르시아 마르께스는 이러한 폭력의 역사를 직접적으로 묘사하기보다는, 우회적이고 절제된 어법을 통해 드러낸다. 이는 독자에게 폭력의 구조적 본질을 성찰하게 하며 단순한 사실 전달을 넘어선 문학적 고발의 효과를 지닌다.

작품의 도입부는 마을 내 폭력의 심각성을 드러내며 전체 서사의 어두운 분위기를 암시한다. 이러한 혼란 속에서 권력층과 결탁해 경제적 이익을 추구하는 인물들이 등장하는데, 사바스는 그 대표적 사례이다. 그는 정치적 박해로 쫓겨난 동료들의 재산을 헐값에 사들이며 주민들의 무지와 가난을 이용해 부를 축적한다. 현실을 명확히 인식하는 의사는 사바스를 인간성을 상실한 존재로 규정하고, 그의 병에 역설적인 처방을 내림으로써 부정한 방법으로 치부하는 자들에 대한 작가의 비판적 시선을 드러낸다.

상층 계급은 기존 질서의 유지를 통해 자신들의 기득권을 보호하려 하며 본질적으로 사회적 변화를 거부한다. 이들은 변화의 가능성을 내포한 심리적·정치적 요소들을 사전에 억제하고, 지배적이고 억압적인 방식으로 권력을 행사한다. 작품에서도 이러한 권력의 속성이 명확히 드러나는데, 선거를 통해 권력을 장악한 시장은 협박과 탈법, 통행 금지, 검열 등의 수단을 동원해 주민들을 통제한다. 특히 장례 행렬이 경찰 병영을 통과하는 장면은 권력의 독재적 성격을 상징적으로 보여준다. 이러한 억압적 상황에서는 정보 또한 철저히 제한되며 권력과 정보는 소수 지배층에 의해 독점된다. 주민들은 국내 정세조차 알 수 없게 되며 결국 비밀 문건과 같은 우회적 경로를 통해서만 현실을 파악할 수 있는 구조에 놓인다.

『아무도 대령에게 편지하지 않다』에서의 폭력적 대립은 정치적·행정적 공권력의 억압 속에서 두 가지 양상으로 나타난다. 하나는 소수당 정권 때문에 빚어진 자유당 인사들에 대한 정치적 탄압으로 드러나는 정당 간의 대립이며 다른 하나는 정당과 무관한 일반 주민들에 대한 폭정과 이에 대한 저항으로 나타나는 계급 간의 갈등이다. 이러한 이중적 폭력 구조는 콜롬비아 사회의 특수성을 넘어 라틴아메리카 전역의 구조적 병폐를 반영하며 작가는 이를 통해 현실에 대한 비판적 인식을 서사 구조 속에 분명히 드러낸다.

작품 속에서 수탉은 대령 개인뿐만 아니라 마을 주민 전체의 희망을 상징하는 존재로 나타난다. 이야기의 전개는 수탉의 운명을 중심으로 구성되며 이는 공동체의 기대와 불안이 집중되는 상징적 축으로 작용한다. 수탉은 경찰에 의해 투계장에서 살해된 아들 아구스띤의 유일한 유산으로, 대령뿐 아니라 아들의 친구들, 동네 사람들, 아이들 모두에게 지속적인 관심의 대상이자 희망의 매개체가 된다. 그러나 극심한 빈곤 속에 살아가는 대령에게 수탉은 먹이를 걱정해야 하는 현실적 부담이기도 하며 동시에 아들의 흔적을 간직한 존재로서 쉽게 처분할 수 없는 감정적 갈등을 유발하는 대상이다. 이처럼 수탉은 생존과 기억, 희망 사이에서 인물의 내적 갈등을 상징적으로 드러낸다.

대령은 투계장에서 수탉이 마을 주민들의 집단적 희망과 저항 정신을 상징한다는 사실을 깨닫고, 이를 사바스에게 팔려던 결심을 철회한다. 이 선택은 그가 개인적 고립을 넘어 공동체의 일원으로 거듭나는 전환점이며 수탉은 경제적 회복의 가능성과 정치적 저항의 상징 역할을 한다. 가르시아 마르께스는 평범한 동물을 통해 민중의 현실과 열망을 상징화함으로써, 구체적 경험에 기반한 진정성 있는 서사를 형성한다. 이는 그의 문학이 라틴아메리카의 사회적 맥락과 깊이 연결되어 있음을 보여준다.

『아무도 대령에게 편지하지 않다』는 정치적·사회적 구조에 대한 비판을 넘어서, 인간 존재의 근본적인 문제까지도 탐구한다. 특히 라틴아메리카 사회에서 시급히 극복해야 할 인간 소외와 현실과의 부조화가 중심 주제로 부각한다. 이는 개인이 사회 속에서 주변화되고, 타인과의 소통 단절을 겪으며 결국 절망감과 고독, 존재의 결핍을 경험하게 되는 구조적 문제로 나타난다. 작품은 이러한 인간 내면의 고통을 통해 라틴아메리카 현실의 심층을 조명한다.

『아무도 대령에게 편지하지 않다』에서 인물들이 느끼는 현실과의 부조화는 과거의 무의미한 내전과 현재의 가난, 폭력이 중첩된 결과로 나타난다. 가장 외로운 존재는 퇴역 대령으로, 젊은 시절 시민전쟁에 참여해 공을 세웠지만 네를란디아 조약 이후 역사와의 연결이 단절되고, 회상만이 가능한 삶을 살아간다. 그는 낯선 마을에 갇혀 굶주림 속에서 무기력한 노인으로 전락하며 오직 도착하지 않는 편지를 기다리는 허망한 기대 속에 살아간다. 그가 받은 것은 연금이 아닌 반복되는 절망과 고독, 존재의 상실감이며 이는 자신의 행동이 아무런 결과도 가져오지 못한다는 무의미한 삶의 인식과, 부정과 불공평을 바로잡지 못하는 무력감에서 비롯된다.

대령의 경험은 자유당의 역사적 경험을 상징하며 그가 기다리는 연금은 아직 실현되지 않은 사회 정의에 대한 주민들의 기대를 대변한다. 중앙정부의 군사 독재가 국민을 억압하는 동안 마을에서는 행정적 권력 때문에 주민 권리의 침해가 지속된다. 이는 작가가 의도한 현실 비판 의식으로, 대령의 고독은 관료주의적 절차와 사회적 부정으로 인해 개인이 겪는 무력감과 소외를 드러낸다. 작품은 비인간적인 제도 운영과 체제의 불합리로 인해 개인의 삶이 무의미해지고, 행위의 목적이 상실되며, 그로 인한 고독과 소외가 심화하는 과정을 문학적으로 형상화한다.

5 『백년의 고독』: 고독한 라틴아메리카의 역사

(1) 이데올로기 갈등과 마꼰도의 붕괴

『백년의 고독』은 시민전쟁, 바나나 열기, 폭력 시대 등 콜롬비아의 역사적 사건들을 포괄하며 마꼰도를 통해 정치적·이데올로기적 갈등을 형상화한다. 아우렐리아노 부엔디아의 무장봉기는 19세기 자유주의 혁명 운동의 재현이며 이는 콜롬비아의 제도 변혁을 향한 역사적 시도와 연결된다. 작품은 역사적 시간과 신화적 시간을 결합해, 콜롬비아 정치의 폭력성과 혼란을 상징적으로 드러낸다.

『백년의 고독』에서 시민전쟁의 징후는 점진적으로 드러난다. 마꼰도의 초기 평화는 보수주의자 모스꼬떼의 등장과 함께 흔들리며 그가 모든 집을 푸른색으로 칠하라고 명령한 순간부터 정치적 갈등이 시작된다. 푸른색이 보수주의, 붉은색이 자유주의를 상징하는 콜롬비아의 맥락에서 이는 명백한 정치적 도발이었다.

『백년의 고독』에서 시민전쟁의 전개는 아우렐리아노 부엔디아 대령의 삶과 함께 진행된다. 그는 처음에는 정치에 무관심했지만, 장인의 투표 조작 사건을 계기로 자유주의자로 전향한다. 초기에는 단순한 반감에서 비롯된 선택이었지만, 이후 보수 정권의 부정

〈그림 5〉•가르시아 마르께스에게 노벨문학상을 안겨준 작품 『백년의 고독』 표지들.
출처: 출판사 Diana Press Publications.

과 폭정을 경험하며 무장 투쟁을 결심한다. 그러나 시민전쟁이 길어지면서 그의 신념은 퇴색되고, 투쟁의 목적은 정권 획득으로 변질된다. 그 결과 그는 점차 타락하지만 끝까지 자신의 신념을 고수하려 한다.

『백년의 고독』에서 시민전쟁은 『낙엽』이나 『아무도 대령에게 편지하지 않다』와 마찬가지로 무의미하고 맹목적인 투쟁으로 형상화된다. 전쟁은 정신적·물질적 황폐함만 남기고 사라지며 참여자들은 목적 없이 싸우다 결국 허무함을 깨닫는다. 헤리넬도 마르께스 대령은 전쟁의 공허함을 가장 먼저 인식하며 이는 인물들에게 혼란과 부조리 의식을 심화시키는 계기가 된다.

가르시아 마르께스는 아르까디오의 폭력적 통치를 통해 시민전쟁의 맹목성과 부조리를 강조한다. 아우렐리아노 부엔디아가 전쟁에 나서며 마꼰도의 지휘권을 맡긴 아르까디오는 자유주의자

임에도 살인과 약탈을 일삼는 잔혹한 지배자로 변한다. 이는 작가가 보수당뿐 아니라 자유당 역시 비판하며 콜롬비아 시민전쟁의 무의미함을 드러내려는 의도이다.

시민전쟁이 양당 지도자와 대지주들의 타협으로 종식된 사실은, 전쟁이 소수 지배층의 권력 유지를 위한 무의미한 투쟁이었음을 보여준다. 초기의 이념 대립은 사라지고, 자유당과 보수당은 상호 이익을 나누는 공존 관계로 변한다. 가르시아 마르께스는 이를 통해 실제 역사 속 시민전쟁의 본질——엘리트 계층의 헤게모니 수호를 위한 협력 구조——를 소설 속 허구 세계에서 정확히 재현한다.

『백년의 고독』은 지배 계층의 허위 의식을 통해 헤게모니의 본질을 드러낸다. 자유주의자들의 투쟁 역시 진정한 개혁이 아닌 권력 쟁취를 위한 것이며 가르시아 마르께스는 이러한 현실을 서술 구조 속에 녹여내며 비판적으로 보여준다.

시민전쟁의 종식은 『백년의 고독』 속 마꼰도를 낙원의 이미지에서 타락과 파멸의 공간으로 전환하는 계기가 된다. 정치적 경쟁과 폭력, 배신과 증오가 난무하는 가운데, 마꼰도 주민들은 긍정적 가치보다 허무주의와 불신, 시기, 비열함에 물들어 간다. 권력자와 피지배자 모두 고독 속에서 삶의 방향을 상실하며 공동체는 점차 붕괴한다.

아우렐리아노 부엔디아가 우르술라에게 전쟁으로 인해 모든 것을 잃었다고 털어놓은 장면은, 마꼰도라는 마을이 내란을 겪으며 어떤 상처를 입었는지를 상징적으로 보여준다. 내란은 단순한 정치적 갈등을 넘어, 마을 사람들의 삶과 공동체의 기반을 무너뜨리는 파괴적인 결과를 낳았다. 그 결과, 마꼰도는 활력을 잃고 점차 고립과 침체 속으로 빠져들며 마치 생명력을 잃은 채 부패해 는 존재처럼 묘사된다. 이처럼 내란은 마꼰도인들에게 물질적 손실뿐 아니라 정신적 황폐함과 깊은 고독을 남긴 채, 공동체 전체를 쇠락의 길로 이끌었다.

(2) 기업 자본과 국가 폭력: 지워진 역사, 남겨진 흔적

시민전쟁과 더불어 『백년의 고독』의 서술 구조에서 핵심적인 역사적 사건은 바나나 농장 노동자 학살 사건이다. 이 사건은 봉건 체제의 약화와 자본주의의 유입, 산업화의 가속화로 인한 사회 구조의 변화와 계층 간 갈등이 복합적으로 표출된 결과이다. 1928년의 노동자 학살은 콜롬비아가 자본주의 생산 양식으로 이행하던 과도기에 발생한 것으로, 자본주의 도입에 따른 구조적 부작용이 폭력적으로 드러난 사례로 해석된다.

바나나 회사의 출현은 마꼰도 사회에 명확한 계급 구조를 형성하는 계기가 되었으며 기존의 도덕 중심 가치 기준은 경제 중심으로 재편되었다. 사회 구조는 수평적 공동체에서 수직적 계층 사회로 변화하며 불평등과 부조리가 심화한다. 이러한 변화는 노동자계급의 위기 의식을 자극하고, 다국적 기업에 대한 저항으로서의 파업으로 이어진다. 마꼰도는 더 이상 자율적 공동체가 아니며 외국 자본의 착취와 새로운 사회 가치에 종속된 공간으로 전락한다.

바나나 회사는 노동 기회의 독점적 제공이라는 구조적 우위를

〈그림 6〉•기차역에서 바나나를 나르는 노동자들.
출처: 오래된 사진 엽서.

악용해 노동자 착취를 강화한다. 노동법을 무시한 채 비인간적인 노동 조건을 강요하고, 터무니없이 낮은 임금을 지급한다. 특히 임금은 현금이 아닌 쿠폰 형태로 제공되어, 노동자들은 회사 구내 매점에서 생필품을 강제로 높은 가격에 구매해야 하는 이중적 착취 구조에 놓인다.

노동자들은 회사의 부당한 처우에 대한 불만을 견디다 못해 공식적으로 항의하며 개선 요구서를 제출한다. 비록 요구는 수용되지 않았지만, 이 행위는 그들의 목표가 불평등과 부조리의 타파에 있음을 분명히 보여준다.

'노동 조건 개선'이라는 욕구-행위(querer-hacer)는 단순한 생존의 요구를 넘어선, 구조적 모순에 대한 인식과 그에 따른 실천적 대응의 산물이다. 이는 노동자들이 자본주의적 생산관계 속에서 자신의 위치를 자각하고, 제도적 경로—즉 법적 절차나 협상—만으로는 근본적 개선이 불가능하다는 한계를 인식하는 과정에서 비롯된다. 이러한 자각은 곧 집단적 행동으로의 전환을 촉발하며 '동맹 파업'은 그 욕구를 실현하기 위한 전략적이고 실질적인 수단으로 선택된다. 이와 같은 행위는 단순한 저항을 넘어, 노동자 주체의 형성과 정치적 실천의 가능성을 내포한다.

노동자들이 파업을 결정하는 순간, 단순히 노동을 중난하려는 욕구-행위뿐 아니라 타 노동자의 작업까지 저지해 회사의 기능 전체를 마비시키려는 전략적 목적이 포함된다. 이러한 행위는 고용주와의 협상에서 유리한 위치를 확보하려는 실천적 수단일 뿐만 아니라 기존의 고용·지배 구조를 근본적으로 재편하려는 의지를 내포한다. 따라서 파업은 단순한 저항이 아니라 성립된 가치와 질서에 대한 구조적 변화와 재구성을 요구하는 행위로 해석될 수 있다.

파업이 실행되면 노동자들은 무노동-무임금 원칙에 따라 경제적 어려움을 겪지만, 더 큰 피해는 회사 측에 발생한다. 노동 중단은 즉각적인 수익 정지로 이어지며 이는 정부가 정치·경제적 이해관계에 따라 기업의 이익을 보호하고자 개입하는 계기가 된다. 레예스 정부는 치안 확보를 명분으로 정부군을 파견하고, 회사와의 협조 체제를 통해 파업을 무력으로 진압한다. 그 결과 발생한 마꼰도의 노동자 학살은, 1928년 산따 마르따 주 시에나가

〈그림 7〉•파업 중인 바나나 농장 노동자들. 요구 사항을 피켓에 써서 시위하고 있다.
출처: 영화 〈바나나 랜드: 피, 총알, 그리고 독(Banana Land: Blood, Bullets and Poison)〉
(2014)의 한 장면.

(Ciénaga)에서 실제로 벌어진 사건을 문학적으로 재현한 것이다.

가르시아 마르께스는 『백년의 고독』에서 정령 4호의 실제 기록을 소설에 삽입함으로써, 허구와 역사적 사실이 교차하는 지점을 명확히 드러낸다. 1928년 12월 6일 시에나가에서 발표된 이 정령은 노동자 학살의 정당성을 확보하려는 정부의 명분 축적 수단이었으며 작가는 이를 통해 사건의 역사적 실재성을 강조한다. 이러한 서술은 콜롬비아 역사 속 비인간적 폭력성을 고발하려는 작가의 비판적 의식이 반영된 결과이다.

정령의 발표는 정부가 파업을 무력으로 진압할 수 있다는 지식(saber)과, 그 실행 가능성 및 법적 정당성(poder)을 확보하게 하며 이를 통해 실제 행동(hacer)으로 이어지는 지식-능력-행위(saberpoder-hacer)의 구조를 형성한다. 가르시아 마르께스는 이러한 학살 장면을 사실적이고 객관적인 서술 방식으로 묘사하며 작가의 감정을 배제한 채 독자에게 판단의 기회를 제공한다. 이는 은폐된 역사적 폭력을 드러내기 위한 서사 전략으로, 담론적 개입보다는 관찰자의 시점에서 보고 들은 사실만을 전달하려는 태도를 견지한다.

대량 학살 속 유일한 생존자 호세 아르까디오 세군도의 시점을 통해 드러나는 정부의 학살 후속 조치는 공권력을 통한 역사 왜곡이다. 정부는 사망자가 없고 쟁의가 평화적으로 해결되었다는 허위 고시를 전국적으로 반복 유포하며 대중의 인식을 조작한다. 이는 정보 독점을 통해 시민을 통제하고, 지배 권력이 현실을 재구성하는 폭력적 헤게모니의 작동 방식이다.

호세 아르까디오 세군도의 유언은 역사적 진실을 후손에게 전달하려는 의지를 보여준다. 3천 명 이상의 사람들이 바다에 던져졌다는 사실을 잊지 말자는 그의 말은, 은폐된 학살의 실상을 기억하고 기록함으로써 왜곡된 역사를 바로잡고자 하는 작가의 역사의식을 반영한다. 이는 과거의 단절을 거부하고, 진실을 통해 역사적 정당성을 회복하려는 서사적 전략이다.

가르시아 마르께스는 파괴된 작은 마을을 배경으로, 라틴아메리카의 현실을 반영한 서사를 정교하게 구축한다. 그는 정치적 폭력, 국내외 자본으로 빚어진 경제적 착취, 사기와 학대 등 이미 사회 고발 소설을 통해 널리 알려진 주제들을 다시금 부각하며 이를 문학적으로 재구성한다. 겉으로는 소멸한 듯 보이지만 여전히 유효한 라틴아메리카의 구조적 문제들을 중심에 두고, 마을의 황폐한 자연환경과 인간의 고통을 교차시키며 서사를 전개하는 방식은 그의 작품이 단순한 허구를 넘어선 현실 비판의 장이라는 점을 분명히 한다.

『백년의 고독』은 마꼰도라는 상징적 공간을 통해 부유와 빈곤, 착취와 굴욕, 정의와 불의, 보수와 개혁 등 다양한 갈등 관계를 서사적으로 형상화한다. 이러한 의미론적 대립은 형식과 내용, 이야기와 담론의 균형 속에서 문학적 독창성을 유지하며 단지 마꼰도의 내부 세계를 묘사하는 데 그치지 않는다. 가르시아 마르께스는 이 서사를 통해 콜롬비아 사회의 구조적 모순을 드러내고, 더 나아가 라틴아메리카 전체의 역사적 현실을 상징적으로 재현하고자 한다. 작품은 폭력과 고독의 반복 속에서 살아온 라틴아메리카 민중의 집단적 경험을 문학적으로 통합하는 시도라 할 수 있다.

5 기억과 저항의 서사:
가르시아 마르께스 문학의 역사적 증언

가르시아 마르께스의 문학은 라틴아메리카, 특히 콜롬비아의 역사적 현실을 서사적 토대로 삼으며 이는 그의 작품 전반에 걸쳐 일관되게 드러난다. 『낙엽』, 『아무도 대령에게 편지하지 않다』, 『백년의 고독』은 각각 콜롬비아의 시민전쟁, 봉건 질서의 해체, 자본주의의 침투, 1930년대 경제 위기, 산업화와 사회 구조의 변화, 계층 간 갈등, 그리고 자유당과 보수당의 정치적 충돌과 폭력 등 구체적인 역사적 사건과 흐름을 배경으로 삼는다.

가르시아 마르께스는 자신의 작품이 모두 현실에 뿌리를 두며 아무런 근거 없이 상상만으로 만들어진 이야기는 관심 대상이 아니라고 말한 바 있다. 이는 그가 단순한 환상이나 공상보다는 실제 역사와 사회적 현실을 문학적으로 재현하는 데 중점을 둔다는 것을 보여준다. 그는 허구를 통해 현실을 왜곡하거나 숨기려는 것이 아니라 오히려 마술적 사실주의라는 독특한 서술 기법을 활용해 현신 속이 모순괴 억압을 더욱 뚜렷하게 드러낸다.

가르시아 마르께스에게 있어 역사적 맥락은 단순한 배경이 아니라 작품의 인물, 사건, 공간을 구성하는 핵심 서사적 동력으로 작용하며 그의 문학은 결과적으로 기억의 복원과 역사적 증언의 역할을 한다. 그의 작품은 라틴아메리카의 집단적 고통과 정체성을 문학적으로 형상화함으로써, 독자에게 단순한 이야기 이상의 역사적 성찰과 문화적 통찰을 제공한다.

가르시아 마르께스의 문학적 태도는 그의 작품들이 시대성과 역사성을 자연스럽게 내포하게 하는 핵심 동력으로 작용한다. 그는 콜롬비아 사회가 구조적 폭력과 정치적 억압에서 벗어나지 못하던 현실을 직시하며 문학을 통해 공권력에 의해 조작된 역사 서사를 해체하고자 했다. 이러한 태도는 단순한 창작의 차원을 넘어선 역사적 진실의 복원과 문학적 저항의 실천으로 이해할 수 있다.

그의 작품들에는 '고독 속에서의 역사적 부조리 고발'이라는 구조가 일관되게 나타나며 이는 가르시아 마르께스가 인간 존재와 사회, 그리고 세계를 어떻게 인식하는지를 보여주는 상징적 기호 체계 역할을 한다. 『낙엽』은 자본주의의 침투와 공동체의 붕괴를 통해 식민주의의 잔재를 비판하며 『아무도 대령에게 편지하지 않다』에서는 국가의 무관심과 정치적 배제가 한 개인의 삶을 어떻게 고립시키는지를 보여준다. 『백년의 고독』에서 반복되는 고독과 몰락의 서사는 단순한 개인의 운명이 아니라 콜롬비아 현대사의 반복되는 폭력과 망각의 순환을 은유적으로 드러낸다. 이러한 서사 구조는 가르시아 마르께스가 문학을 통해 억압된 기억을 복원하고, 침묵 속에 묻힌 진실을 드러내는 도구로 활용함을 시사한다.

가르시아 마르께스의 문학은 정치적·사회적 현실을 넘어선 인간 존재의 본질적 문제를 탐구하는 데까지 나아간다. 그는 단순히 콜롬비아의 폭력과 억압을 고발하는 데 그치지 않고, 그 속에서 살아가는 인간이 느끼는 삶의 무의미, 신념의 혼란, 그리고 존재의 고독을 문학적 서사로 형상화한다.

그의 작품에서 반복적으로 등장하는 이념과 계급 간의 갈등은 단순한 사회적 대립이 아니라 인간이 처한 부조리한 현실에 대한 내면적 응답으로 작동한다. 이러한 갈등은 인물들의 삶을 파괴하고, 결국 모든 행위자를 고독이라는 정서적 공간으로 몰아넣는다. 이 고독은 개인의 감정이 아니라 라틴아메리카 전체가 공유하는 역사적·문화적 정서로 확장된다.

가르시아 마르께스가 창조한 마꼰도의 역사는 단지 콜롬비아의 신화가 아니라 인류 전체의 보편적 경험을 상징하는 서사로 작용한다. 마꼰도의 인물들과 사건들은 특정 지역의 현실에서 출발하지만 그 표현 방식은 인간 조건에 대한 보편적 성찰을 가능하게 한다. 이는 가르시아 마르께스가 지역적 현실을 인간적 관점에서 재창조하고 심화시킨 결과이며 그의 문학이 세계적 공감을 얻는 이유이기도 하다.

가르시아 마르께스는 라틴아메리카의 역사적 폭력을 단순히 사건을 나열하는 방식으로 다루지 않는다. 그는 폭력을 라틴아메리카 사회의 구조적 문제와 인간 존재의 조건을 형성해 온 핵심적인 요소로 인식하며 그것이 역사의 흐름을 결정짓는 중요한 계기였다고 본다. 이러한 관점은 그의 문학이 단순히 폭력의 장면을 재현하는 데 그치지 않고, 폭력이 발생한 근본적인 원인과 그것이 인간의 삶에 남긴 깊은 흔적을 탐구하는 방향으로 나아가게 한다.

그는 작가가 폭력이라는 주제를 다룰 때, 사망자 수나 잔혹한 묘사에 집착하는 조급함을 경계하며 오히려 생존자들의 내면에 남은 상처와 기억, 그리고 그들이 살아가는 현실의 부조리를 형상화하는 데 집중해야 한다고 강조한다. 이러한 태도는 그의 작품이 현실 세계와 창조적 허구 세계 사이의 일관성을 유지하게 하는 미학적 기반이다.

가르시아 마르께스는 이를 위해 마술적 사실주의라는 독창적인 문학 기법을 활용한다. 그는 현실을 단순히 있는 그대로 재현하는 대신, 현실의 본질을 시적이고 환상적인 방식으로 재구성한다. 일상에 숨어 있는 비범함이나 신비로운 요소들을 자연스럽게

〈그림 8〉•바나나 농장을 통한 미국의 착취와 그에 대한 노동자들의 항쟁을 그린 벽화.

드러내며 현실을 문학적 상상력으로 다시 빚어내는 것이다. 이러한 방식은 역사적 사실을 환상 속에 녹여내면서도, 독자에게 오히려 현실의 진실을 더욱 선명하게 전달하는 효과를 발휘한다.

결국 가르시아 마르께스의 문학적 가치는 폭력을 단순히 고발하는 데 그치지 않고, 그것을 통해 인간의 조건과 사회의 구조를 성찰하는 깊이 있는 서사를 구축한다는 데 있다. 그의 작품은 라틴아메리카의 고통을 넘어, 보편적인 인간의 고독과 기억, 그리고 저항의 의미를 탐구하는 문학적 증언으로 자리매김한다.

가르시아 마르께스의 『낙엽』, 『아무도 대령에게 편지하지 않다』, 『백년의 고독』이 역사소설로서 문학적 성취를 이룬 핵심적인 이유는 단순히 역사적 사실의 재현이나 환상적 묘사에 있는 것이 아니다. 오히려 그는 역사적 사건의 표면 너머에 존재하는 인간의 자각과 집단적 생명력을 섬세하게 포착함으로써, 역사와 인간 사이의 긴밀한 상호작용을 문학적으로 구현했다.

이러한 접근은 사건을 단편적으로 나열하는 것이 아니라 그것들을 하나의 거대한 역사적 흐름 속에서 통합적으로 이해하려는 태도에서 비롯된다. 가르시아 마르께스는 역사적 맥락 속에서 인물들이 어떻게 현실과 대결하고, 그 속에서 어떤 내면적 진실을 발견하는지를 서사적으로 드러냄으로써, 단순한 기록을 넘어선 역사적 의미의 문학적 해석을 가능하게 한다.

특히 그의 작품은 라틴아메리카의 과거뿐 아니라 오늘날의 사회적 현실과도 밀접한 연관성을 지니며 이는 독자들이 작품을 통해 현재를 성찰할 수 있도록 하는 문학적 장치로 작용한다. 따라서 가르시아 마르께스의 역사소설은 단순한 과거의 재현이 아니라 역사와 인간 존재에 대한 깊은 통찰을 담은 서사적 실천이라 할 수 있다. 이 관점에서 보면, 그의 문학은 역사적 사실을 예술적으로 재구성함으로써 기억과 진실, 그리고 저항의 공간을 창출하는 데 성공한 것이다.

가르시아 마르께스는 라틴아메리카의 역사를 폭력의 구조로 인식하며 『낙엽』, 『아무도 대령에게 편지하지 않다』, 『백년의 고독』을 통해 부조리한 현실과 인간의 고독, 그리고 사회 체제에 대한 비판적 인식을 문학적으로 형상화했다.

그는 단순한 역사적 사실의 재현이 아니라 개인과 민중의 자각, 집요한 생명력, 그리고 집단의 기억을 통해 역사적 의미를 재조명하고, 자유·평등·정의·인간 존엄을 지향하는 사회 체제의 가능성을 문학 안에서 제시한다. 궁극적으로 그의 문학은 라틴아메리카의 현실을 넘어선 보편적 인간 조건에 대한 성찰이며 문학을 통한 저항과 치유의 미학적 실천이다.

가르시아 마르께스는 라틴아메리카의 정치적 현실과 역사적 맥락 속에서 문학을 단순한 예술적 표현이 아닌, 정체성을 탐구하고 진실을 회복하는 데 공헌하는 도구로 인식했다. 그는 작가에게 가장 중요한 임무는 뛰어난 글쓰기를 통해 문학을 창조하는 것이며 이를 통해 공동체의 정체성을 찾고 사회에 공헌해야 한다고 보았다. 문학은 시대의 고통과 모순을 직시하고, 그 속에서 진실을 드러내는 역할을 해야 한다는 것이 그의 신념이었다.

우리가 살펴본 작품들—『낙엽』, 『아무도 대령에게 편지하지 않다』, 『백년의 고독』—은 모두 역사적 진실의 복원과 왜곡된 기억의 재구성을 통해, 라틴아메리카의 집단적 정체성과 현실 인식을 문학적으로 형상화한다. 가르시아 마르께스는 현실의 부조리를 단순히 고발하는 데 그치지 않고, 그 원인을 심층적으로 파헤침으로써, 독자에게 합리적 대응과 변화의 가능성을 제시한다. 이는 곧 '진정한 역사의식'과 '작가정신'의 구현이며 그의 문학이 라틴아메리카의 정체성 확립에 공헌한 핵심적인 이유라 할 수 있다.

제 2 장

폭력의 언어와 저항의 미학:

페르난도 바예호의

『청부 살인자의 성모』를 중심으로

1 펜으로 저항하는 작가, 페르난도 바예호

대학에서 생물학을 전공한 페르난도 바예호(Fernando Vallejo, 1942-)는 실제로는 작가, 음악가, 영화감독 등의 다양한 인문학적 활동에 더 열중했다. 1942년 콜롬비아 메테인(Medellín)에서 출생한 그는 어려서부터 모차르트와 쇼팽의 음악 세계에 깊이 빠진 피아니스트였다. 콜롬비아국립대학에서 1년간 문학과 철학을 공부하다가 하베리아나대학교에서 다시 생물학을 전공했다. 그 후 이탈리아로 유학해 영화학을 공부했다.

이런 일련의 학문적 편력은 그가 세계적인 소설가로 성장할 토대가 되었다. 그는 아홉 편의 소설 외에도 세 편의 에세이집, 한 권의 문학 용어 문법서, 콜롬비아의 유명 시인 호세 아순시온 실

〈그림 1〉・페르난도 바예호.
출처: 위키피디아.

바(José Asunción Silva, 1865-1896), 뽀르피리오 바르바-하꼽(Porfirio Barba-Jacob, 1883-1942)의 전기 등 다양한 분야에서 왕성한 활동을 보였다. 세 편의 영화를 제작, 감독하기도 했다. 1971년부터 멕시코에 정착해 온 그는 2007년 4월에는 콜롬비아 국적을 포기하고 멕시코 국적을 취득했다. 그를 비난하는 시민 단체에 대한 반발 때문이었다. 그러나 사건이 원만히 해결되자 그해 10월 다시 콜롬비아 국적 재취득 절차를 밟았다.

페르난도 바예호는 콜롬비아 폭력의 역사를 고발한다. 라틴아메리카의 이미지는 마약, 부정부패, 군부 통치, 외환 위기, 폭력 등 어두운 측면이 대다수다. 이런 이미지는 이미 현실로 굳어졌다. 그리고 이런 부정적 측면을 관통하는 속성은 폭력이다. 특히 콜롬비아는 매우 광범위하고 오랜 폭력의 역사를 가진 나라다. 콜롬비아에서 수십 년간 지속된 폭력은 이미 일상화되었고, 제도나 관습처럼 익숙하게 굳어져 버렸다. 폭력과 죽음은 어느새 동반자 관계가 되어 일상의 주변을 거닌다. 이것이 콜롬비아뿐 아니라 라틴아메리카 전체의 속성이라고 페르난도 바예호는 간파한다.

그는 이런 콜롬비아의 현실을 개탄하며 멕시코로 거주지를 옮겼으나 그의 모든 작품은 콜롬비아 현실을 배경으로 한다. 그는 다양한 장르의 글쓰기를 실험하며 정치권력의 부패, 사회의 구조적 비리 고발 등 각종 사회문제에 대한 각성을 촉구하는 작품들을 발표해 왔다.

페르난도 바예호는 작품을 통해 국가, 정치권력, 가톨릭을 비롯한 종교 집단, 경제 체제 등 각종 집단과 시스템 속에 숨겨진 부패상과 도덕적 해이를 파헤치려 노력한다. 특히 콜롬비아 정치, 경제에 절대적인 영향력을 발휘하는 마약 카르텔의 부정적 가치와 사회적 악영향을 적나라하게 드러내며, 그들의 비인간적 착취와 폭력을 고발하는 데 초점을 맞춘다. 그로 인해 발생하는 인간성의 황폐화, 부조리, 고아 의식, 인간에 대한 존엄성 상실 등도 외면하지 않는다.

2 도시 폭력과 노벨라 시까레스까

콜롬비아 소설에서 가장 많이 다루어진 테마는 폭력이다. 특히

19세기부터 20세기 중반까지 이어진 내란이 폭력 소설의 가장 중요한 주제였고, 1970년대까지만 해도 대부분 소설이 이 문제를 다루었다. 1980년대 산업화가 시작되면서 기존 폭력 소설의 한계를 극복하고 새로운 테마와 서사 구조를 가진 새로운 도시 폭력 소설, 노벨라 시까레스까(novela sicaresca)가 등장했다.

콜롬비아에서는 1938년부터 1951년까지 약 100만 명, 1951년부터 1964년까지 약 120만 명의 이주자들이 농촌에서 도시로 몰려들었다. 20세기 초부터 계속된 보수당과 자유당 양당 체제로 인한 내전이 주요인이었고, 후반으로 갈수록 군부, 게릴라, 우익 단체가 저지른 농촌 주민 학살이 큰 원인이었다. 그로 인해 대도시와 주변부에는 도시 빈민층의 집결지가 생겨나고, 도시 빈민들은 도시민에게 외면받으며 새로운 소외 계층을 형성했다. 도시 내 계층 간 갈등이 새로이 싹트기 시작한 것이다. 이 중 메데인은 마약 카르텔의 근거지가 되면서 마약과 관련된 폭력이 급격히 증가했다. 1980년대 후반부터는 살인 청부가 메데인의 현실이 되었고, 마약범의 위세가 콜롬비아 전체를 지배할 정도가 되었다.

작가들도 이런 현상에 주목하고 자연스럽게 문학작품 속에 반영하려 노력했다. 현실에서는 주변부로 소외되던 도시 변두리 지역이 문학작품에서는 중심 공간이 되었고, 소외된 도시 외곽에서 벌어지는 폭력이 국가 현실을 반영하는 중심 테마로 떠오르는 역설적인 현상이 일어난 것이다. 어두운 현실이 지배하는 메데인이 문학적 배경의 중심지로 되면서 독자들의 관심을 받는다. 범죄, 가난, 타락, 혼돈, 죽음이 일상을 지배하고 기관총 소리가 오토바이 소리와 록 음악과 조화를 이루는 대표적인 도시이기 때문이다.

이렇게 되자, 사회학자, 인류학자, 정치학자, 작가와 영화인들을 중심으로 '폭력학'이라는 새로운 연구 영역에 관심을 가지게 되었고, 마약범과 청부 살인자에 관한 논의가 연구의 중심 대상이 되었다. 이들의 세계를 다룬 문학 작품들도 출판되기 시작했다. 그중 하나의 경향은 저널리즘의 분석적 방법을 도입한 연대기 형식의 글인데, 마약 거래와 마약범들의 행적을 파헤치는 데 중심을 둔다. 대표적인 작품이 헤르만 까스뜨로 까이세도(Germán Castro Caycedo, 1940-2021)의 『마녀: 코카, 정치 그리고 악마(*La bruja: coca, politica y demonio*)』(1994)다. 안띠오끼아(Antioquía) 지역에서 일어난 정치인과 마약범들과의 은밀한 관계를 파헤쳐서 많은 논란을 불러일으켰고, 작가는 사법 당국에 의해 고초를 겪기도 했다.

청부 살인자들의 개인적 경험을 바탕으로 증언 형식의 서사 구조를 가진 작품들도 있다. 알론소 살라사르(Alonso Salazar, 1960-)의 『우리는 씨앗이 되기 위해 태어나지 않았다(*No nacimos pa' semilla*)』(1990)가 대표적이다. 메데인 빈민가 청소년들의 조직 문화를 잘 묘사해, 살라사르는 도시 청소년 집단을 문화적인 차원에서 처음으로 다룬 작가로 인정받았다. 메데인 지역에서만 사용되는 속어, 계층어를 의미하는 '빠를라체(parlache)'를 처음으로 작품에 담는 선구적 역할을 했다. 그 뒤를 이어 알베르또 바스께스 피게로아(Alberto Vázquez Figueroa, 1936-)의 『청부 살인자(*Sicario*)』(1991), 페르난도 바예호의 『청부 살인자의 성모(*La virgen de los sicarios*)』(1994), 오스까르 꼬야소스(Oscar Collazos, 1942-2015)의 『아빠와 함께 죽다(*Morir con papá)* 』(1997), 호르헤 프랑꼬 라모스(Jorge Franco Ramos, 1962-)의 『로사리오 띠헤라스(*Rosario Tijeras*)』(1999), 아르뚜로 알라뻬(Arturo Alape, 1938-2006)의 『타인의 피(*Sangre ajena*)』(2000) 등 메데인을 직접적 배경으로 했거나, 메데인이 폭력의 동기가 된 소설들이 잇따른다. '안띠오끼아 시까레스까 소설'이라 불리는 이런 경향의 소설들은 메데인에서 발생한 새로운 문학적 학파로 인정받았다.

청부 살인자의 이야기를 소설의 중심축이 아니라 주변부에서 일어나는 곁가지 이야기로 다루는 소설로는 에르난 오요스(Hernán Hoyos, 1929-2021)의 『코카, 토착 마피아 소설(*Coca, novela de la mafia criolla*)』(1977)이 있다. 그 외에 콜롬비아 북서쪽 대서양 해안 지방을 배경으로 한 후안 고사인(Juan Gossaín, 1949-)의 『해로운 풀(*La mala hierba*)』(1981), 라우라 레스뜨레뽀(Laura Restrepo, 1950-)의 『태양을 향해 있는 표범(*Leopardo al sol*)』(1993), 뻬레이라를 배경으로 한 안또니오 가예고 우리베(Antonio Gallego Uribe, 1942-2024)의 『엘 짜르(*El Zar*)』(1995), 보고따를 중심으로 한 오스까르 꼬야소스(Oscar Collazos, 1942-2015)의 『비너스 산에서의 전투(*Batallas en el Monte de Venus*)』(2003), 나움 몽뜨(Nahum Montt, 1967-)의 『에스키모인과 나비(*El Eskimal y la mariposa*)』(2005) 등도 마피아와 청부 살인자들의 이야기를 다룬 소설들이다.

이 중에서 『청부 살인자의 성모』는 노벨라 시까레스까를 처음으로 대중에게 확산시키고, 다른 작품들이 청부 살인자들을 다루게 되는 척도의 역할을 한 작품으로 평가받는다. 페르난도 바예호는 이 작품에서 이전의 작품과 달리 과거를 향한 화자의 시·공간

의 거리를 줄이고 현대 콜롬비아 폭력의 실상을 미세하게 조명한
다. 작가가 자신의 이름과 똑같은 페르난도 바예호라는 이름의 화
자를 내세워 이야기를 이끌어 가는 자전적 소설이다. 화자의 직업
은 문법학자인데 시간이 흐름에 따라 청부 살인자들이 사용하는
어휘를 자연스럽게 사용한다. 콜롬비아가 전통적 사회 가치와 권
위가 현존하는 보수적인 언어 사용국임을 고려한다면, '콜롬비아
의 마지막 문법학자'가 속어와 비어를 사용하는 것은 기존 질서와
권위의 붕괴를 의미한다. 언어폭력을 통해 물리적·사회적 폭력이
얼마나 깊고 심각하게 사회 구조 속에 스며들있는지를 보여주려
는 작가의 의도라고 판단된다.

3 메데인, 문명과 야만의 도시

(1) 죽음이 일상이 된 거리

『청부 살인자의 성모』는 도시 폭력이 난무하고 청부 살인자들의
주요 활동 무대인 메데인을 배경으로 한다. 메데인은 또마스 까
라스끼야(Tomás Carrasquilla, 1858-1940), 페르난도 곤살레스(Fernando
González, 1895-1964), 뽀르피리오 바르바-하꼽, 마누엘 메히아 바예
호(Manuel Mejía Vallejo, 1923-1998), 곤살레스 아랑고(González Arango,
1931-1976) 등이 남긴 많은 작품의 배경이기도 하다. 메데인은 전
통적으로 보수적인 가톨릭 전통이 강한 무역과 산업의 중심지였

〈그림 2〉•페르난도 바예호의 작품 『청부 살인자의 성모』 표지.
출처: 출판사 Punto de Lectura.

으나, 20세기 말엽부터 마피아의 근거지가 되면서 사회 불안의 진
원지로 변한다. 그로 인해 1950년대와 1960년대만 해도 콜롬비아
경제의 중심지였던 메데인은 콜롬비아 현대사의 정치, 경제, 사회
적 변혁의 중심지가 되었다. 이 소설은 주인공 페르난도 바예호가
오랜만에 귀향해 보고 느낀, 혼돈과 폭력이 일상화된 현재 메데인
의 모습을 잘 그린다.

　30년 동안의 외국 생활 끝에 귀국한 페르난도 바예호가 기억하는 메데인은 조용하고 평화로운 도시였다. 그러나 이제 콜롬비아는 세계에서 가장 폭력적인 나라가 되었고, 메데인은 무법천지, 증오의 중심지로 변했다. 게다가 이제 메데인은 하나가 아니라 둘이다. 분지에 있는 아래 도시와 산 위에 있는 위쪽 도시로 양분된다. 아래 도시에서는 절대로 위로 올라오지 않으나 그 반대는 성립된다. 위 사람들은 방황하고, 훔치고, 약탈하고, 죽이러 아래로 내려간다. 위에서 살아남은 자들만이 아래로 내려간다는 말이다. 그래서 페르난도는 아래 도시는 계속 메데인(Medellín)이라고 부르고, 위쪽 도시는 메다요(Medallo)라는 별명으로 부를 것을 제안한다. '메다요'는 '범죄의 도시'를 의미하는 별칭이다.

　메데인에서는 지역에 따른 계층 간 양극화가 심각하다. 잠재적이지만 심각한 사회 불안 요소다. 이 도시에서 가장 가난한 자들이 거주하는 산동네에는 정부의 공권력도 미치지 못하고 개발 계획도 없다. 소외되고 미래가 없는 인생들이 모여 산다. 이곳을 실질적으로 지배하는 세력은 빠블로 에스꼬바르(Pablo Escobar)가 이끄는 마피아 조직이다. 소외된 자들에게 국가가 못 해주는 것을 빠블로 에스꼬바르는 해준다. 집도 지어 주고 일자리도 만들어 준다. 소외된 자들은 마피아가 시키는 대로만 하면 된다. 그러면 원하는 것을 얻을 수 있다. 그래서 그들은 빠블로 에스꼬바르를 '대장'이라 부른다. 그들에게는 현대판 로빈후드와 마찬가지다.

　살인 청부업은 주로 청소년들에게 맡겨진다. 청소년들은 겁이 없고 자신의 행동에 확고한 신념마저 가져 그 일을 맡기기에 적합

〈그림 3〉•1991년 6월 19일, '마약 왕' 빠블로 에스꼬바르는 콜롬비아 당국에 자수했다.
사진은 1976년 메데인에서 콜롬비아 지역 관리 기관에 의해 촬영된 머그샷.
출처: 위키피디아.

하다. 어른의 경우에는 너무 계산적이고 겁도 많고 부양가족 덕분에 성공 확률이 낮다. 『청부 살인자의 성모』에서 알렉시스가 동성애인 페르난도를 보호하기 위해 몸을 던진 것이 좋은 예다.

이곳에서는 마피아 조직이 제도권 기관을 대신한다. 청소년들이 인성을 키우고 사회 구성원으로서 기본 교육을 받는 곳이 가정, 학교, 성당이 아닌 마피아 조직이다. 그곳에서 도덕의 틀을 배우고, 전쟁 영화, 스포츠 스타, 조직의 간부들을 우상으로 받들며 성장한다. 단결과 통일을 중시하는 조직의 특성상 청소년들이 다른 곳으로 눈을 돌릴 여지가 없다. 그들은 사람을 죽이면서 어른이 되어 간다.

알렉시스가 죽인 인물도 다양하다. 청부의 경우도 있으나 대개 우발적이고 순간적인 기분에 따른 살인이다. 지나가다 마주친 사람의 눈길이 기분 나쁘다고, 길을 건너다가 어깨를 마주쳤다고, 택시 기사가 라디오 볼륨을 낮춰 달라는 요구를 거절했다고, 버스 안에서 말참견했다고 머뭇거림 없이 죽인다. 심지어 검문하는 군인들도 거리낌 없이 살해한다. 그러나 그는 낭황하지 않는다. 뛰거나 도망치지도 않는다. 그저 총을 감추고 마치 아무 일도 없었던 것처럼 계속 걷기만 하면 된다. 그에게는 살인이 이미 일상이 되어 버린 것이다. 알렉시스의 살인 행각을 보는 페르난도의 시각은 더 위험하다. 그는 알렉시스를 '사탄이 보낸 전령사'라고 생각한다. 심지어 불량한 안띠오끼아인을 모두 제거하고 선량한 안띠오끼아인들만 살도록 만들어야 한다고 주장하기에 이른다.

청부 살인자들은 죽음을 두려워하지 않는다. 자신들은 죽기 위해 태어났다고 말할 정도다. 죽음은 늘 그들과 함께 다니는 동반자이고, 그들을 자유롭게 만드는 구원자이기도 하다. 이 지역에서 가장 확실한 것은 오직 죽음뿐이며 이 지역에서 길거리를 가장 자유롭게 활보할 유일한 것은 오직 죽음뿐이라고 믿는다. 그들도 성당에 가서 성모 마리아에게 기도하나 기도 내용은 일반인들의 그것과는 사뭇 다르다. 그들은 총을 쐈을 때 표적에 명중시키며 거래가 잘 이뤄지길 바라며 기도한다.

이 정도면 죽음은 메데인 전역에 퍼져 있는 역병이다. 그래서 메데인에는 아이들과 고아들뿐이다. 아버지들은 이미 젊은 시절에 죽었다. 노인들도 없다. 그들은 이미 젊어서 죽었고, 언덕에 묻혀있을 뿐이다. 그들이 언제 죽었는지는 모른다. 그들은 젊은 시절 마체떼로 서로를 난자했을 것이다. 페르난도는 메데인에 폭력의 역병을 도입한 자로 농민을 지목한다. '라 비올렌시아' 시절 농민들이 마체떼를 들고 농촌에서 도시로 흘러 들어와 메데인에 이르렀는데, 남의 땅 위에 터전을 잡기 위해 해적처럼 약탈과 살인을 일삼을 수밖에 없었다는 것이다. 그들이 가져온 마체떼가 곧 폭력의 상징이 된 것이다. 세대가 흘러 요즘 젊은이들이 사용하는 무기가 마체떼에서 현대식 총으로 바뀌었을 뿐이다. 그래서 페르난도는 농민을 현 사회 위기 상황의 원인으로 꼽으며 농촌과 도시 폭력의 연관성을 밝히려 노력한다.

여기서는 폭력도 후세에 전수된다. 대를 이어 내려온 복수의 기운이 흘러서 부모, 형제를 죽인 원수들도 언젠가는 보복을 당할 것이고, 그들도 마찬가지로 부모, 자식, 친구가 없는 신세가 되고 말 것이다. 그것이 곧 피의 유산이다.

이런 폭력은 가난에서 기인한다. 가난한 자들이 더 많은 가난한 자들을 양산하고, 곤궁하면 할수록 더 많은 살인자를 낳는다. 그것이 바로 '메데인의 법칙'이라 불린다. 실제 메데인에서는 가난할수록 출산율이 높아서 가난이 확대 재생산되며 대물림된다. 그들에게는 삶이 곧 죽음과 마찬가지다. 즉 메데인에서 산다는 것은 이미 죽은 인생으로 하루하루 버틴다는 의미다. 이미 사형 선고를 받은 운명이다. 그래서 페르난도는 그들을 '산 송장'이라고 부른다. 얼마나 많은 사람이 일상적으로 살해당하는지 산동네에 가면 '시체 투척 금지'라는 표지판이 꽂혀 있을 정도다. 그러나 이곳에서는 이런 표지판이 낯설지 않다. 늘 보던 것이기 때문이다. 이런 비정상이 메데인에서는 지극히 정상이다.

이 소설은 일인칭 화자인 페르난도의 시선을 통해 메데인의 현실을 증언하는 형식을 취하며 작가는 이를 통해 사회적 부조리와 불의, 그리고 문화적·이데올로기적 갈등이 일상화된 폭력의 도시를 그려낸다. 도시의 아름다움은 오직 과거의 목가적인 유년기나 희미한 야간 전등 아래의 환영 속에만 존재한다. 메데인은 선과 악이 뒤섞이고 삶과 죽음의 경계조차 흐려진 도시이다.

이러한 묘사는 단순한 도시의 풍경을 넘어, 도덕적 혼란과 인간 존재의 불확실성을 드러내는 상징적 장치로 작용하며 바예호의 문학이 지닌 미학적 저항의 성격을 더 부각한다.

이 작품의 실질적인 화자이자 주인공은 바로 메데인 자신이라고 볼 수 있다. 이 작품에서 메데인은 도시이지만 말하고, 그 말을 통해 자신을 스스로 드러내며 교회, 종교적 이미지, 사제들보다 훨씬 더 중요한 행위자 역을 수행한다. 메데인의 목소리를 통해, 개발도상국에서 필연적으로 거쳐 가는 신자유주의적 소비 지향주의 문화의 흐름과 그 결과 벌어지는 도시민의 소외와 범죄의 실상을 잘 표현한다.

(2) 침묵하는 국가, 무너진 공권력

본 소설에서는 폭력이 메데인이라는 제한된 공간에서 발생하는 것으로 표현되지만, 현실적으로 시간과 공간을 벗어나 중남미 전체에서 끝없이 일어나는 폭력은 국가의 기능을 다시 한 번 생각하게 만든다. 메데인의 실상을 보면, 폭력에 대처하는 국가의 사회 통제 기능이 무력화되었음을 알 수 있다. 메데인을 실질적으로 지배하는 것은 국가가 아니라 마피아와 청부 살인자들이다.

현대적 개념에서 보자면, 국가의 기능 쇠퇴와 국가기관 영향력의 쇠퇴는 시민이 동일성을 상실해 가고 점차 분화되는 결과를 낳는다. 결국 원주민, 이민자, 소외 계층, 인종별 소수 집단 등은 각자 자신들의 동일성을 주장하면서 국가를 압박한다. 정치, 경제, 문화적 기반이 다른 집단들이 시민사회 발전 과정에서 자신들의 욕구를 만족시키고 입지를 강화하기 위한 것이다.

『청부 살인자의 성모』에서는 정부의 사회 통제 기능 약화가 경찰력의 부재와 정부의 부패로 나타난다. 메데인에도 경찰은 있다. 그러나 그들은 보이지 않는다. 정작 시민이 그들을 원할 때 그들은 나타나지 않는다. 시민은 경찰에게 보호받지 못하는 것에 분노한다. 그러나 실상을 알면 경찰과 마주치지 않음에 감사해야 한다. 경찰의 존재에 대한 페르난도의 시각은 매우 부정적이다. 시민이 위험에 닥쳤을 때 경찰은 시민을 구하는 대신 오히려 강탈한다고 생각할 정도다. 경찰은 시민을 보호해 주는 존재가 아니라 오히려 그들을 약탈하는 적이다. 이곳에서는 합법과 불법의 차이가 없다. 삶과 죽음이 혼재하듯이 합법과 불법도 혼재한다. 이미 법의 기능이 상실된 지 오래다.

제 기능을 하지 못하기는 관료들도 마찬가지다. 나랏돈을 빼내 스위스 계좌에 맡기지 않으면 그나마 다행이라고 생각할 정도다. 관료들은 제멋대로 말하고 제멋대로 행동한다. 누구도 그들을 통제하지 못하며 이들이 선량하다고 믿는다는 것은 매우 순진한 일이다. 어느 사회에서든 양심의 최후 보루라고 할 수 있는 기자와 의사도 메데인에서는 제 역할을 하지 못하기는 마찬가지다. 메데인 사람들의 눈에 비친 기자, 의사, 장의사들은 이곳에서 남의 죽음으로 돈을 버는 유일한 존재들이다. 그러니 이 사회에서는 지배 엘리트들이 가지는 권위가 들어설 틈이 없다. 지배층의 권위가 흔들린다는 것은 이미 국가나 정부가 사회 통제 기능을 상실했음을 의미하는 것이다.

페르난도는 이런 상황의 출발점이 대통령에게 있다고 믿는다. 콜롬비아 대통령은 지금도 나라와 직위를 걸고 흥청망청 여흥을 즐기나, 그는 벌을 받지 않는 첫 번째 범죄자라며 강하게 비판한다. 이 작품에서 여러 명의 역사적 실존 인물들이 등장하는데, 그 중 대통령은 두 명이 등장한다. 제27대 대통령 비르힐리오 바르꼬(Virgilio Barco, 1921-1997)와 제28대 대통령 세사르 가비리아(César Gaviria, 1947-)가 그들이다. 페르난도는 이 중에서 마약과의 전쟁을 선포한 비르힐리오 바르꼬에게 호감과 더불어 존경심마저 보지만, 세사르 가비리아에 심한 적대심을 나타낸다. 그가 텔레비전에서 연설하자 텔레비전을 총으로 쏘아 부수고, 그가 죽으면 시를 써서 그의 죽음을 기뻐할 것이라고 약속할 정도다.

정부와 대통령에 대한 불신이 이 정도면 기업과 산업의 발전, 무역 성장도 기대하기 힘들다. 총체적 부실을 초래하는 악순환의 경제 구조가 불가피하다. 어느 분야에서든 국가적 미래를 위한 발전은 쉽지 않으며 그 책임은 국가에 있는 것이다. 정치, 경제, 사법, 경찰, 교육, 종교 등 다양한 국가 기관이 권위를 잃고, 그에 따라 국가도 힘을 잃고 나약해질 수밖에 없다. 그 틈새를 비집고 마피아와 같은 불법 조직이 비정상적인 사회 관계와 권력 관계를 창출했다.

이렇듯 이 소설에서는 도시화, 민주화, 세계화의 과정과 그런 일련의 과정에서 파생되는 도시 인구 폭발, 도시 범죄의 증가, 국가 기능의 약화로 인한 정부의 부패 등 다양한 문제점들을 메데인이라는 폭력적이고 혼란한 도시의 이미지를 통해 드러낸다. 메데인은 범죄 도시의 대명사이기도 하지만 콜롬비아에서 가장 현대화된 도시이기도 하다.

이렇게 작가 페르난도 바예호는 현대 사회 대도시 시민이 느끼는 소속감 결여, 국가에 보호받지 못하는 소외감, 고아 의식 등을 주인공과 주변 행위자들을 통해 비판적으로 표현한다. 이는 비단 콜롬비아의 어느 특정 대도시에 국한된 문제가 아니라 라틴아메리카 전체에 해당하는 문제다.

또한 작가 페르난도 바예호는 화자이자 문법학자인 페르난도 바예호를 통해 이런 부정적인 전망을 보여주는데, 이는 현대 사회의 갈등을 조정하고 현실을 수정할 지식인들의 한계를 보여주려

〈그림 4〉•메데인은 한때 범죄로 악명 높았지만, 오늘날 콜롬비아에서 가장 발전된 도시 중 하나로 손꼽힌다.
출처: 여행사 #Transat.

는 작가의 의도로 해석된다. 당대의 지식인을 통해 현실의 부정적인 면을 부각함으로써 현재와 미래에 대한 비관적이고 숙명론적인 전망을 더 확실하게 보여주는 것이다.

(3) 청부 살인자의 성모: 신앙과 죄의 도시 메데인

메데인의 청부 살인자들에게도 종교는 매우 중요하다. 그들이 타인을 살해할 때는 냉혈한이지만 수시로 성당을 드나들며 신앙심을 유지한다. 죽음의 잔치를 앞두고 무장을 한 채 십자성호를 그을 때의 그들의 신앙심은 십자군이나 정복자들의 그것과 비슷하다. 지금은 이교도나 이단자가 아니라 사랑하는 형제를 처단한다

〈그림 5〉•마리아 아욱실리아도라. 메데인에서는 살인자들도 성당에서 살인 성공과 보수를 위해 기도한다.

출처: 위키피디아.

는 것이 그들과 다를 뿐이다. 그들이 숭배하는 것은 마리아 아욱실리아도라(María Auxiliadora)[1]뿐만이 아니다. 누워 있는 예수 그리스도, 성 유다 타대오, 카르멜의 성모 마리아는 물론 다른 우상들에게도 의지한다. 세계의 많은 테러범이 각자의 종교에 대한 신앙의 힘을 바탕으로 범죄를 저지른다는 것을 생각한다면 그리 이상한 일도 아닐 것이다. 페르난도 바예호는 이 소설 『청부 살인자의 성모』의 제목에서 보이는 역설처럼 가톨릭을 비웃는 것이다.

가톨릭은 중남미에서 선교를 통해 대중의 신앙심을 확산시키기 위해 많이 노력했다. 이 소설에서 페르난도 바예호의 분류법에 따르자면, 종교와 대중적 신앙심의 관계는 메데인과 메다요의 관계와 비슷하다. 종교가 분지에 사는 풍채 좋고 반듯한 아랫마을 메데인에 사는 사람들에게 해당한다면, 대중적 신앙심은 법도 질서도 없는 산동네 메다요에 사는 사람들에게 해당하는 것이라고 볼 수 있다. 대중의 신앙심이란 자율적이고 선택의 문제이기 때문에 마치 마피아들을 사회에 동화시키는 것만큼 어려운 문제다. 강제성을 가지지 않기 때문에 더 그러하다. 일반적으로 대중의 신앙심은 종교적 권위가 없는 곳에서 더욱 강세를 보인다.

---

1) 'Auxiliadora'는 형용사로 '구제하는, 도움 주는, 보좌하는, 부조하는'이라는 뜻을, 명사로 '구제자, 도우미, 부조자' 등의 뜻을 지닌다. '마리아 아욱실리아도라'는 성모 마리아의 여러 칭호 중 하나로, 성모 마리아를 특별히 구제자, 보호자, 도와주는 분 등으로 공경하는 신심에서 비롯된 명칭이다. 5월 24일을 마리아 보조 축일로 기념하며 많은 신자가 성모 마리아에게 도움을 청하는 기도를 바친다. 즉 마리아 아욱실리아도라는 성모 마리아의 역할을 강조하는 특정한 명칭이며 본질적으로는 같은 인물이다.

『청부 살인자의 성모』에서도 페르난도는 그의 동성 애인 알렉시스와 윌마르와 함께 성당을 자주 찾곤 한다. 그들이 콜롬비아 가톨릭 문화의 정체성을 유지함을 잘 보여주는 대목이다. 그러나 어느 부분에서도 그들이 성직자들을 만나는 장면이 없다. 그냥 성당에 들어가서 기도하고 나오는 것이 전부다. 성당에서 만나는 사람들 대부분도 고지대에 사는 사람들이다. 소설에 나오듯이 살인자와 약탈자들이 성당에 자주 등장하는 것이 콜롬비아에서는 허구가 아니라 일상화된 현실의 모습이다. 그들이 기도하는 내용도 숭고한 이념이 아니라 성공적인 살인 임무 완수와 약속한 보수를 잘 받게 해달라고 하는 것이 대부분이다.

소설에서 페르난도와 메데인의 하층민들이 주로 믿는 대상은 마리아 아욱실리아도라인데, 실제 성당에서 마리아 아욱실리아도라는 '전능한 성모', '보호자', '강력한 후원자', '적에서의 보호자', '전쟁의 명을 받은 군인처럼 단호한' 등 전투적 요소의 어휘로 형용된다. 도시의 폭력자들이 자신들의 이익 실현을 위해 마리아 아욱실리아도라에게 얼마나 실질적으로 의지하는지 보여주는 부분이다. 알렉시스도 다른 청부 살인자들이 가지고 다니는 성모상의 성사물(聖事物) 세 개를 몸에 지니고 다녔다. 하나는 목에, 하나는 팔목에, 또 하나는 발목에 찼다. 일거리를 구하고, 표적을 실수 없이 명중시키고, 좋은 보수를 받기 위한 것이었다. 그렇다고 해서 마리아 아욱실리아도라가 오직 청부 살인자들만의 숭배 대상은 물론 아니다. 일반인들도 길거리에서 위험한 일을 당하지 않도록 성사물을 사용하기도 한다.

마리아 아욱실리아도라는 메데인에서 어머니의 이미지를 구현한다. 특히 빈민가에서는 모성을 대변한다. 콜롬비아처럼 폭력이 난무하는 곳에서는 폭력의 결과 남은 자들은 거의 여성들이다. 남자들의 대부분은 전쟁에서 목숨을 잃기 때문이다. 결국 갈등과 전쟁의 결과를 고스란히 떠안고 가야 할 존재들은 혼자 남은 여성들이다. 알렉시스의 어머니처럼 가정을 지키고, 일으켜 세우는 건 어머니의 몫이다. 그러니 이 지역 모든 청소년이 어머니에게 좋은 세탁기, 냉장고와 옷, 주방용품 등을 사주고 싶은 마음을 가지는 것은 당연한 일일 것이다. 윌마르가 페르난도에게 많은 명품을 원하나 그중에 어머니에게 선물할 월풀 대형 냉장고가 포함되어 있고, 윌마르가 페르난도와 함께 멀리 떠나기 전 이 냉장고가 어머니에게 잘 배달되었는지 확인하러 가자고 고집 부리는 장면이 이런 현실을 잘 반영한다.

마리아 아욱실리아도라는 소설에서 전지전능한 모습으로 표현된다. 지칠 줄 모르게 일하고 갖은 위험을 무릅쓰며 홀로 가정을 꾸려가는 산동네 어머니의 모습이다. 강인함과 섬세함을 모두 갖춘 모습이다. 청부 살인자들이 마리아 아욱실리아도라에게 기도할 때의 모습은 마치 자식이 어머니 앞에서 응석 부리며 보호를 요청하는 모습과 비슷하다.

그러나 페르난도 바예호는 종교인이나 심지어 신에게도 불신감을 감추지 않는다. 작품에서 역사적인 인물을 예로 들면서 비판적인 시각을 드러낸다. 알폰소 로뻬스 뜨루히요(Alfonso López Trujillo, 1935-2008) 추기경은 콜롬비아 안팎에 적들이 많아서 적지 않은 논란을 일으킨 장본인으로, 로마 바티칸에서 숨을 거두었다. 페르난도 바예호는 그에 매우 부정적이다. 추기경은 마약범과 거래했고 돈이 많기로 소문이 자자한 사람이었다. 페르난도 바예호가 그를 용서하지 못하는 이유는 훔친 보석을 들고 여장을 한 채 로마로 도망갔기 때문이다. 그가 가져간 보석은 볼리바리아나 대학 부지를 판 대금으로 산 것인데, 그 땅은 알폰소 로뻬스 뜨루히요 추기경의 소유가 아니었다. 남의 땅을 사기로 팔아치운 것이다. 그래서 페르난도는 그를 '도둑놈'이라고 부르고, 알렉시스도 그를 살해하고 싶어 한다.

콜롬비아에서 〈신(神)의 1분(El Minuto de Dios)〉이라는 텔레비전 프로그램으로 유명해진 신부 라파엘 가르시아 에레로스(Rafael García-Herreros, 1909-1992)도 비판의 대상이다. 그는 부자들에게 후원금을 받아 가난한 사람들의 집을 지어주는 활동으로 성인의 반열에 오를 정도로 명성을 얻었다.

그러나 페르난도 바예호의 생각은 다르다. 가르시아 에레로스 신부가 가난한 자들을 돕는 것은 그들의 가난한 상태를 더 지속하게 할 뿐이다. 가르시아 에레로스 신부는 마피아의 후원금도 받아 왔다. 페르난도 바예호의 생각으로는 첫째, 마피아와 관계를 유지했다는 것은 비난받아 마땅한 일이고, 둘째, 신은 존재하지도 않으며 존재하지 않는 자는 재산도 없다는 것이다. 신의 부재를 믿는다. 만일 신이 존재한다면 그것은 악마의 모습일 뿐이라고 단언한다. 신이 신성하고 선한 존재가 아니라 우리 일상에 존재하는 악의 화신이다.

그래서 페르난도 바예호가 바라보는 종교는 모두 몰상식하고 어리석을 뿐이라고 생각한다. 선과 악의 결과를 신에게 의지할 것이 아니라 우리 자신이 책임져야 한다고 주장한다. 메데인에도 콜롬비아에도 무죄인 사람은 없다. 이곳에 존재하는 모든 사람은 죄인이다. 윗동네 사람뿐 아니라 아랫동네 사는 사람들도 마찬가지라는 것이다. 만일 아랫동네 사람들이 죄를 안 지었다면 죄는 저 혼자 스스로 지었다는 말인지 반문한다. 지위 고하의 신분이나 경제력에 상관없이 인간 모두는 살아가는 동안 어쩔 수 없이 죄를 짓는다. 이는 메데인이니 콜롬비아뿐 아니라 현대를 사는 우리 모두 죄를 지으며 그에 대한 책임이 있음을 꼬집는 것이다.

4 폭력의 아이콘으로서의 언어

이 소설에서 직업을 가진 유일한 행위자가 페르난도 바예호인데, 그의 직업은 문법학자다. 콜롬비아는 전통적으로 매우 보수적인 언어 사용국이다. 그래서 문법학자는 사회적으로 매우 권위 있는 직업이며 새로운 권력 엘리트의 대표적인 인물로 등장하기 시작한 것이다. 콜롬비아에서는 19세기에 헌법을 만들 때부터 문헌학자, 문법학자, 라틴어 학자, 고위 성직자들이 소위 '문법학자 정치인 세대'를 형성하며 국가를 경영했을 정도로 고급 대중문화를 선도하는 지도층이었다. 그런데, 소설에서 페르난도 바예호가 가장 야만적인 상황에 직면하고 자신의 직업조차 경시하며 지식인의 무용성을 인식한다는 점이 매우 아이러니하다.

알렉시스와 윌마르가 사용하는 언어는 표준어가 아니라 '빠를라체'다. '빠를라체'는 1980년대부터 콜롬비아 메데인 빈민촌의 청소년들만이 사용하는 속어를 가리키는 신조어로서, 교육, 노동, 문화적으로 소외되었다고 느끼는 사회적 그룹이 다른 계층 사람들에게 던지는 대답이다. 그들은 빠를라체를 통해 인생, 폭력, 죽음, 종교, 남녀 관계와 대인 관계 등 모든 면에서 필요한 새로운 개념을 표현한다. 이는 자신들만의 새로운 정체성을 확보해 가는 과정이기도 하다.

그러나 이제는 빠를라체가 일부 집단에서만 사용되는 것이 아니라 대학가는 물론 문화, 예술계와 대중 매체에서까지 사용된다. 빠를라체를 문학 작품에 반영하기 시작한 것은 『우리는 씨앗이 되기 위해 태어나지 않았다』에서였다. 메데인의 폭력적 현실을 자연스럽게 반영하기 위한 작가의 노력이었다. 영화 〈로드리고에게 미래는 없다(Rodrigo D, no futuro)〉(1989)와 〈장미꽃을 파는 여인(La vendedora de rosas)〉(1998)에서도 빠를라체가 많이 사용된다. 빠를라체는 현재 다양한 계층에서 일반적으로 사용한다고 하지만 여전히 부정적인 색채가 남아 있다. 대다수 어휘는 마약 거래, 범죄, 폭력, 죽음, 무기, 인생의 허무와 관계가 깊고, 우정이나 칭찬보다는 공격성을 표현하는 어휘가 훨씬 많다.

소설 『청부 살인자의 성모』에서도 마찬가지지만, 빠를라체는 기본적으로 반(反)언어적이다. 스페인어의 문법 조직을 유지하면서 기존 사회와 확실하게 단절하는 하위 문화를 표현하기 위해

<그림 6>•경찰에 체포된 청부 살인자들.
출처: Cosecha Roja, https://www.cosecharoja.org/los-sicarios-de-medellin-matar-o-morir/.

지역에 따라서 어휘를 변화시키기 때문이다. 그러므로 빠를라체와 같은 반언어를 사용하는 것은 주관적인 세계의 표현보다는 현실 비판적인 의도가 높다고 판단된다. 현 사회 구조와 사회 계층에 문제를 제기하는 것이다. 또한 그전까지 콜롬비아가 자랑거리로 여겼던 두 가지, 즉 가장 순수한 스페인어를 사용하고, 문법학자들이 통치하는 나라라는 자부심을 파괴하려는 의도의 표현이라고 생각한다. 과거와 달리 현재의 콜롬비아를 지배하는 것은 지식인들이 아니라 현실적으로 경제적 능력을 지닌 마약범이나 마피아들이라는 메시지도 담겨 있는 것이다.

이 소설에서 화자 페르난도는 빠를라체와 같은 주변부 언어를 해석하고 전달하는 역할을 하며 소외된 계층의 현실을 관찰자의 시각으로 담아낸다. 이는 작가가 담론의 증언 기능이 제대로 작동하도록 의도한 장치로, 소설의 서두부터 메데인의 사회적 변화와 새로운 언어의 사용 사이의 연관성을 제시하는 방식으로 나타난다.

페르난도는 콜롬비아로 돌아온 직후 알렉시스와 함께 사바네따를 순례하며 이야기를 시작한다. 페르난도는 그를 알렉시스라고 불렀는데, 그 이름이 자신이 아니라 그의 어머니가 붙인 것임을 명확히 한다. 이는 가난한 계층이 자녀에게 외국인이나 부유층의 이름을 붙이는 경향을 보여주는데, 타이슨, 알렉산데르, 파베르, 에데르, 윌페르, 롬멜, 에이슨 등 미국 대중 매체나 영화 속 인물에서 따온 이름들이 대표적이다. 이러한 명명 행위는 자녀가 더욱 넓은 세계에서 살기를 바라는 희망의 표현이며 특히 중·하류층 사이에서 두드러진다.

화자가 알렉시스의 이름이 자신이 아닌 어머니에 의해 지어진 것임을 강조한 대목은 이후 전개되는 사건들에 있어 자신의 직접적인 개입을 부인하려는 태도로 읽힌다. 그는 서사 속 행위자들의 언어 사용에 책임의 경계를 분명히 하며 자신은 관찰자에 불과함을 지속해서 시사한다. 그러나 동시에 그는 청부 살인자들의 언어와 문화를 내면화하며 소설 속 그의 위치와 목소리는 단순한 중계자를 넘어 점차 변화를 겪는다. 이는 화자의 정체성이 사건 속에서 어떻게 흔들리고 확장되는지를 보여주는 중요한 지점이다.

페르난도가 빠를라체를 독자들에게 수시로 소개하는 이유는,

메데인에서 폭력의 정도가 심각함을 전달함과 동시에 메데인처럼 폭력이 난무하는 비정상적인 사회에서는 공식적인 표준어로 의사소통을 수행하는 데 한계가 있음을 나타내고자 하는 의도로 판단된다. 공식적인 표준어의 약화는 곧 전통적으로 도시를 지배해 왔던 기존의 정치, 경제, 사회, 문화 위계질서의 위기를 의미한다. 따라서 작가가 소설에서 보여준 표준어의 퇴락과 빠를라체의 빈번한 사용은 기존 사회의 붕괴를 상징적으로 표현하고자 하는 노력의 결과이다. 기존 형식과 전통을 보는 시각, 사회적-문학적 규칙에 대한 파괴가 이 작품에서 성공적으로 이루어진 것이다. 시간적 흐름으로 볼 때는 전통적인 과거와 혼돈스러운 현재와의 단절을 의미하기도 한다.

페르난도는, 원래는 당국이 밝혀야 했을 사실들을 자신이 대신 말한다고 주장한다. 그에 따르면, 지금 상황은 국민의 양심을 침해하고 약탈하는 기관만이 존재하는 현실이며 그는 어릴 적에는 성스러웠던 마을이었지만, 이제는 혼란과 소란이 가득한 사바네따로 돌아온 셈이라고 말한다.

이 작품에서 드러나는 당국의 무능력에 대한 비판은 단순히 행정적 실책을 넘어서, 그들이 권위를 유지하기 위해 활용해 온 공식 언어 자체에 대한 문제 제기로 이어진다. 이는 곧 콜롬비아 사회를 설명해 온 당국의 입장에 대한 근본적인 불신을 나타내며 실제 폭력의 현실을 살아가는 이들과의 인식의 괴리를 드러낸다.

작가는 『청부 살인자의 성모』에서 이러한 권위에 저항하는 방식으로 비공식적이고 도발적인 언어를 사용한다. 그는 언어를 통

해 근본 원인을 질문하고, 현실을 향해 의문을 제기하며 다시 정
신을 차리고 태어나고자 하는 인간의 희망을 드러낸다. 이러한 비
공식 언어의 선택은, 폭력적인 세계에 맞서는 미학적 저항의 태도
로 이해될 수 있다.

이와 관련해 여러 언어학자는 빠를라체가 더 이상 단순한 은어
로 보기 어렵다고 말한다. 그들은 이 언어가 이제는 개성과 정체
성을 표현하는 하나의 문화적 언어 형식으로 자리 잡았으며 새로
운 연구 대상으로 바라봐야 한다는 의견을 내놓는다.

이처럼 『청부 살인자의 성모』에서 빠를라체의 일상적 사용
뿐 아니라 세르반테스(Miguel de Cervantes Saavedra, 1547-1616), 깔
데론(Pedro Calderón de la Barca, 1600-1681), 안또니오 마차도(Antonio
Machado, 1875-1939)와 같은 위대한 작가들의 작품과 언어 사용을
희화화하는 것은, 희망이 없는 도시에서 체계적으로 벌어지는 혼
돈과 폭력의 세계를 표현하고자 하는 작가의 의도다. 눈에 보이는
폭력의 결과보다 눈에 보이지 않는 폭력의 상처, 지속된 폭력으로
인한 정신적 트라우마의 또 다른 표현 방법으로 왜곡된 언어를 사
용한 것이다.

이 작품에서 작가가 궁극적으로 표현하고자 하는 것은, 지금도
대도시 곳곳에서 벌어지는 각종 폭력과 범죄에 대한 정확한 현실
인식, 그 원인과 해결책에 대한 문제 제기이다. 그래서 빠를라체
는 메데인과 콜롬비아에서 어린이와 청소년들이 차별받고 소외되
지 않게 되는 날까지 지속할 것으로 보인다.

5 소비하는 사회, 소비되는 인간

소외된 사회에서 특별한 직업 없이 길거리를 방황하는 젊은이들의 삶을 그린 이 작품은 계속되는 폭력의 축적으로 인한 도덕적 무감각과 폭력의 허무함을 드러낸다. 작가 페르난도 바예호는 해외에서 살다가 삶에 지쳐 고향 메데인으로 돌아온다. 냉소적인 성격의 페르난도는 죽을 생각으로 귀향했다고 말한다. 그러나 그곳에서 청년 청부 살인자 알렉시스와 동성애에 빠지면서 도시에서의 도덕적 혼란에 당혹스러워한다. 청부 살인자로 성장하게 될 길거리 소년들은 삶에 대한 애정이 없다. 그들은 이 시대의 일시적 감정에 익숙하다. 과거도 없고 미래도 없다. 소비 사회를 최대한 만끽한다.

청부 살인자들을 양산하는 메데인 근교 산동네의 현실은 과거도, 현재도, 미래도 없는 그야말로 실존하지 않는 현실이 지배하는 곳이다. 그들에게 인생은 허무하기 이를 데 없는 것이다. 폭력의 악순환으로 미래를 믿지 않는 그들은 오로지 순간을 즐길 뿐이다. 지금이 가장 중요하다. 그래서 그들은 소비와 향락에 심취한다. 그들은 손목에 금시계를 두 개 차고, 금목걸이와 금팔찌를 차고 다닌다. 자신들이 소위 '신흥 부자'임을 과시하려는 것이다. 그들이 처음 마약 배달 임무를 맡으면 엄청난 수고비를 받지만 이 돈은 흥청망청 다 날리고 다음 날이면 또 가난뱅이 처지가 된다. 그들은 다시 갱단을 직접 조직하거나 돈을 받고 목숨을 노리는 청부 살인자가 되고 만다.

〈그림 7〉•콜롬비아 마약 카르텔의 청부 살인자들은 군대처럼 조직화되어 작전 수행에 특화되어 있다.
출처: SOFREP, https://sofrep.com/news/military-precision-in-crime-the-training-and-tactics-of-colombian-sicarios/

마약범들이 소유하려는 물건은 일종의 신분을 상징하는 역할을 하며 그것을 소유하기 위해 자신의 미래를 거는 것이다. 이는 메데인처럼 마약과 대마초 등이 불법 유통되는 지역의 하류층 젊은이들에게서 흔히 나타나는 현상이다. 이들의 소비품은 의류, 고급 가전제품, 음악, 오토바이, 수입차, 고급 음식 등 주로 생활 수준 향상을 위한 것들이다. 윌마르가 페르난도를 처음 만났을 때 요구한 물품도 그런 것들이다. 리복 테니스화, 파코 라반 진바지, 오션 퍼시픽 셔츠, 캘빈 클라인 속옷, 혼다 자동차, 마쓰다 차, 레이저 오디오, 문을 열기만 하면 얼음 조각이 쏟아져 내리는 월풀 대형 냉장고 등 모두 유명 상표 제품이다.

    문학은 어떻게 폭력을 기억하는가

이 중 눈에 띄는 것이 오디오다. 음악의 부정적 역할 때문이다. 페르난도 바예호의 『청부 살인자의 성모』에서 음악, 특히 콜롬비아 전통 민속음악인 바예나또는 단순한 여가 수단을 넘어 메데인의 사회적 현실을 반영하는 핵심적 장치로 작용한다. 알렉시스와 윌마르가 음악 없이는 살 수 없다고 말하듯, 음악은 하류층 인물들의 삶과 정서에 깊이 뿌리내려 있다. 그러나 이들이 반복적으로 접하는 바예나또의 가사는 폭력, 증오, 죽음 등 부정적 정서로 가득 차 있으며 이는 청소년을 포함한 지역민들에게 부정적 세계관을 내면화하는 역할을 한다.

작품 속 음악은 위안의 수단이자 현실의 고통을 공유하는 매개이지만, 동시에 폭력적 현실을 고착시키는 문화적 기제로 작용한다. 바예호는 이러한 음악적 요소를 통해 메데인의 부조리한 구조를 감각적으로 드러내며 음악을 사회적 진실을 전달하는 또 하나의 언어로 활용한다.

현대 자본주의 시장은 청소년들의 욕구를 꿰뚫고 그들에게 행복과 풍요의 상징이 어떤 것인지 분명히 알려준다. 대중 매체를 통한 선전을 통해서다. 대중에게 소비문화를 전파하고 부추기는 주동자는 텔레비전이다. 오지에서는 라디오가 그런 역할을 하지만 메데인과 같은 대도시에서는 텔레비전이 가장 강력한 대중 매체의 위치를 점한다. 대중들은 텔레비전을 통해 각종 광고, 텔레노벨라, 스포츠 등 각종 국내외 영상을 매일 접하면서 세계의 유행을 좇으려 한다. 페르난도는 이렇게 인간의 말초신경만을 자극하는 현대 소비문화가 인간을 불행하게 한다고 비판한다. 한 번이라도 이런 맛을 본 청부 살인자 청소년들의 삶 자체는 궁극적으로 소비의 대상으로 퇴락하고 만다.

빈털터리 청소년들이 소비 욕구를 충족할 방법은 없다. 소설에서 표현한 대로 청부 살인 아니면 부자에게 몸을 파는 동성애뿐이다. 그들은 인생의 덧없음을 너무 일찍 알게 되는 것이고, 그들에게 희망은 없다. 알렉시스가 대표적 인물이다. 그는 근본적인 허무함을 이기지 못해 텔레비전에 나오는 모든 것을 다 붙잡고 늘어진다. 텔레노벨라, 축구 경기, 록 그룹까지 말이다.

텔레비전을 비롯한 매스컴은 현대 소비 지향주의를 이끌며 시대의 흐름을 바꾸는 주도적 역할을 하는 것이 사실이다. 정치인이 대중을 설득하는 도구로 사용하는 것도 텔레비전이다. 콜롬비아의 세사르 가비리아 대통령도 신자유주의를 도입하면서 텔레비전을 통해 대중을 설득한다. 그런 모습이 페르난도에게는 못내 못마땅하다. 소설에 등장하는 콜롬비아의 역대 대통령 중 세사르 가비리아는 페르난도에게 있어 최악의 인물로 평가된다.

어느 날 페르난도가 외출에서 귀가할 때 텔레비전에서 세사르 가비리아가 연설하는 모습이 방송되었다. 이를 본 페르난도는 권총으로 텔레비전을 쏘아 부숴 버린다. 평소 텔레비전의 폐해를 주장하던 페르난도가 신자유주의의 도입으로 콜롬비아의 변화를 외치는 세사르 가비리아의 역겨운 모습을 보고 인내심이 무너진 것이다. 페르난도가 생각하기에 콜롬비아는 변화하나 달라지는 것은 없으며 오래된 재앙의 새로운 얼굴에 불과할 뿐이다.

텔레비전이 없어지자 알렉시스의 삶은 공허해지고 결국 본능

〈그림 8〉•청소년 청부 살인의 근본 원인은 일자리 부족이며, 해결책은 일자리 제공이다.
출처: 팟캐스트 TESTIGO DIRECTO의 에피소드 EL JOVEN SICARIO 썸네일.

에만 더욱 충실한다. 돈을 받고 청부 살인을 한 경우도 있지만, 지나가던 행인이 단순히 욕했다거나, 택시 기사가 라디오 볼륨을 낮춰 달라는 자신의 요구를 무시했다거나, 지나가는 노인을 희롱하는 사람들을 양심의 가책 없이 무차별 살해한다. 이는 본능에 충실한 모습이긴 하지만 근본적인 이유는 일거리가 없기 때문일 것이다. 테러의 악순환을 근절하고 길거리 청소년들을 가정으로 복귀시키는 핵심은 일자리 제공이다.

청소년들 사이에서 동일한 상표의 옷을 입는다는 것은 집단의 동일성을 유지하는 중요한 요소다. 청소년들이 살인을 마다하지 않으면서 돈을 벌어 유명 상표 옷을 원하는 이유이기도 하다. 이런 문제를 해결하기 위해 정부는 청소년들이 옷을 살 돈을 합법적으로 벌 일자리를 제공해야 한다는 것이 화자 페르난도의 주장이다.

단순히 축구장을 늘려서 그들의 관심을 스포츠로 돌리려는 것은 일시적인 방편일 뿐이다. 일자리 제공만이 증오심 가득한 도시 메데인에서 청소년들을 구원하는 길이며 죽음만이 가장 안전한 곳이라고 믿으며 밤거리를 헤매는 청소년들을 가정으로 귀가시키는 길이라고 페르난도는 작품에서 역설한다.

6 절망 속 진실을 말하다: 바예호의 비판적 시선

페르난도 바예호는 자신의 이름과 동일한 지식인 화자를 내세워 『청부 살인자의 성모』에서 콜롬비아 메데인의 정치, 경제, 사회, 문화적 상황을 적나라하게 드러낸다. 이 작품에서 묘사되는 메데인의 현실은 전면적으로 부정적이며 어떠한 측면에서도 긍정적 요소를 발견하기 어렵다. 작가는 도시의 현재뿐 아니라 미래에 대한 전망조차 철저히 부정하며 개선의 가능성이 전무한 '미래 부재'의 상태를 강조한다. 이러한 서사는 단순한 비판을 넘어, 심각한 부정성과 숙명론적 인식을 기반으로 한 문학적 고발 기능을 수행한다.

작품의 화자는 부조리한 사회 구조에 직설적인 언어로 비판을 가하며 독자에게 판단의 여지를 거의 남기지 않는다. 일인칭 화자는 결혼, 모성, 교회, 가족, 지성, 공공 기관, 대통령 등 기존의 모든 사회 질서와 가치 체계를 조롱하고 해체한다. 이러한 서술 방식은 단순한 서사적 선택이 아니라 진실을 추구하기 위한 작가의 문학적 신념에서 비롯된다. 바예호는 삼인칭 서사가 인물과 도시의 행위를 가상으로 구성함으로써 '거짓말'을 유도할 수 있다고 보고, 오직 일인칭 서사만이 현실을 있는 그대로 드러낼 수 있다고 믿는다.

언어 사용에서도 바예호는 기존 문학의 관습을 거부하고, 메데인 특유의 속어인 '빠를라체'를 적극적으로 활용한다. 빠를라체는 기본적으로 반(反)언어적 성격을 지니며 이는 현 사회 구조와 기존 질서에 대한 도전과 파괴를 상징한다. 작가는 이를 통해 희망이 사라진 도시에서 벌어지는 폭력과 혼돈의 세계를 생생하게 형상화한다. 빠를라체는 단순한 지역어가 아니라 메데인의 현실을 드러내는 언어적 장치며 동시에 문학적 저항의 수단이다.

그러나 이러한 전면적 비판에도 불구하고, 바예호는 콜롬비아를 완전히 포기하지 않는다. 그의 비판은 냉소나 혐오에서 비롯된 것이 아니라 깊은 애정을 바탕으로 한다. 그는 현실에 대한 공통된 인식과 이해를 대중에 심어주는 일이야말로 콜롬비아, 나아가 라틴아메리카의 폭력적이고 부조리한 현실을 변화시키는 첫걸음이라고 확신한다. 따라서 『청부 살인자의 성모』는 단순한 고발문학이 아니라 인간적 가치에 대한 섬세한 탐색과 함께 사회적 변화를 촉구하는 문학적 실천으로 이해될 수 있다.

바예호의 작품은 라틴아메리카 문학이 지닌 사회 비판적 기능을 극대화하며 언어와 서사 전략을 통해 현실을 직시하고자 하는 작가의 윤리적 태도를 보여준다. 『청부 살인자의 성모』는 폭력과 혼돈의 도시 메데인을 배경으로, 인간 존재의 존엄성과 사회 구조의 근본적 문제를 동시에 조명하는 강력한 문학적 선언이다.

제 3 장

광기 서린 현대사의 어두운 거울:

라우라 레스뜨레뽀의 『광기』를 중심으로

1 실천하는 지성, 라우라 레스뜨레뽀

라우라 레스뜨레뽀 곤살레스(Laura restrepo González, 1950-)는 콜롬비아를 대표하는 여성 작가로, 과거의 역사적 사건들을 오늘날의 맥락에서 되살리는 탁월한 역사의식과 작가적 통찰을 지닌다. 그녀는 역사 속 민중의 생명력과 현실을 창조적으로 형상하며 창작과 실제 현실 사이의 일관성을 유지하는 데 높은 평가를 받는다.

1950년 보고따에서 태어난 그녀는 로스안데스대학교 철문학부를 졸업하고 정치학 대학원 과정을 이수했다. 이후 콜롬비아국립대학교 및 로사리오대학교에서 문학과 교수로 활동했고, 정치 및 언론 분야에서도 경력을 쌓았다.

1983년 벨리사리오 베땅꾸르(Belisario Betancur, 1923-2018) 대통

〈그림 1〉•라우라 레스뜨레뽀의 모습. 그녀는 "문학은 돌처럼 굳은 정부의 언어에 맞서야 한다."고 주장한다.
출처: Zenda, https://www.zendalibros.com/laura-restrepo-la-literatura-tiene-que-ir-contra-el-lenguaje-de-piedra-de-los-gobiernos/

령의 임명으로 정부와 무장 게릴라 조직 M-19 간의 평화협상위원회에 참여했으며 그 경험을 바탕으로 르포 문학 『감격의 역사(*Historia de un entusiasmo*)』(1986)를 집필했다. 이 작품은 놀라운 역사적 증언을 담아 사회적으로 큰 반향을 불러일으켰으며 그로 인해 살해 위협까지 받는 상황에 부닥친다.

라우라 레스뜨레뽀는 정치적 망명을 하며 멕시코와 마드리드에서 5년을 보냈고, 그동안에도 M-19 게릴라 단체와의 평화 협상을 이어가려 노력했다. 결국 1989년, 해당 단체가 무기를 내려놓고 합법 야당으로 전환하면서 그녀는 콜롬비아로 돌아올 수 있었다. 현재는 보고따 문화관광위원회 위원장으로 활동 중이다.

그녀는 잡지사 《끄로모스(Cromos)》에서 기자로 시작해 《세마나(Semana)》에서 편집장으로 일하며 글쓰기 세계에 입문했으며 멕시코에서는 《라 호르나다(La Jornada)》와 《쁘로세소(Proceso)》에서 칼럼니스트로도 활약했다. 이러한 언론 활동은 그녀의 문학적 역량을 더욱 풍부하게 만든 계기로 작용했다.

레스뜨레뽀는 아홉 살에 첫 단편을 집필할 만큼 뛰어난 문학적 재능을 지닌 작가로, 다양한 주제와 문체로 콜롬비아 및 라틴아메리카 사회를 깊이 있게 탐구해 왔다. 그녀의 대표작으로는 『열정의 섬(La isla de la pasión)』(1989), 『태양 아래의 표범(Leopardo al sol)』(1993), 『달콤한 동행(Dulce compañía)』(1995), 『검은 피부의 애인(La novia oscura)』(1999), 『방황하는 군중(La multitud errante)』(2001), 『광기(Delirio)』(2004), 『너무 많은 영웅들(Demasiados héroes)』(2009) 등이 있다. 각 작품은 정치, 사랑, 정체성, 광기, 사회적 혼란 같은 주제를 섬세하게 다루며 현실과 허구를 넘나드는 서사로 그녀만의 독창적인 세계를 구축한다.

라우라 레스뜨레뽀는 콜롬비아 현대사의 모순과 폭력을 고발하는 데 집중하는 작가로 평가된다. 그녀는 다양한 글쓰기 방식으로 정치 권력의 부패, 사회 구조의 불합리성, 게릴라 활동, 마약 문제 등 다층적 사회 문제에 비판적 시각을 제시하며 독자들의 인식 변화를 이끌어 냈다. 더불어 인류 보편의 가치에 대한 지속적인 관심과 헌신을 바탕으로, 라틴아메리카를 대표하는 '행동하는 지성'으로 자리매김했다.

이 같은 경향은 대표작 『광기』에서도 잘 드러난다. 이 작품은 콜롬비아 사회를 병들게 하는 폭력성과 병리적 현실을 '광기'와 '부조리'라는 핵심 개념으로 형상화하며 개인과 집단이 지닌 욕망과 정신적 혼란이 어떻게 사회적 맥락에서 터져 나오는지를 깊이 있게 탐구한다.

레스뜨레뽀의 작품은 콜롬비아 사회를 잠식하는 마약 카르텔의 구조와 그에서 파생되는 비이성적 폭력을 적나라하게 드러내며 이를 통해 사회의 어두운 이면을 비판적으로 조명한다. 이러한 배경에서 작품은 인간 내면의 황폐화, 사회적 부조리, 과도한 소비 지향, 젠더 감수성 부족, 가정 내 폭력, 인간 존엄성의 상실 등 다양한 병리적 문제들을 중심 주제로 삼아 전개된다. 이로써 작가는 콜롬비아 현실을 직시하고, 독자에게 깊은 사유와 사회적 각성을 유도한다.

라우라 레스뜨레뽀는 문학성과 사회 비판적 성향을 동시에 인정받아 세계적인 명성을 얻은 작가다. 그녀는 1997년 『달콤한 동행』으로 '소르 후아나 이네스 데 라 *끄루스* 상(Premio Sor Juana Inés de la Cruz)'을 수상했고, 1998년에는 프랑스에서 출간된 작품으로 '프랑스 퀼튀르상(Prix France Culture)'을 받았다. 이어 2002년에는 스페인어 최우수 소설에 수여되는 '후안 데 산 끌레멘떼상(Premio Arzobispo Juan de San Clemente)'의 수상자로 선정되었다. 2004년 대

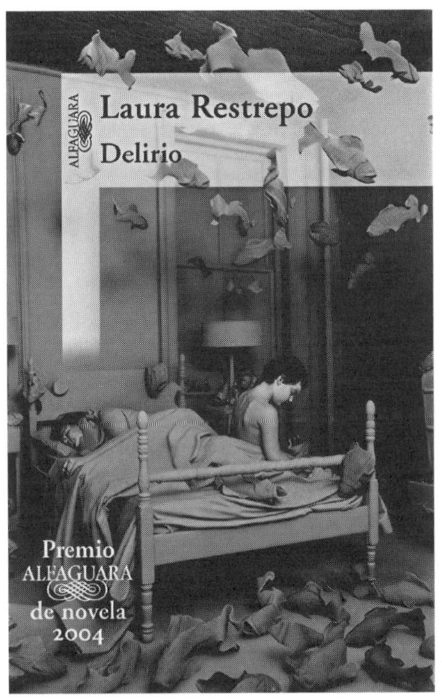

〈그림 2〉・라우라 레스뜨레뽀의 작품 『광기』 표지.
출처: 출판사 Ediciones Alfaguara.

표작 『광기』로 '알파과라 소설상(Premio Alfaguara de Novela)'을 수상하면서 스페인어권에서 대중적인 작가로 자리 잡았고, 2006년에는 같은 작품으로 이탈리아 '그린차네 카보우르 문학상(Premio Grinzane Cavour)'을 받으며 세계 문학계의 주목을 받게 되었다. 이후 2008년에는 『광기』가 《워싱턴 포스트》 선정 올해의 소설에 포함되며 미국에서도 호평받았고, 그녀의 작품은 현재 12개 이상의 언어로 번역되어 세계 독자들과 소통 중이다. 이러한 성과들은 라틴아메리카 문학의 깊이와 현실성을 국제적으로 알리는 데 크게 기여했으며 그녀는 오늘날 가장 영향력 있는 라틴 작가 중 한 사람으로 인정받는다.

레스뜨레뽀의 작품, 특히『광기』는 콜롬비아 사회를 병들게 하는 마약 카르텔의 구조와 폭력, 성별 권력 남용, 소비 중심의 가치관, 가정 내 억압 등의 문제를 중심으로 전개된다. 그녀는 이러한 복합적인 병리 현상들을 문학적으로 형상하며 현실과 허구를 넘나드는 서사를 통해 사회 구조의 부조리를 비판하고, 인간의 존엄성과 내면을 조명한다.

작품『광기』에서는 아구스띠나의 광기를 중심축으로 삼아, 1980년대 콜롬비아의 사회적 혼란과 마약 카르텔의 실체를 드러낸다. 이 시대는 마약 밀매로 부와 권력을 거머쥔 신흥 부르주아 계층의 부상과 함께 도시 폭력이 급속히 증가한 시기이며 보고따 중심의 폭력 양상이 두드러진다.『광기』는 이 배경을 바탕으로, 추리소설 형식을 통해 아구스띠나 광기의 원인을 가족 서사 속에서 탐색하며 콜롬비아의 병든 현실을 은유적으로 형상화한다.

라우라 레스뜨레뽀의『광기』는 현실과 허구 사이의 경계를 섬세하게 넘나들며 콜롬비아 사회의 실질적 고통을 문학적으로 형상화한 작품이다. 작가는 이 소설에서 개인 및 집단의 광기와 부조리를 통해 콜롬비아 현대사의 어두운 단면을 드러내고, 폭력과 억압 속에서도 지속되는 민중의 고통과 저항의 의미를 되새긴다.

이 글은『광기』에 나타난 이러한 서사적 전략을 분석함으로써,

작가가 제시하고자 한 사회적 문제의 핵심, 즉 마약 카르텔, 폭력의 일상화, 성적 소수자의 배척, 권위주의적 가족 질서 등의 구조적 병리를 살피고자 한다. 또한 이를 통해 콜롬비아 및 라틴아메리카 사회가 맞이할 문학적·사회적 전망과 가능성을 함께 모색하려고 한다.

2 마약 카르텔의 등장

콜롬비아에서 1950년대 내내 전국적으로 일상화된 폭력과 사회적 긴장 상태는 구스따보 로하스 삐니야(Gustavo Rojas Pinilla, 1900-1975) 대통령 집권 이후 국민전선(Frente Nacional, 1958-1974) 시대가 시작되면서 안정세에 접어든다. 그러나 자유당과 보수당을 제외한 소수 정치 세력이 정치권에 진입하기가 어려워지자 불만이 터져 나오기 시작한다. 그 결과 '콜롬비아 무장혁명군(Fuerzas Armadas Revolucionarias de Colombia-Ejército del Pueblo, FARC)', '민족해방군(Ejército de Liberación Nacional, ELN)'과 같은 좌익 무장 혁명 단체가 등장하고, 이에 맞서는 우익 무장 단체가 등장한다.

게다가 1960년대부터 급격한 성장세를 나타낸 마약 밀매 업자들도 막강한 자금을 바탕으로 무장 세력화함으로써, 콜롬비아는 급속도로 폭력성을 띤다. 1980년대 들어서자, 마약 카르텔의 힘이 강력해진다. 메데인 카르텔과 깔리 카르텔이 가장 강력한 집단으로 성장해서 코카인 시장의 70%를 점유하기에 이른다. 콜롬비아로서는 마약이 주요 수출품이 되었으나 부정부패, 사법 기능 약화 등 콜롬비아 사회에 미치는 부정적 영향이 너무 커졌다.

마약왕이라 불리던 메데인 카르텔의 수장 빠블로 에스꼬바르 (Pablo Escobar, 1949-1993)는 이중적인 얼굴을 가졌다. 그는 메데인 빈민가의 사회 기반 시설 확충에 기여하고 빈민들에게 집을 지어 무상으로 나눠주고 병원을 짓고 실업 문제를 해결하는 등 지역 주민을 위한 선행을 베풀기도 했다. 환경 보호, 야생동물 보호에 앞장서기도 했다. 그래서 일부에서는 그를 '로빈후드'라 부르기도 했다.

그는 제도권 정치에도 관심이 많아서 1982년 총선에 출마해 국회의원에 당선되기도 했다. 그러나 법무부 장관에 의해 경찰 매수 사건 등 그의 범죄 행위가 드러나면서 국회의원직에서 쫓겨나고 만다. 그리고 미국과 콜롬비아 정부의 합동 작전으로 '마약과의 전쟁'이 선포되면서 그는 범죄자가 되어 쫓기는 신세가 된다. 그러자 빠블로 에스꼬바르는 이에 대한 복수로 본격적인 테러를 자행하면서 콜롬비아 전체를 폭력의 두려움에 떨게 만든다. 정·재계, 언론인, 사법부 요인 암살과 납치, 폭파 등 무고한 시민에게도 피해를 준다.

몇 가지 사건을 예로 들면, 1985년, 에스꼬바르는 좌파 게릴라 조직인 M-19에 자금을 지원해 콜롬비아 대법원을 무력 점거하도록 했다. 이들은 마약 범죄와 관련된 문서를 파기하고자 했으며 그 과정에서 판사 11명을 포함해 총 115명이 목숨을 잃었다. 이 사건은 사법 체계를 위협한 극단적인 정치 테러로 평가된다.

〈그림 3〉•1985년 11월 6일 발생한 콜롬비아 대법원 점거 사건 당시, 정부군이 대법원으로 들어가면서 장갑차를 타고 격발하고 있다.

출처: reddit.

1989년에는 대통령 후보를 암살하기 위해 아비앙까(Avianca) 항공의 국내선 여객기에 폭탄을 설치했다. 이 폭발로 비행기에 탑승했던 모든 승객과 승무원 107명이 사망했다. 이는 무고한 민간인을 겨냥한 대표적인 대규모 테러 행위였다.

그는 '마약과의 전쟁' 임무 수행차 파견된 미국 마약단속국(La Agencia de Control de Drogas, DEA) 요원마저 매수, 포섭하는 능력을 발휘하는데, 이런 모습이 작품 『광기』에서도 묘사된다.

빠블로 에스꼬바르는 1991년 콜롬비아 당국에 의해 체포되어 수감되었으나 황제와 같은 편한 생활을 누리면서 탈옥에도 성공한다. 도피 생활 중 1993년 콜롬비아 경찰과 미국 마약단속국에 의해 사살된다. 그의 죽음으로 메데인 카르텔도 와해한다. 1990년대부터는 콜롬비아 내 마약 카르텔 조직의 숫자는 증가했으나 점차 소규모화되는 경향을 보인다. 그러나 폭력의 여운은 21세기 초반 현재까지도 여전히 콜롬비아의 심각한 문제로 남아 있다.

마약 카르텔의 영향력이 커지고 마약 거래 자금 규모가 커지면서 폭력이 발생하는 공간이 농촌에서 도시로 변모하는 양상을 보인다. 특히 산업화로 인해 농촌 인구가 보고따 등 대도시로 대거 유입되던 1980년대 중반부터 그런 현상이 가속화된다. 농촌 인구의 대거 유입으로 실업, 가난 문제 등이 겹치면서 사회적 긴장이 고조되고 폭력이 발생할 조건이 좋아진 탓이기도 하다. 이런 점을 간파한 빠블로 에스꼬바르는 인구가 많은 보고따에 대한 폭탄 테러를 집중적으로 자행했다. 이는 시민 불안을 극대화하는 한편, 보고따의 전통적 보수 과두 지배 계급 타파라는 이중적 효과를 노린 것이다.

마약과 관련된 사업으로 부를 축적한 신흥 부유층이 기존의 보고따 귀족 계급의 영역에 침투함으로써 발생하는 사회적 갈등, 즉 사회적 계층 이동으로 인한 계층 간 대립 관계는 작품 『광기』에서도 잘 드러나 있다. 이 소설에서 에스꼬바르가 등장인물로 직접 나오지는 않지만, 그의 존재는 작품 전체에 배경적 영향력을 미친다. 소설 속 인물들의 삶과 정신적 붕괴는 마약 밀매, 폭력, 부패, 돈세탁 등 에스꼬바르가 상징하는 혼돈의 시대, 사회적 병폐와 밀접하게 연결되어 있다.

　다음 장에서는 보고따의 전통적 지배층 가문에서 가족 간 갈등과 불합리한 가정폭력 문제가 왜, 어떻게 발생하는지 살펴볼 것이다.

3 젠더 권력과 가정 내 폭력: 여성 주체의 광기와 저항

(1) 성 역할 이데올로기와 가부장제의 재현

작품 속 비센떼 론도뇨 가문은 콜롬비아 전통 보수 지배층 가정의 전형으로, 가부장적 구조와 수동적인 여성상, 폭력적인 남편이라는 특성을 보인다. 중심인물인 아버지 까를로스 비센떼 론도뇨는 권력을 독점하며 모든 결정권을 행사하고, 가족은 그의 명령에 복종하며 침묵과 존경으로 반응한다. 아구스띠나는 그를 '신'이라 표현할 정도로 절대적 존재로 인식하며 이는 그녀의 정체성과 심리에 깊은 영향을 미친다.

　아구스띠나는 아버지의 남성 관계 통제와 전반적인 간섭 속에서 자율성을 억압받으며 성장했고, 이는 그녀의 내면에 불안과 억압을 심화시키는 원인이 되었다. 이러한 부녀 관계는 콜롬비아의 가부장제 권력 구조와 맞물리며 여성의 정체성과 정신적 혼란이 어떻게 형성되는지를 상징적으로 드러낸다. 아버지는 그녀에게 숭배의 대상이자 동시에 억압의 근원이었으며 아구스띠나의 광기와 혼란은 이러한 이중적 관계에서 비롯된 것이다.

아구스띠나는 아버지를 자극하려고 일부러 여러 남성과 데이트를 즐겼고, 어머니 에우헤니아 역시 그녀의 태도를 못마땅해했다. 아버지와 어머니는 가족의 행동뿐 아니라 성욕까지 통제해야 한다는 인식을 공유했고, 이러한 통제는 가족 내 지배권과 연결되어 있었다. 이 통제 구조는 론도뇨 가문에만 국한되지 않고 보고따 상류층 전체에 걸친 문화적 전통으로, 성생활을 수치로 여기며 철저히 규제하는 태도는 우월 의식의 표현이자 사회적 계층을 유지하고 구분하는 수단으로 기능했다.

작품에서 소피 이모는 성에 대한 억압적 태도가 세대를 거쳐 반복되며 가족 내 고통과 상호 괴롭힘의 원인이라고 지적한다. 이는 『광기』에서 나타나는 권위주의, 정서적 억압, 심리적 병리의 세습 구조를 상징적으로 보여주는 장면이다. 성에 대한 인식은 개인의 태도를 넘어서 사회 구조, 계급 의식, 가족 내 권력 관계를 반영하는 중요한 문화적 코드로 작용한다.

비치는 여성적인 성향과 행동 때문에 아버지에게 지속적인 압박을 받으며 성장했다. 아버지는 겉으로는 비치를 칭찬했지만, 내심으로는 그의 여성성을 오점처럼 여겼고, 불만과 분노를 드러내지 못한 채 억눌렀다. 어느 날 비치가 어린아이에게 다정하게 행동하자 아버지는 이를 못마땅하게 여겨 폭행했고, 가족들은 그 폭력을 제지하지 못하며 오히려 정당화하는 분위기를 보였다. 이러한 상황은 비치에게 심리적 고통을 안기며 가족 내 억압의 단면을 보여준다.

아버지의 폭력 사건 직후, 비치는 조용히 2층으로 올라간 뒤 완전히 달라진 모습으로 다시 나타난다. 그는 정의감과 단호함이 깃든 얼굴로 등장하며 아구스띠나는 그가 중대한 결단을 내렸음을 직감한다. 비치가 공개하려는 '파괴의 열쇠'는 어린 시절 몰래 촬영한 아버지와 소피 이모의 불륜 사진으로, 이는 권위적 아버지의 도덕적 실체를 무너뜨릴 결정적 증거다. 사진 공개는 가족 질서의 붕괴를 의미하며 두 사람은 그 파장을 깊이 인식한다.

비치는 마침내 아버지와 소피 이모의 불륜 사진을 가족 앞에 공개해 아버지의 권위를 무너뜨렸다. 그는 작은 탁자 위에 사진을 올려놓았고, 식구들은 이를 직접 확인했다. 이구스띠나는 그 순간 비치를 '등에 상처 입은 어린 양'으로 묘사하며 그가 잠시 '어린 양의 제국'을 형성했다고 표현한다. 이 장면은 권력의 중심이 아버지에서 비치로 이동하는 전환점이며 도덕적 질서의 붕괴와 함께 가족들이 배신의 증거 앞에서 고개를 숙이는 순간을 담는다. 비치는 정의 실현과 아버지의 추방을 기대했다.

비치는 아버지의 도덕적 권위를 무너뜨리며 복수를 실행했지만, 어머니 에우헤니아는 기존 질서를 지키려는 태도를 보인다. 아버지는 충격에 위축되고, 비치는 권력의 전환을 기대하며 어머니를 바라보지만, 그녀는 냉정을 유지하며 상황을 수습하고 사진 속 여성이 자신이라며 거짓말로 사건을 덮는다. 이 장면은 가족 내 권력의 갈등과 붕괴, 그리고 체면과 질서 유지를 우선하는 보수적 가치관을 보여준다.

어머니는 사진의 폭로가 결혼 파탄으로 이어질 것을 두려워했고, 그 충격을 억누른 채 상황을 수습하려 했다. 사진의 촬영자를 장남 호아꼬로 지목한 것은 책임을 전가하고 사건을 조작하려는 통제 행위였다. 놀랍게도 호아꼬는 이에 반박하지 않고 어머니의 거짓말에 순응했으며 결국 가족 내 권력 질서나 도덕적 균열은 외면된 채, 사건은 아무 일 없이 지나가는 해프닝처럼 마무리된다. 이는 론도뇨 가문에서 진실보다 체면과 질서를 우선시하는 상류층의 보수적 문화가 어떻게 작동하는지를 보여주는 장면이다.

반면, 막내 비치는 가족의 숨겨진 진실을 드러내며 아버지의 권위에 도전했으나 어머니는 이를 받아들이지 않고 비치를 몰아내며 아버지를 보호했다. 결국 비치는 자신의 자유를 마지막 무기로 삼아 가족을 떠났고, 이후 멕시코에서 동성애자로서의 정체성을 드러내며 돌아온다.

그러나 어머니와 호아꼬는 비치의 성적 정체성에 강하게 반대한다. 호아꼬는 비치가 멕시코에서 사귄 동성 애인을 데리고 온다면, 그 누구도 집에 발을 들여놓을 수 없다고 강하게 외쳤다. 어머니 역시 함께 고함을 지르긴 했지만, 목소리는 작았고, 반복적으로 호아꼬에게 그런 끔찍한 말을 입에 담지 말라고만 했다. 그녀에게 있어 끔찍한 일은 호아꼬가 비치와 그의 애인을 쫓아내는 행위가 아니라 비치가 동성 애인을 사귀었다는 사실 그 자체였다.

결국 어머니와 호아꼬는 마치 그런 일이 없었던 것처럼 행동하며 비치의 남자 친구에 대한 이야기를 일절 꺼내지 않았다. 그들은 마치 '아예 얘기를 꺼내지 않으면, 그 일은 절대 일어나지 않는다'라는 믿음을 따르듯이 침묵을 유지했다.

호아꼬는 외모와 성격 모두에서 아버지와 유사한 인물로 묘사된다. 그는 아버지의 눈빛, 눈썹, 코, 손 모양까지 빼닮았으며 성격 역시 권위적이고 통제적인 면모를 공유한다. 이에 따라 호아꼬는 가문의 규범을 자연스럽게 이어받아, 가족 내 질서 유지와 기존 가치관을 지키는 역할을 한다.

라우라 레스뜨레뽀는 이러한 유사성을 통해 콜롬비아 사회의 폭력 구조가 세대를 거쳐 반복된다는 점을 은유적으로 드러낸다. 호아꼬는 가족 중에서 아버지를 가장 따뜻한 시선으로 바라보는 인물이며 아버지의 가부장적이고 남성 중심적인 사고방식을 그대로 계승한다. 그는 여성과 여성성을 비하하는 태도를 보이지만, 어머니에게만은 예외적인 태도를 보인다. 이는 어머니가 아버지의 권위에 순응하며 동시에 호아꼬와도 긴밀한 관계를 유지하기 때문이다.

호아꼬는 세상 물정을 잘 모르는 도련님 같은 인물이지만, 어머니에게는 지극한 효자다. 이러한 묘사는 가족 내 권력 구조와 성역할의 고착화, 그리고 세습되는 폭력적 문화의 단면을 보여주는 중요한 서사적 장치로 작용한다.

지금까지의 논의에 따르면, 이 작품은 성을 단순한 생물학적 차원이 아니라 계급, 지배, 권력의 구조적 상징으로 형상화한다. 라우라 레스뜨레뽀는 남성성과 여성성의 문화적 의미를 통해 콜롬비아 사회의 가부장적 질서와 억압적 체계를 서사화한다.

남성성이란 단지 성적 능력뿐만 아니라 사회적 능력, 재생산 능력, 폭력 수행 능력까지 포괄하는 개념으로, 남성 중심의 사회에서 문화적 가치로 여겨진다. 이에 반해 여성적인 특질이나 남성의 여성성은 기존 질서를 위협하는 것으로 간주해 배제의 대상이다.

작품에서는 남성이 능동적이고 소유적인 존재로, 여성이 복종적이고 순응적인 태도로 묘사되며 이는 가부장제의 규범적 질서를 그대로 반영한다. 특히 감정 표현을 드러내는 남성은 '남성성'이 결여된 존재로 인식되며 사회적으로 수용되기 어려운 불완전한 인물로 묘사된다.

이와 같은 설정은 단순한 인물 특성의 나열을 넘어, 콜롬비아 사회에서 젠더와 권력 구조가 어떻게 연관되어 있는지를 분석적으로 보여주는 서사적 장치라 할 수 있다. 이 작품은 결국 성의 문화적 상징을 통해 사회 구조의 폭력성과 억압 메커니즘을 드러낸다.

이 작품에서 아버지는 가족을 철저히 지휘하고 통제하는 폭압적이고 권위적인 조종자로 묘사된다. 그는 가족 구성원 모두가 자신의 명령에 따라야 한다고 믿으며 보호라는 명목 아래 지배를 행사한다. 어머니 역시 이러한 남성 중심적 질서에 순응하며 동성애에 대한 부정적 시각과 남성성의 여성화에 대한 거부감을 장남과 같은 논리로 공유한다.

딸 아구스띠나는 어린 시절, 가족 질서의 중심축인 아버지를 잃을지도 모른다는 두려움 때문에 반역적 행동을 억제하며 살아간다. 그러나 시간이 흐르면서 남성 중심의 지배 구조에 대한 불편함과 부정적 인식을 갖고, 점차 기존 질서에 대한 저항의 태도를 형성한다.

이처럼 론도뇨 가문은 아버지, 어머니, 장남으로 구성된 보수적 권위 진영과 아구스띠나, 비치로 구성된 저항적 진영 사이에 이데올로기적 대립 구조를 형성하며 작품 전반에 걸쳐 팽팽한 긴장 관계를 유지한다. 이러한 구조 속에서 아구스띠나는 내적 갈등을 겪으며 이는 그녀가 '광기'에 이르게 되는 주요 원인 중 하나로 작용한다.

(2) 아구스띠나의 광기: 규범 질서에 대한 내면적 대항

아구스띠나의 광기는 작품의 중심 주제로, 단지 개인적 심리 문제가 아닌 사회적·가정적 구조에서 비롯된 복합적 결과로 제시된다. 그녀는 남편 아길라르가 잠시 출장을 다녀온 사이 정신착란 증세를 보이며 극도의 노출감과 내면의 적대감을 표현한다. 이는 가족 내 권위주의, 성 역할에 대한 억압, 콜롬비아 상류층의 문화적 규범 등 외부 요인들이 그녀의 정신 상태에 영향을 미친 것으로 해석된다. 따라서 그녀의 광기는 문화적 구조가 만든 사회적 산물로 이해된다.

아구스띠나의 광기는 사회적 규범과 엘리트 여성에 대한 기대에서 벗어나고자 하는 강한 욕망에서 비롯된다. 보고따 명문가 출신인 그녀는 제약된 삶에 염증을 느끼며 반항적인 태도로 변모했고, 머리를 늘어뜨리고 히피적 성향을 드러냈다. 정치에 무관심하며 대담한 향수를 사용하고, 가족과는 다른 옷차림과 행동을 보였다. 그녀는 실용이나 수익을 위한 노동을 거부하며 시장 경제에 대한 저항으로 내면의 자유를 추구했다.

결국 아구스띠나는 사회적 규범을 거스르는 행동을 통해 억압에서 벗어나려 했고, 그 과정에서 자유에 대한 욕망이 광기로 드러났다. 이는 그녀의 광기가 개인적인 문제를 넘어, 문화적 억압에 대한 반응임을 보여준다.

아구스띠나는 가족 관계에서도 사회적 관습에 저항하며 여성에게 기대되는 전통적 역할을 거부하고 스스로 가족 범주에 포함하는 것조차 거부한다. 그녀는 상류층 출신임에도 같은 계급이 아닌 중산층 출신의 공산주의자 아길라르와 결혼해 결혼 규범을 어긴다. 또한 권위주의에 반대하고 사회적 약자를 돌보는 태도를 보이며 그로 인해 가족 내에서도 배척당한다. 이는 그녀가 속한 계층이 내부적으로도 자격 미달자를 배제하는 폐쇄적 구조임을 보여준다.

이러한 서사는 아구스띠나가 사회적 규범과 가족 내 권력 구조에 저항하는 인물로서, 그녀의 광기와 내적 갈등이 단순한 개인적 병리 현상이 아니라 사회적 배제와 억압의 결과임을 암시한다.

아구스띠나는 막냇동생 비치의 동성애를 인정하고 지지했지만, 가족은 그를 배척했다. 그녀는 아버지의 폭력에서 동생을 지키지 못한 데에 깊은 죄책감과 고통을 느꼈고, 그로 인해 가족과 점점 멀어졌다. 비치의 성 정체성과 아구스띠나의 태도는 전통적인 가족 규율에 저항하는 상징적 행위로 작용했다.

아구스띠나가 사회적 규범을 위반한 또 다른 사건은 낙태 경험이다. 아구스띠나는 열일곱 살에 미다스의 아이를 배고, 어머니는 이를 암묵적으로 승인하며 낙태를 묵인한다. 두 사람이 여행을 떠나며 낙태를 향한 여정은 혼란과 광기의 상징처럼 묘사되고, 당시 콜롬비아의 보수적 사회 분위기 속에서 그녀는 극심한 심리적 압박과 상처를 겪는다. 이 경험은 그녀의 내면 균열과 광기 형성에 깊은 영향을 끼치며 사회적 규범에 대한 저항과 내적 고통이 교차하는 핵심 장면으로 작용한다.

아구스띠나의 광기는 가족 내 비밀 유지와 위신을 위한 거짓말 문화에서 비롯된 측면이 있다. 론도뇨 가문은 체면을 중시하며 비정상적 행위를 은폐하고, 아버지의 불륜이나 비치의 동성애도 함구한다. 마약 밀매와 관련된 미다스와의 사업 관계 또한 가족에 숨기며 이는 사회적 범죄를 감추는 구조적 은폐로 작동한다. 이러한 반복되는 은폐와 거짓은 아구스띠나의 정신적 혼란과 광기 형성에 영향을 준다.

아구스띠나는 이러한 '진실'과 '진실처럼 보이는 것' 사이의 괴리 속에서 내적 갈등을 겪으며 결국 광기의 상태에 이른다. 광기는 단순한 개인의 병리 현상이 아니라 사회적·가족적 억압과 은폐의 산물이다. 아구스띠나의 광기는 진실을 말할 수 없는 환경, 진실을 말하면 파국이 되는 구조에서 발생한 것이다.

아구스띠나의 광기는 단순한 개인적 심리 이상이 아니라 가족 내력과 유전적 요인이 복합적으로 작용한 결과로 이해할 수 있다. 그녀의 상태는 할아버지 니꼴라스 뽀르뚤리누스가 어린 시절 겪은 누나 일제의 '조용한 정신착란'과 관련이 깊으며 그 경험은 세월을 넘어 아구스띠나에게까지 영향을 미친다. 특히 가족 내에서 수치와 침묵으로 묻힌 사건들이 구조적으로 계승되며 아구스띠나는 그런 유산의 지배에서 벗어날 수 없다고 느낀다. 이는 단순한 유전이 아니라 억압된 기억과 반복된 상처의 결과임을 보여준다.

이처럼 『광기』는 광기의 유전성과 사회적 억압이 교차하는 지점을 통해, 개인의 정신적 붕괴가 어떻게 가족과 문화의 구조에서 형성되는지를 보여준다.

지금까지의 분석을 종합하면, 아구스띠나는 가족 내 반복되는 거짓말과 권위주의적 질서에 대한 저항에서 극심한 내적 갈등을 겪으며 결국 정신 분열적 광기를 발현한 인물로 이해된다. 그녀는 가족의 체면을 위해 진실을 은폐하고 거짓을 반복하는 구조에서 고립되고, 가부장적 권력에 맞서 싸우는 과정에서 점차 정신적 균열을 경험한다.

이러한 아구스띠나의 모습은 눈을 뽑아버린 오이디푸스나 현실과 환상을 혼동하는 돈키호테를 떠올리게 하며 그녀는 결국 진실을 보려는 욕망과 현실의 억압 사이에서 파열된 존재가 되었다.

아구스띠나는 단순히 개인적 고통을 표현하는 인물이 아니라 사회적 계급과 성별에 의해 배제되는 구조적 현실에 저항하는 상징적 존재로 읽힌다. 그녀는 정의롭고 평등한 사회를 꿈꾸며 더욱 인간적인 공동체를 지향하는 내면의 열망을 품는다. 이러한 희망은 그녀의 광기가 단순한 병리적 증상이 아니라 사회적 억압에 대한 윤리적 저항의 표현임을 보여준다.

4 사회적 혼란의 기억과 재생

이 작품에는 두 가지 유형의 극단적인 광기가 자리한다. 첫 번째는 아구스띠나, 비치, 아길라르처럼 기존의 관습을 무너뜨리려는 강한 욕망에서 비롯된 광기다. 이들은 사회의 틀을 깨고자 하는 급진적인 행보를 보이며 혼란을 일으키는 인물들이다.

또 다른 부류는 권력 중심에 깊게 관여한 인물들로, 다른 계층을 배척하고 자신들만의 방식으로 부를 축적하면서 상류 계급으로 올라서려는 집단이다. 이 부류의 대표적 인물로는 빠블로 에스꼬바르, 미다스, 그리고 거미 살라사르가 있다.

빠블로 에스꼬바르는 실존 인물이며 세계 최대 마약 밀매 조직이었던 메데인 카르텔의 수장이었다. 그는 겨우 22세에 메데인 지역의 마약 제왕으로 떠올랐으며 그 전성기에는 콜롬비아 최대 재벌 그룹의 회장으로 불릴 만큼 막강한 영향력을 지녔었다. 외모는 평범하고 촌스러웠지만, 사람들 앞에서는 환경·동물 보호 활동과 스포츠 열정을 드러내며 좌파적 성향을 지닌 사회 참여형 인물로도 비춰졌다.

그는 미국과의 마약 전쟁에서 승리를 이끌어 낸 인물로 평가받으며 아메리카 대륙 전체를 지배하는 군주와도 같은 존재였다. 동시에 막대한 재산을 축적한 인물로, '황제 폐하'라고 불릴 정도의 영향력을 지녔다.

그가 국가에 미친 영향은 대단했고, 그 힘의 근원은 바로 '돈'이었다. 빈민가에서 태어나 줄곧 부유한 가문 사람들에 의해 기가 눌려 살아온 그는, 어느 순간 그들보다 수십 배의 재산을 보유한 인물이 되어 사회적 위계 구조를 뒤엎는 위치에 올라섰다. 이제 그는 원한다면 그 부자들을 후원하고 먹여 살릴 수도 있었고, 원

〈그림 4〉•빠블로 에스꼬바르의 저택 '아시엔다 나뽈레스'에는 이국적인 동물들이 있는 동물원이
있었고, 정원에는 거대한 공룡 조각상이 있었다.
출처: The LIFE images Collection.

하지 않는다면 철저히 외면하거나 몰락시킬 수도 있는 그런 위치
에 있었다.

이런 이유로 콜롬비아의 독재자들이 여전히 자신들이 에스꼬
바르를 통제한다고 믿는 상황은 실상과 크게 어긋난다. 실제로는
오히려 그가 권력자들을 좌지우지했다. 그의 영향력을 드러내는
대표적인 장면 중 하나는, 동료 미다스에게 실질적 빈곤을 지적하
는 순간이다. 그는 이 나라의 부자들이 겉으로는 풍요로워 보일지
몰라도, 실질적인 권력이나 영향력 면에서는 자신보다 훨씬 부족
하다는 점을 암묵적으로 드러낸다. 이 짧은 대화만으로도 에스꼬
바르가 가진 막강한 권력과 경제적 영향력이 얼마나 압도적인지

를 엿볼 수 있다. 그의 말은 단순한 비유가 아니라 사회 구조를 꿰뚫는 통찰이자 자신이 구축한 범죄 제국의 위력을 보여주는 상징적 장면이다.

미다스는 에스꼬바르가 부와 권력을 확장해 가던 시기에 등장한 돈세탁 전문가로, 고수익의 비밀 거래를 통해 마약 자금을 세탁하는 역할을 했다. 이 시스템은 투자자들에게 신분 노출 없이 자금을 투입할 수 있도록 했고, 에스꼬바르는 복잡한 자금 흐름을 안전하게 관리할 수 있었다.

에스꼬바르는 '쿠카인 왕'이라는 명칭을 꺼렸고, 자신이 '조국의 아버지'로 불리길 희망하면서 정치 진출을 시도했지만, 마약 연루 사실로 상원의원 후보 명단에서 제외되었다. 이러한 정치적 좌절은 그에게 깊은 분노를 안겼고, 그는 이에 대한 보복으로 보고따에서 단 하루 만에 무려 예순세 개의 폭탄을 터뜨리는 테러를 감행했다.

1980-1990년대 콜롬비아는 극심한 폭력과 혼란 속에 놓여 있었다. 정부는 미국과 협력해 마약과의 전쟁을 펼쳤지만, 이에 반발한 마약 밀매 조직과 게릴라 단체가 결탁해 테러와 치안 불안을 가중했다. 시민은 납치, 살해, 폭발 등 각종 위협에 직면한 채 살아가야 했다.

보고따는 인구 밀집도가 높고 치안이 불안정해 테러의 위험이 컸으며 대체로 정부 협박을 목적으로 밤 시간대 하류층 거주 지역에서 폭발이 발생했다. 그러나 어느 날 북부 고급 레스토랑에서 폭탄 테러가 벌어졌고, 그 배후가 에스꼬바르로 밝혀지자, 상류층 인사들까지 그를 두려워하게 되었다. 이전의 협정을 깨고 상류층을 직접 겨냥한 극단적 행동은 그가 모욕과 분노를 느낀 결과였고, 이는 그의 전쟁이 특정 계층만의 문제가 아니라는 인식을 심어주었다.

에스꼬바르의 테러는 점점 더 극단적인 양상으로 치닫는다. 어느 날, 라디오에서 충격적인 뉴스가 흘러나온다. 보고따 빨로께마오 지역의 경찰서가 폭탄에 의해 완전히 파괴되었다는 것이다. 이 사건은 1989년 12월 5일 실제 보고따에서 발생했던 콜롬비아 행정보안국(Departamento Administrativo de Seguridad, DAS) 폭파 사건을 연상케 한다. 당시에는 500톤의 폭약을 실은 차량이 폭발하면서 62명이 사망하고 2,200여 명이 부상 입었으며 주변 1,500여 개의 상점이 파괴되고 반경 2킬로미터 내의 주택 창문이 깨지는 등 도시 전체가 큰 피해를 보았다.

이러한 연쇄적인 폭력과 테러로 인해 보고따는 이제 더 이상 평범한 도시가 아니었다. 사람들은 서로를 적으로 인식하며 살아가는 '모든 사람이 모든 사람을 상대로 싸우는 전쟁 같은 도시'로 변해 갔고, 보고따를 찾는 이들 역시 자발적인 선택이 아닌, 다른 대안이 없어 어쩔 수 없이 오는 곳으로 인식되기에 이르렀다.

작가는 이 작품을 통해 콜롬비아 사회의 불안과 혼란을 생생하게 그려내기 위해 공간적 대비라는 서사 장치를 적극적으로 활용한다. 특히 아구스띠나의 회상은 공간에 따라 인간의 감정과 심리적 반응이 어떻게 달라질지를 보여준다. 그녀는 어린 시절의 기억 속에서, 두려움이 온몸을 감쌌을 때조차 집 안 '내부'에서는 안정

〈그림 5〉• 콜롬비아 DAS 폭파 당시의 모습. DAS 공격과 9일 전 발생한 아비앙까 203편 폭탄 테러의 배후로 메데인 카르텔이 지목되었다.

출처: 위키피디아.

과 보호를 느꼈지만, 문밖 '거리'로 나서는 순간 공포와 위협이 실체화되는 듯한 감정을 경험했다.

이처럼 작가는 '집'이라는 안전한 공간과 '거리'라는 불확실하고 위험한 외부 환경을 대조시킴으로써 사회가 안은 긴장감과 폭력성을 한층 더 부각한다. 집안 '내부'의 조용하고 따뜻한 분위기와 거리에서 마주치는 난폭하고 살벌한 현실 사이의 격차는, 단순한 공간 묘사를 넘어서 혼란한 시대상을 반영하는 상징적 장치로 작용한다. 이는 독자가 개인의 심리적 내면과 사회적 외부 현실이 얼마나 극명하게 충돌하는지를 직관적으로 체감하게 만든다.

작품에서 '현관문'은 생과 사, 안과 밖의 경계를 상징하는 공간으로 등장한다. 총상을 입은 경비원이 벨을 누르고 도움을 청하자 아구스띠나는 그를 집으로 들여보내지만, 그는 결국 집 안에서 죽음을 맞이한다. 이 사건은 아구스띠나에게 깊은 충격을 주며 그녀는 그 죽음을 자신과 동일시하기 시작한다. 현관문은 폭력과 생명, 공적 현실과 사적 감정이 교차하는 장소로, 그곳에 흐른 피는 경계의 모호함과 그녀의 정신적 혼란을 상징한다. 이는 아구스띠나의 광기가 개인적인 상처뿐 아니라 콜롬비아 사회의 폭력성과도 밀접하게 연결되어 있음을 보여준다.

작가 라우라 레스뜨레뽀는 이 작품에서 사회적 혼란의 모습을 그려내기 위해 단순히 1980-1990년대라는 시간적 배경에 머물지 않는다. 그녀는 주인공 아구스띠나의 기억을 통해 더 오래된 역사적 상처를 현재의 서사와 연결한다. 아구스띠나는 어린 시절 자란 집 담벼락에 나 있던 작은 구멍들을 떠올리는데, 그녀의 아버지는 그것들이 1948년 4월 9일에 활동했던 저격병들이 남긴 총탄 자국이라고 설명해 주었다.

실제로 1948년 4월 9일은 콜롬비아 현대사에서 결정적인 분기점으로 평가된다. 당시 자유당의 대표적 민주 투사이자 국민적 존경받던 지도자 호르헤 엘리에세르 가이딴이 암살당하면서 전국적인 민중 시위가 촉발되었고, 보고따에서는 '보고따소'라 불리는 대규모 폭동이 발생했다. 작가는 이러한 역사적 사건의 흔적을 아구스띠나의 개인적 기억 속에 배치함으로써, 사회의 폭력과 혼란

〈그림 6〉•보고따소 당시 자유당과 호르헤 엘리에세르 가이딴을 내세운 시위대가 검은 완장, 깃발, 팻말을 들고 볼리바르 광장을 가득 메웠다.

이 현재뿐만 아니라 깊은 과거에서 이어져 온 것임을 암시한다.

이는 단지 시대적 배경을 넘어서, 콜롬비아의 사회적 광기와 폭력이 얼마나 깊고 복합적인 뿌리를 가지는지를 드러내는 서사 전략이다. 작가는 개인의 기억과 역사적 사건을 교차시킴으로써 독자에게 사회 혼란의 본질이 한 시대에 국한되지 않음을 강하게 인식시킨다.

콜롬비아는 오늘날까지도 깊은 혼돈과 갈등의 시간을 지난다. 그러나 작가 라우라 레스뜨레뽀가 이 작품을 통해 전달하고자 하는 메시지는 단순히 사회적 불안만을 그려내는 데 그치지 않는다.

오히려 그녀는 혼란의 한복판에서도 인간에게 일상의 평범한 행
복이 얼마나 귀중한지를 역설적으로 강조한다.

작가의 시선은 인물 아길라르의 섬세한 관찰을 통해 드러난다.
그는 평범한 일상을 아무렇지 않게 살아가는 사람들을 바라보며
그들이 얼마나 큰 행운을 누리는지를 생각한다. 그러면서 자신에
게 묻는다. 저들은 과연 자신들이 누리는 안정과 자유가 얼마나
귀한 것인지 알까. 아길라르의 이러한 내면적 성찰은 평범함 속에
숨겨진 특권의 가치를 되새기게 하며 일상의 소중함을 다시금 인
식하게 만든다.

이는 곧 작가의 목소리와 연결된다. 극단적 폭력과 테러가 일상
에 스며든 현실 속에서도, 누군가에게는 그저 평온한 하루가 가장
소중한 특권이라는 사실을 깨우쳐 주는 것이다.

5 소비 사회와 인간 욕망의 일그러짐:
   자본주의적 병리의 상징

작가 라우라 레스뜨레뽀는 이 작품을 통해 현대인의 소비 욕구와
사회적 신분 상승에 대한 강한 열망을 사실적으로 묘사한다. 대표
적인 인물이 바로 미다스다. 그는 자본주의 시장 경제의 논리에
철저히 순응하며 상류 사회로 진입하기 위해서라면 수단과 방법
을 가리지 않는 인물로 그려진다. 젊은 시절, 그는 시골 출신으로
슬리퍼를 신고 다니며 살아가는 과부의 아들이었고, 빈민촌의 작

고 낡은 아파트에서 살던 학생이었다. 그 아파트는 전형적인 저소 득층의 거주 공간이었다. 이처럼 미다스는 물질적 부족 속에서 성 장하며 그 결핍을 채우려는 욕망을 더욱 강하게 품는다.

반면, 그의 친구이자 아구스띠나의 오빠인 호아꼬는 전혀 다른 삶을 살아간다. 그는 마치 왕족이나 귀족이 사는 궁전처럼 호화로 운 저택에 거주하며 고등학교 시절부터 팝송을 원어민처럼 유창하 게 부를 수 있을 만큼 교육받은 청소년이었다. 그는 신형 르노9 승 용차를 타고 다니며 거리의 성매매 여성에게 동전을 던져주는 식 의 과시적이고 무감각한 행동도 서슴지 않았다. 이러한 모습은 태 생부터 다른 계급이 지닌 특권과 무의식적인 오만함을 드러낸다.

두 인물은 대조적인 배경을 지니지만, 모두 사회 계층이 인간의 욕망과 행동을 어떻게 규정하고 이끄는지를 상징적으로 보여준 다. 작가는 이를 통해 콜롬비아 사회의 불평등과 계급 구조, 그리 고 그로 인해 발생하는 욕망과 충돌을 정교하게 드러낸다.

미다스는 친구 호아꼬의 집을 통해 상류층의 삶을 관찰한다. 화 려한 샹들리에, 값비싼 도자기, 은제 식기 등은 그가 자라온 환경 과 완전히 달랐다. 그는 점차 이 세계에 강하게 끌리며 언젠가는 이 모든 것을 자신의 것으로 만들겠다는 욕망을 키워 간다.

이 과정에서 미다스는 자신에게 돈을 벌 감각과 직관이 있다는 사실을 발견한다. 태생적 부유함은 없지만, 그는 사업을 통해 부 를 쌓을 능력을 갖췄다고 확신한다. 이는 미다스가 상류층에 대한 동경을 넘어서, 자본주의적 성공 모델을 내면화하는 과정을 보여 준다.

그러면서 그는 콜롬비아의 자금 흐름이 더 이상 전통적인 대지주들에게서 나오지 않는다는 것을 직감한다. 이제는 마약 밀매 업자들이 이 나라를 움직이는 돈줄이라는 사실을 알아차린 것이다. 땅을 소유하며 부를 과시하던 시대는 이미 지나갔고, 새로운 자본의 중심은 음지에서 작동하는 거대한 범죄 네트워크였다. 그 현실을 깨닫고 받아들인 미다스는, 더 나아가 그 흐름 속에서 자신의 위치를 전략적으로 세워나가기 시작한다.

미다스는 점차 콜롬비아의 권력 지형을 꿰뚫어 본다. 그의 관점에서 이 나라를 실질적으로 움직이는 사람은 단순한 정치인이 아닌 마약왕 빠블로 에스꼬바르였다. 에스꼬바르는 정치권력까지 흔들 인물로, 사회 여러 계층의 흐름을 좌우했다. 미다스는 마약 밀매 업자들과 보고따의 유력 인사들 사이에서 달러 세탁 중개업을 수행하면서, 콜롬비아의 정치와 경제, 그리고 사회 전반의 역학을 날카롭게 파악해 나갔다. 그런 통찰력 덕분에 그는 기민하게 상황을 읽고 유리한 방향으로 움직일 수 있었고, 어느 순간 일간지《엘 띠엠뽀》사회면에 등장할 정도의 부와 명성을 얻는 데 성공한다.

미다스는 서른 살에 이르러 친구들과 뚜렷한 경제적 격차를 보이며 상류층의 삶을 물질적으로 구현한다. 고급 인테리어와 은제 식기 등은 그의 과거 빈곤과의 결별을 상징한다. 그러나 그는 기존 상류층을 그대로 모방하지 않고, 젊고 현대적인 외모와 생활 방식을 선택하며 자신만의 계층적 정체성을 구축한다. 무겁고 위세를 자랑하는 벤츠 대신 빠르고 감각적인 BMW 오토바이를 타

〈그림 7〉•빠블로 에스꼬바르가 사망하고 오랜 세월이 흘렀음에도 불구하고, 많은 콜롬비아 국민은 그를 신비로운 종교적 분위기로 기억한다. 메데인에는 그의 삶을 상징하는 장소를 둘러보는 투어가 있다.

출처: Daniel Romero/dpa, https://www.lemonde.fr/livres/article/2019/06/21/le-mort-etait-trop-grand-de-luis-manuel-rivas-les-soutiers-de-l-argent-sale-colombien_5479457_3260.html

는 것은 그가 속도와 스타일을 중시하는 새로운 소비문화를 대표함을 보여준다.

이러한 모습은 미다스가 과거의 전통적인 지배 계층과는 다른, 신세대 부유층의 정체성을 형성하려는 욕망을 반영한다. 그는 단지 돈을 벌고 소비하는 데 그치지 않고, 소비를 통해 자신의 사회적 위치와 정체성을 새롭게 만들어 가려는 인물이다.

미다스는 부를 기반으로 상류층에 진입하려 하지만 엘리트 집단의 폐쇄성과 배타성으로 인해 진입이 어려움을 겪는다. 그들은 에스꼬바르의 폭력을 비난하면서도 실제로는 거래를 통해 불법 자금을 받아 권력을 유지하며 위선적인 태도를 보인다. 사라 루스 까르데나스의 배제는 이들의 공동 이익을 위한 냉정한 행동을 드러낸다.

미다스는 외모만으로 사람의 신분을 평가하는 사회적 코드에 따라 행동하다가 에스꼬바르 사촌들의 신분을 오인해 내쫓는 실수를 저지르며 낭패를 겪는다. 미다스는 에스꼬바르의 보복 대상이 되고, 생명의 위협을 느껴 어머니의 아파트로 피신한다. 이 피신은 단순한 은신이 아닌, '근원으로의 복귀'라는 상징적 의미를 지닌다. 성공의 상징들이 무너지고 과거와 마주한 그는 혼란에 빠지며 어머니의 공간을 유일한 피난처로 받아들인다. 자신이 반복된 운명의 굴레 안에 갇혀 있다는 자각은 몰락의 시작을 상징한다.

미다스의 피신은 과거로의 상징적 복귀이며 그가 멀리했던 과거가 위기의 순간에 유일한 피난처가 되었다는 점에서 아이러니를 드러낸다. 이 장면은 상류층 세계를 향한 욕망이 그의 몰락을 초래했음을 상징하며 BMW 승용차, 자쿠지, 고급 담요, 사운드 시스템 등 소비재와 작별하면서 그는 화려했던 삶을 내려놓는다.

이제 그에게 남은 것은 잔혹한 현실뿐이다. 그는 삶이 마치 꿈처럼 허망하며 꿈은 결국 사라질 뿐이라는 회의에 사로잡힌다. 아무리 많은 재산을 축적하고 소비 사회 최상층에 올랐다 해도, 그의 삶은 절대 행복하지 않았음을 깨닫는다.

외형만을 중시하고 내면의 진실을 외면해 왔던 그는, 결국 자신에게 주어진 삶이 마치 죽은 것과 같다고 느끼며 무덤이라는 표현이 가장 적절하다는 자조적인 감정을 토로한다. 이처럼 작가는 미다스의 몰락과 함께 에스꼬바르의 비극적인 결말을 연결해 자본주의와 소비 중심 사회가 안겨주는 허무함과 덧없음을 깊이 있게 형상화한다.

6 광기와 부조리 사회에 대한 비판적 전망

이 작품은 주인공 아구스띠나가 겪는 정신착란의 원인을 추적하는 과정에서 현대 콜롬비아 사회의 정치적, 사회적 혼란상을 다양한 방식으로 드러낸다. 작가는 특정 사건이나 단일 계기로 그녀의 광기가 비롯되었다고 말하지 않는다. 오히려 다양한 사건들이 중첩되며 복합적인 영향을 미친 결과임을 암시하고, 이를 통해 콜롬비아 사회의 혼란 역시 단일 원인이 아닌 여러 문제가 얽혀 있음을 은유적으로 표현한다.

작중에서는 마약 밀매, 납치, 부정부패, 살인, 폭발, 폭행, 시위, 그리고 상류층의 위선적인 범죄 행위까지 사회 전반의 혼란을 폭넓게 묘사한다. 특히 아구스띠나의 주변 인물인 비센떼 론도뇨가 막내 비치에게 어린 시절부터 폭력을 행사하는 장면은, 콜롬비아가 국가 형성기부터 오랜 폭력의 역사 속에 존재했음을 상징적으로 보여주는 예라 할 수 있다.

아구스띠나의 광기는 단순한 개인의 내적 이상 증세가 아니라 외부 세계에서 끊임없이 몰아치는 폭력의 반영이다. 라우라 레스뜨레뽀는 이를 통해 단순히 사회의 폭력성을 비판하는 데 그치지 않고, 폭력이 얼마나 쉽게 확산할지를 경고한다. 작가는 이모 소피의 말을 통해 이러한 위험성을 드러낸다. 그녀는 광기를 감기처럼 쉽게 퍼질 것으로 비유하면서, 가족 중 누군가가 미치면 나머지 식구들도 차례차례 영향을 받아 결국 모두 정신적으로 무너질 수 있다고 말한다.

이러한 비유는 곧 광기의 전염성에서 더 나아가, 폭력이 사회 전체로 퍼질 경고로 읽힌다. 작가는 이러한 경고를 통해, 폭력의 악순환을 끊기 위해서는 사회 구성원 모두가 이성적이고 합리적인 판단력을 지니는 것이 무엇보다 중요함을 강조한다.

작가는 콜롬비아 사회의 혼란을 효과적으로 드러내기 위해 독특한 형식을 활용한다. 시간 구조는 순차적이지 않고 과거와 현재가 교차하며 중심인물들의 이야기가 퍼즐처럼 복잡하게 얽혀 있다. 『광기』는 전통적 서사 방식을 벗어나 다성적인 구조와 비선형적 전개를 통해 작품의 깊이를 더한다.

작품은 아구스띠나의 광기를 추적하면서 동시에 마약, 폭력, 부패 등 사회 문제를 함께 보여주는 서사 구조로 구성된다. 등장인물들의 의식의 흐름을 따라가며 현실의 혼란을 그대로 재현하고, 인용부호 없는 대화체와 시제 교차, 시점의 전환 등 다양한 형식적 기법이 혼란을 강조하는 장치로 작용한다. 이는 독자에게 작품 속 세계와 현실 사이의 경계를 흐리게 하며 형식과 내용이 일치된 구성을 통해 사회적 광기를 시각화하고자 한 작가의 의도를 반영한다.

작가 라우라 레스뜨레뽀는 한 사건이나 인물에 다양한 등장인물의 시각을 활용하는 다층적 서술 방식을 통해 사건의 사실성과 객관성을 강화한다. 예를 들어 아구스띠나의 혀가 타버린 사건은 아길라르와 소피 이모가 조사하지만 원인을 찾지 못하고, 이후 아구스띠나의 회상을 통해 독자에게 정확한 사실이 드러난다. 이러한 기법은 독자에게 정보의 단편을 제공하고 점차 조립해 나가게 하며 몰입도를 높인다.

이러한 복합적 시점 구성은 작품 전체의 신뢰성을 높이고, 독자에게 사건의 진면목을 시서히 전달하는 효과를 가진다. 작가는 이 전략을 통해 콜롬비아의 현실을 더욱 생생하게 재현하며 복잡한 사회적 분위기와 인간 내면의 혼란을 정교하게 묘사한다. 이 소설이 콜롬비아의 역사적 현실을 뛰어난 언어 감각으로 표현한 작품이라며 높게 평가받는 이유이기도 하다.

작가 라우라 레스뜨레뽀는 작품 『광기』를 통해 당시 콜롬비아 사회의 부조리와 혼란을 비판적으로 조명한다. 특히 마약과 게릴라 문제로 무질서가 심했던 시대적 배경을 반영하며 문학이 사회를 향해 개입할 도구임을 강조한다. 그녀는 인간, 사회, 세계를 폭력과 광기로 휩싸인 현실 속에서 바라보고, 이를 서사적으로 고발한다.

이 작품은 단지 정치·사회 문제뿐 아니라 인간의 내면적 고통과 분열에도 초점을 맞춘다. 젠더 의식 부재, 계층 갈등, 성적 억압, 가정폭력 등으로 심화한 불평등과 부조리는 인물들의 삶을 무의미하게 만들고 신념을 흔들리게 한다. 이는 개인과 집단의 광기

로 이어지며 콜롬비아뿐 아니라 라틴아메리카 전체가 안은 문제
로 확장된다.

결국 『광기』는 시대성과 역사성을 띤 작품으로, 행동하는 지성
의 태도를 실천하는 작가의 현실 참여적 문학관을 보여준다.

제 4 장

전환 시대의 갈등 구조와 미래적 함의:

알바로 세뻬다 사무디오의 『저택』을 중심으로

1 세뻬다 사무디오의 삶과 문학적 성찰

(1) 작가의 생애와 문학적 궤적

알바로 세뻬다 사무디오(Álvaro Cepeda Samudio, 1926-1972)는 1926년 3월 30일 콜롬비아 북부 막달레나(Magdalena)주 시에나가(Ciénaga)에서 태어났다. 어린 시절은 바랑끼야(Barranquilla)에서 보냈으며 이 도시는 훗날 그의 문학과 언론 활동의 중심지가 되었다. 그는 바랑끼야의 영어 사립학교인 꼴레히오 아메리카노(Colegio Americano)에서 교육받으며 영어와 미국 문학에 대한 관심을 키웠다.

1949년부터는 미국 미시간주립대학교(Michigan State University)와 뉴욕의 컬럼비아대학교(Columbia University) 저널리즘 대학원에서

〈그림 1〉•알바로 세뻬다 사무디오의 생전 모습.
출처: https://www.elheraldo.co/cartas-de-lectores/2024/10/16/alvaro-cepeda-samudio-los-lectores-escriben/

수학하며 국제적인 시야를 갖추었고, 이러한 경험은 그가 추구한 문학적 실험과 언론의 역할에 지대한 영향을 미쳤다. 귀국 후에는 콜롬비아 언론계에 본격 진출해 작가이자 편집자, 문화 비평가로서 왕성하게 활동했다. 그는 1972년 10월 12일, 46세의 젊은 나이로 생을 마감했다. 짧은 생애였지만, 그의 영향력은 지금도 라틴아메리카 문학과 언론계에서 살아 숨 쉰다.

그의 문학은 라틴아메리카 문학의 근대화를 추구한 실험 정신으로 가득 차 있으며 어니스트 헤밍웨이와 윌리엄 포크너의 영향을 받아 전통적인 서사 구조를 탈피하고 다중 시점, 내면 심리를 강조하는 서술 방식을 도입했다. 첫 단편집인『우리 모두는 기다리고 있었다(*Todos estábamos a la espera*)』(1954)는 간결한 문체와 심리적 긴장감이 돋보이며 대화보다는 분위기와 정서, 그리고 반복되는 일상 속의 침묵을 통해 인간의 실존적 불안을 섬세하게 포착한다. 이 작품은 단순한 사건보다 기다림이라는 행위 자체에 집중하며 독자에게 깊은 여운을 남기는 작품으로 평가받는다.

1962년에 출간된 유일한 장편소설『저택(*La casa grande*)』은 1928년 산따 마르따(Santa Marta) 바나나 농장 대학살 사건을 배경으로 열 개의 단편적 시점이 교차하는 실험적 구조를 갖추었으며 라틴아메리카 역사와 폭력 문제를 문학적으로 형상화한 대표작으로 인정받는다. 마지막 작품『후아나 단편집(*Los cuentos de Juana*)』(1972)은 화가 알레한드로 오브레곤이 삽화를 맡았고, 수록된 작품 중 하나는 이후 영화로도 제작되었다.

그는 문학 외에도 영화에 깊은 관심을 가졌으며 가르시아 마르께스와 함께 라틴아메리카 영화 실험의 초기 사례로 평가받는 단편 영화〈푸른 바닷가재(La langosta azul)〉를 공동 제작했다. 이 영화는 초현실주의적 분위기와 카리브 해안 마을의 일상을 담은 독특한 영상미로 유명하다.

세뻬다 사무디오의 작품들은 단순한 이야기 전달을 넘어 콜롬비아 사회의 폭력, 억압, 기억, 그리고 언론의 역할에 대한 성찰을 담으며 짧은 생애에도 불구하고 라틴아메리카 문학의 흐름을 변화시킨 영향력 있는 인물로 평가된다.

(2) 언론 활동과 바랑끼야 그룹 내의 문화적 기여

세뻬다 사무디오는 기자로서도 탁월한 명성을 누렸다. 1947년《엘 나시오날(*El Nacional*)》에 첫 단편을 발표하며 언론 활동을 시작했고, 이어《엘 에랄도(*El Heraldo*)》,《디아리오 델 까리베(*Diario del Caribe*)》 등 바랑끼야 지역 유력 언론에서 기자이자 편집장으로 활약했다.

1950년에는 가르시아 마르께스, 알폰소 푸엔마요르(Alfonso Fuenmayor, 1917-1994), 헤르만 바르가스 깐띠요(Germán Vargas Cantillo, 1919-1991) 등과 함께 주간지《끄로니까(*Crónica*)》를 창간해 문학, 스포츠, 문화 보도에 중점을 두었다. 그는 외국 문학 작품을 번역해 신고, 문학과 저널리즘을 경계 없이 넘나드는 글쓰기를 통해 독창적 목소리를 냈다. 또한 언론을 단순한 정보 전달 수단이 아니라 사회적 비판과 문학 실험의 장으로 인식하며 칼럼과 사설을 통해 현실에 개입하고 시대적 의제를 제기했다.

바랑끼야 그룹은 1940-1950년대 바랑끼야를 중심으로 활동한 예술가, 작가, 언론인들의 비공식적 모임으로, 그들은 수도 보고따 중심의 보수적인 문단과 대립하며 실험적이고 국제 지향적인 문학 흐름을 만들어 갔다. 문학, 철학, 예술, 정치 등 다양한 담론을 함께 나누던 이 모임은 라틴아메리카 '붐(Boom) 문학'의 태동기에 결정적인 밑거름이 되었다.

〈그림 2〉•바랑끼야 그룹 동인들. 왼쪽에서 두 번째가 알바로 세뻬다 사무디오, 네 번째가 가브리엘 가르시아 마르께스이다.
출처: Gustavo Vásquez / Archivo EL TIEMPO

세뻬다 사무디오는 이 그룹의 핵심 사상가이자 실천가로 평가 받았다. 그는 미국 유학 경험을 바탕으로 포크너, 조이스, 헤밍웨이 등의 작가를 동료들에게 소개하며 문학의 새로운 방향을 제시했다. 특히 가르시아 마르께스에게 포크너의 작품 세계를 권하며 『백년의 고독』의 서사 기법 형성에 간접적인 영향을 주었다. 그는 단순한 창작자 이상으로, 바랑끼야 그룹의 이론적 기둥이자 문화적 촉매제였다.

2 전환기 사회 구조와 그 다층적 재현

『저택』은 알바로 세뻬다 사무디오의 유일한 장편소설로, 콜롬비아 현대문학에서 가장 실험적이고 정치적인 작품 중 하나로 평가받는다. 이 소설은 1928년 콜롬비아 산따 마르따 지역에서 발생한 바나나 농장 노동자 학살 사건을 문학적으로 재구성한 작품으로, 국가 권력과 폭력, 집단 기억의 문제를 다층적인 시점에서 탐구한다.

작품은 전통적인 서사 구조를 거부하고, 열 개의 단편적 시점이 교차하는 파편화된 구성으로 이루어져 있다. 각 장은 군인, 노동자, 목격자, 어머니, 신문 기사 등 다양한 인물의 시각에서 사건을 서술하며 독자는 이 조각들을 통해 전체 사건의 윤곽을 점차 파악한다. 이러한 구조는 윌리엄 포크너의 영향을 강하게 받았으며 진실이 단일하지 않고 다층적이라는 인식을 반영한다.

『저택』은 단순한 역사 재현을 넘어, 기억의 왜곡, 국가 폭력의 정당화, 침묵과 공모의 구조를 비판적으로 조명한다. 특히 '저택'은 단순한 넓고 큰 공간이 아니라 권력과 억압의 상징으로 작용하며 콜롬비아 사회의 구조적 불의를 은유적으로 드러낸다. 이 작품은 라틴아메리카 문학에서 정치적 서사와 실험적 형식이 결합한 대표적 사례로 꼽히며 이후 '붐 소설' 작가들에게도 깊은 영향을 미쳤다.

『저택』은 총 열 개의 장으로 구성되어 있으며 단번에 서사를 파악하기 어려울 정도로 복잡한 구조를 지닌다. 이러한 복잡성은 끊임없이 교차하는 과거와 현재의 시간 구조에서 비롯되기도 하지만 궁극적으로는 이 작품이 대지주의 가정사와 노동자 파업 및 그 진압이라는 경제·사회적 문제를 복합적으로 아우르기 때문이다. 제목이 암시하듯, 저택이라는 공간 안에서 벌어지는 구성원 간의 이데올로기적 갈등은 소설의 중심축을 이루며 이와 동시에 사회·경제적 긴장감이 그 구조의 저변에 자리하며 또 하나의 핵심을 형성한다.

3 가족 서사의 내면 구조

(1) 문화 이데올로기 간의 갈등

이 소설의 중심 무대인 '저택'은 단순한 거주 공간이 아니라 세대를 아우르는 갈등과 변화를 응축한 미시적 세계로 작동한다. 이 저택을 둘러싼 가족사는 총 3세대로 구성되며 전통 봉건주의에서 자본주의로 이행하는 과정에서 발생하는 문화적·이데올로기적 충돌이 이야기를 이끈다. 1세대(아버지, 어머니)는 과거의 질서와 권위를 상징하고, 2세대(장녀, 차녀, 장남, 삼녀)는 각기 다른 사상과 갈등을 통해 시대의 혼란을 반영하며, 3세대(삼녀의 세 아이)는 새롭게 열리는 미래와 가치의 변화를 암시한다.

특이한 점은, 이들 가족 구성원이 개인 이름이 아닌 세대 내 역할 또는 성에 기반한 일반 명칭으로 불린다는 점이다. 각 화자에 따라 호칭 방식도 변주되는데, 이는 개인의 정체성이 아닌 역할성과 집단성에 중점을 둔 서술 전략이라 할 수 있다. 이에 반해 하녀들, 까르멘과 이사벨만이 유일하게 고유 이름을 가진 인물들로, 오히려 더 뚜렷한 인간성을 지닌 존재로 부각된다.

또한 이 작품은 사건이 중심을 이루는 구조가 아니라 노동자

〈그림 3〉•여러 출판사에서 출간된 작품 『저택』 표지들. 대부분 바나나 농장과 연관된 그림들이다.
출처: The Neglected Books Page, https://neglectedbooks.com/?p=7169.

파업이라는 외부의 사회적 충격이 도화선이 되어 내부 구성원들
의 가치관 충돌과 심리적 균열을 드러내는 방식으로 전개된다. 결
국 이 소설은 가족이라는 친밀한 울타리를 통해 보다 넓은 사회
구조와 시대 변화를 압축적으로 보여주는 문화·심리적 패러다임
의 축소판이라 할 수 있다.

이 소설에서 가족 구성원 간의 대립은 단순한 의견 차이를 넘
어선, 내면 깊숙이 자리한 '증오'라는 정서를 기반으로 한다. 이러
한 갈등은 두 개의 주요 세력으로 구분되며 각 세력은 자신들만의
가치관과 세계관에 따라 행동한다.

첫 번째 세력은 집안 내 가장 큰 영향력을 행사하는 보수적 그
룹으로, 이들은 전통의 유지를 목표로 하며 권위와 억압을 수단으
로 삼는다. 이들의 사고방식은 과거의 체제와 질서에 대한 고집스
러운 집착에 기반하며 이를 통해 현재의 가족 구조를 유지하려 한
다. 이 그룹은 '아버지'와 '장녀'를 중심으로 구성되며 이들 모두

족장적 권위를 절대적으로 신봉한다. 특히 아버지는 타인의 복종을 유도하기 위해 공포심과 위계질서를 적극적으로 활용하며 가족 내 긴장감을 조성하는 주요 인물로 묘사된다.

반대편에는 기존 체제에 대한 문제의식을 느끼고 이를 파괴하고자 하는 개혁 세력이 존재한다. 이들은 자율성과 자결권의 필요성을 인식하며 현 체제의 붕괴를 통해 새로운 질서를 수립하고자 한다. 흥미로운 점은 이들 또한 증오를 기반 정서로 삼는 점인데, 이는 이념적 대립이 단순한 논리적 차원이 아닌 감정적 충돌의 형태로 표출된다. 개혁 세력은 '반란을 통한 희망의 추구'라는 넝확한 방향성을 지니며 체제 전복 이후의 새로운 가능성을 지향한다.

소설 『저택』에 나타나는 가족 간의 갈등은 단순한 개인 간 불화가 아니라 상반된 두 가치 체계—권위주의적 전통과 자유·평등 지향의 새로운 질서—의 충돌로 해석할 수 있다. 작가는 가족이라는 미시 세계를 통해 콜롬비아 사회 전체의 긴장과 전환의 흐름을 반영한다.

작품 속 '아버지'는 예순의 나이에도 불구하고 신체적으로 강건하고 목소리는 무뚝뚝하고 권위적인 절대 가부장으로 그려진다. 그는 여성의 교육 기회와 사회 진출을 철저히 억제하며 극단적인 남성 중심주의와 가부장적 통제를 강화한다. 이러한 인물 설정은 봉건적 권위가 가족 구성원 개개인의 자율성과 주체성을 억압하는 모습을 보이며 동시에 사회 내 지속되는 억압 구조와 성 불평등을 상징적으로 형상화한다.

반면, 아들은 본인의 의사와 상관없이 브뤼셀로 유학을 강요당한다. 이는 남성은 바깥세상에서 역할해야 한다는 사회적 기대와 함께, 부모가 통제하는 방식으로 남성 중심 가족 구조가 고착됨을 보여준다.

이와 같은 남성 중심적 사고는 어머니의 삶을 통해서도 드러난다. 어머니는 전통적인 전업주부로서 아이를 낳고 돌보는 기능에만 국한된 존재이며 가족 내에서 어떤 의사 결정권도 부여받지 못한다. 제2장의 화자인 차녀는 이러한 어머니를 '중립적' 존재로 규정한다. 어머니는 감정 표현이나 의견 개진조차 하지 않으며 오직 인내로 일관하는 모습을 보인다.

어머니의 '중립적' 위치는 표면적으로는 갈등에 개입하지 않는 듯 보이지만, 실제로는 기존 권력 구조를 유지하는 데 기여하는 수동적 동조자가 된다. 그녀는 발언권 없이 인내만을 수행하는 존재로, 가족 내에서의 역할은 철저히 제한적이다. 이러한 수동성은 결혼 과정에서도 드러난다. 어머니는 집안에서 정해 준 생면부지의 남성과 결혼함으로써, 자기 결정권이 철저히 배제된 여성상을 체현한다.

콜롬비아의 인류학자 비르히니아 구띠에레스 데 삐네다(Virginia Gutiérrez de Pineda, 1921-1999)는 남성의 권위가 판단의 유일한 기준으로 작동하는 집단이나 세대, 문화적 공동체에서 여성은 자신의 결정을 표현할 기회조차 박탈당한다고 지적한다.[1] 이러한 통찰은

---

1) Virginia Gutiérrez de Pineda, *Estructura, función y cambio de la familia en Colombia*, Bogotá: Ascofame, 1975-1976, p. 31.

〈그림 4〉•콜롬비아 농촌의 전형적인 저택의 모습.

출처: 여행사 Daytours4u.

단순한 사회 비판을 넘어, 여성의 침묵이 단순한 무력함이 아니라 구조적 억압의 일부로 기능하며 나아가 기득권 체제를 유지하는 조용한 동조로 작용할 수 있음을 보여준다. 특히 '어머니'의 침묵은 가족 내 갈등을 넘어, 사회적 권력 관계를 반영하는 상징적 침묵으로 읽힐 수 있다.

소설에서 '아버지'는 단순한 남성 중심주의자의 범주를 넘어서는 인물로 묘사된다. 그는 대지주로서 상당한 경제적 부와 사회적 지위를 누리며 그로 인해 세상 누구보다 우월하다는 왜곡된 자의식을 갖는다. 이러한 우월 의식은 점차 그의 사고와 행동을 편협하고 독단적인 방식으로 이끄는 원인이 되며 자신보다 사회적으로 열등하다고 여기는 이들을 향한 경멸과 차별로 드러난다. 특히 마을 여성들을 단지 성적으로 대상화하고, 필요하다면 금전으로 소유할 수 있다는 물화된 사고방식을 드러낸다. 이는 여성의 인격과 주체성을 철저히 배제한 태도로, 소유 개념에 기초한 극단적 가부장주의라 할 수 있다.

더욱 놀라운 점은, 이런 잘못된 인식이 마을 여성들에 의해 비판 없이 수용된다는 사실이다. 즉 아버지의 권력적 지위를 너무나 당연한 것으로 받아들이는 사회 분위기 속에서, 여성들은 그를 '주인'이라 부르며 그가 원하는 것은 무엇이든 소유할 권리가 있다고 인정한다. 내면화된 종속 의식과 구조적 불평등의 정당화를 극명하게 보여준다.

아버지의 우월 의식은 가문과 혈통 중심의 전통 고수로 이어졌고, 그는 자신과 놀라울 정도로 유사한 권위적 성향을 지닌 장녀를 가문의 후계자로 택한다. 장녀 역시 아버지처럼 냉정하고 단호하며 가문을 억압과 증오를 기반으로 운영해 가족 사이의 소통과 정서적 유대를 파괴한다. 그 결과 가족 구성원들은 소외되고, 결국 가문은 붕괴한다.

이러한 구질서에 가장 강한 저항을 보인 인물은 장남과 삼녀였다. 특히 외국 유학 후 귀국한 장남은 자유와 개혁에 대한 의지를 드러내며 심지어 노동자 파업에 동참하는 등 아버지의 기대를 완전히 배신한다. 이는 봉건적 전통에 균열을 가하는 세대 간 갈등과 가치 전환을 상징한다.

삼녀는 장남과 깊은 정신적 유대를 공유하며 심리적 동반자의 역할을 넘어서 육체적 관계로 발전할 가능성까지 암시한다. 그러나 그녀의 자유와 개혁에 대한 갈망은 장남처럼 직접적인 행동으로 드러나기보다는, 아버지에 대한 소극적인 반항이라는 방식으로 표현된다.

보수 세력과 변혁 세력을 상징하는 핵심 인물인 '아버지'와 '삼녀'의 갈등은 말 없는 침묵 속에서 벌어지는 내면적 대립이다. 삼녀는 기존 질서를 어기는 방식으로 저항의 의지를 드러내지만, 그 과정에서 극심한 긴장과 고립을 경험한다. 결국 죽음을 선택하기까지, 그녀의 삶은 끊임없는 저항과 변화에 대한 열망으로 채워졌으며 이는 곧 기존 가치 체계를 허물고자 한 그녀의 의지로 해석할 수 있다.

그녀가 '아버지'의 권위에 맞서 나아가는 여정은 가족이라는 울타리를 넘어, 사회와 문화의 구조적 문제를 비치는 하나의 거울이다. 개인의 삶과 공간은 단순한 배경이 아니라 더 넓은 현실을 응축하고 드러내는 상징적 장치로 작용하기 때문이다.

지금부터는 '삼녀'가 전통과 관습을 타파하기 위해 실행에 옮긴 기존 질서 위반 행동과 그 의미를 심리학적 분석을 통해 살펴보자.

(2) 심리적 갈등 구조의 해부

① 권위주의의 해체

'삼녀'가 가부장적 권위의 상징인 '아버지'에게 처음으로 반기를 든 사건은, 낯선 군인에게 자발적으로 육체를 허락한 일이었다. 이는 단순한 일탈이 아닌, 가문과 혈통을 절대시하며 사회적 신분을 엄격히 유지하려는 아버지에 대한 명백한 도전이었다. 동시에 그것은 상류층 기득권자들이 고수하는 위계적 권위와 사회 체제 전반에 대한 부정의 표현이었다. 삼녀는 이 행동을 통해 자신과 가문의 경직된 분위기를 전복하고, 아버지의 억압적 체제를 깨뜨리려 했다. 예상치 못한 이 상황에서 군인 역시 당혹감을 감추지 못했으며 이는 그녀의 행위가 얼마나 파격적이고 도발적이었는지 보여준다.

　삼녀의 행동은 전통적 가치관에 따라 권위와 혈통의 보존을 중시하는 아버지의 '권위의식'에 대한 명백한 불복이자, 동시에 인간 중심의 '인도주의 정신'에 대한 자발적 순응을 의미한다. 이는 에리히 프롬(Erich Fromm, 1900-1980)이 『불복종에 대하여(*Sobre la desobediencia y otros ensayos*)』(1981)에서 말한 바와 같이, 진정한 인간성은 맹목적 복종이 아닌 비판적 불복종을 통해 실현된다는 사상과도 맞닿아 있다.[2]

　심리학적 관점에서 '권위의식'은 프로이트가 말한 '현실의 원칙(el principio de realidad)'에 의해 지배되는 도덕적 자아, 즉 '초자아(superego)'의 작동을 의미한다. 현실의 원칙은 '쾌락의 원칙(el principio del placer)'을 억제하며 노동과 책임이라는 사회적 요구에 따라 개인의 욕망을 통제한다. 이 원칙은 법률, 규범, 질서, 관습 등으로 제도화되어 사회 속에서 실체화되며 개인은 성장 과정에서 이를 내면화하고 다음 세대로 전수한다. 초자아는 부모의 명령과 금지의 목소리를 반영하며 자녀는 이를 외경심을 가지고 받아들이고 자기 안에 내재화한다. 프로이트는 이러한 초자아의 형성

---

2) Erich Fromm, *Sobre la despbediencia y otros ensayos*, Barcelona: Ediciones Paidós, 1984, pp. 9-18.

〈그림 5〉•에리히 프롬의 『불복종에 관하여』는 인간의 자유와 존엄을 지키기 위해서는 "아니오"라고
말할 수 있는 용기가 필요하다고 강조한다.
출처: 출판사 Ediciones Paidós Ibérica.

과정을 통해 인간이 어떻게 사회적 존재로 길드는지를 설명하며
동시에 그 억압이 어떻게 개인의 내면적 갈등과 저항을 낳는지를
통찰했다. 삼녀의 행동은 바로 이 억압된 질서에 대한 내면적 저
항의 표출이며 인간 해방의 가능성을 상징하는 중요한 전환점이
라 할 수 있다.

초자아는 쾌락의 원칙을 억제하고, 문명이 요구하는 규범과 질
서를 정당화하는 역할을 한다. 다시 말해, 만약 억제의 부재가 곧
자유의 본질이라면, 문명은 그 자유와 끊임없이 충돌하는 구조를

지닌 셈이다. 더 나아가 초자아의 권위의식은 외부의 권능에 대한 복종 성향을 지닌다. 이 권능은 비록 내면화되어 있더라도, 여전히 외적인 힘으로 작동한다. 인간은 흔히 자신의 양심에 따라 행동한다고 믿지만, 실제로는 '권능의 원칙(El principio de poder)'에 깊이 물들어 있는 경우가 많다. 결국 우리가 이러한 권능 중심의 초자아에 복종하기는, 인도주의적 가치와 자율성, 자결권을 희생하는 결과로 이어진다.

반대로, 권위의식과 대비되는 '인도주의 정신'이란 외부의 억압이나 보상 체계에 의존하지 않고, 인간 본연의 내면에서 비롯되는 목소리를 따르는 의식이다. 이는 선과 악, 인간적인 것과 비인간적인 것 등을 직관적으로 구별할 선천적이고 본능적인 인식 구조를 의미한다. 이러한 의식은 우리가 진정으로 인간다운 행동을 할 수 있도록 이끌어 주며 동시에 우리 자신이 존엄한 존재임을 자각하고 내면의 인본주의적 가치를 인정하게 만든다.

이런 생각은 에리히 프롬의 휴머니즘적 세계관과도 깊게 연결되어 있다. 그는 '인간다움'이란 주어진 구조에 복종하는 것이 아니라 자기 내면의 목소리에 따라 도덕적 결단을 내리는 데서 비롯된다고 보았다. 이 흐름을 바탕으로 '삼녀'의 행위를 해석하면, 그녀는 단순한 반항자가 아니라 '참된 인간성'을 회복하려는 실천자라고도 할 수 있겠다.

결국 『저택』에서 삼녀가 자발적으로 군인과 맺은 성적 관계는 단순히 '처녀성의 상실'이라는 전통적 의미를 넘어선다. 그것은 아버지의 절대적 권위와 당시 사회를 지배하던 봉건적 전통, 관습에 대한 명백한 저항의 행위이며 기존 질서를 뒤흔드는 근본적 반란이었다. 동시에, 이 행동은 '문명', '억압', '착취', '권능'이라는 개념들로 구축된 총체적인 권위의식에 대한 과감한 도전이자, 억눌린 자유의 회복, 그리고 인본주의적 자아의 되찾기를 향한 실천적 투쟁이라 할 수 있다. 삼녀의 행위는 '몸'으로 표현된 정치적·사회적 저항이며 억압된 존재가 자기 주체를 다시 구성해 나가는 한 방식이었다.

초자아의 억압과 전통적 관습에 도전한 삼녀는 모든 형태의 속박과 권위의식을 부정하게 되며 이는 곧 자신의 신분 자체를 거부하는 행위로 이어진다. 왜냐하면 초자아는 한 개인을 그의 부모, 유모, 그리고 이후에는 선생님들과의 총체적 동일체로 연결해 주는 것으로 인식되기 때문이다. 다시 말해, 초자아는 단순한 도덕적 기준이 아니라 개인이 속한 사회적·가족적 정체성과 깊이 얽혀 있는 구조다.

따라서 삼녀의 자기 부정은 단순한 개인적 일탈이 아니라 아버지의 존재에 대한 부정, 가정이라는 제도에 대한 부정, 나아가 사회 전체에 대한 근본적인 부정으로 확장된다. 그녀가 생면부지의 병사에게 자발적으로 몸을 허락한 행위는, 단순한 성적 선택이 아니라 불평등과 억압, 착취와 권위로 상징되는 기존 체제의 부조리를 고발하고, 그 체계를 전복하려는 급진적 시도다.

② 근친상간 금기의 파열

삼녀가 아버지를 향해 보인 두 번째 반항은 오빠와의 금지된 관계를 선택하는 것으로 나타났다. 이 극단적인 행위는 단지 개인적인 일탈이나 일시적 감정의 분출이 아니었다. 오히려, 이는 사회가 오랜 세월에 걸쳐 세워온 금기(tabú)를 정면으로 거스르는 도전이었다.

금기, 즉 '터부'란 특정 행위나 대상에 대한 강력한 사회적 금지며 대부분 그 금기의 이유는 이성적이기보다는 상징적·문화적 차원에서 구축된다. 프로이트는 문명이 성립되는 과정을 설명하면서, 이러한 터부가 억압된 본능의 에너지에서 질서를 보호하기 위한 일종의 심리적 장치임을 지적했다. 근친상간은 대표적인 터부로서, 인류 문화 전반에 걸쳐 도덕적·상징적으로 깊이 배척되었다. 삼녀는 바로 그 금기의 정중앙을 향해 돌진함으로써, 문명이 설정한 '불가침의 경계'를 스스로 붕괴시키고자 한 것이다.

그녀는 이미 첫 번째 반항을 통해 초자아의 억압을 부정하려 했고, 이번에는 본능적 충동을 대변하는 이드(id)의 목소리를 따라 근친상간이라는 행위를 감행했다. 프로이트가 말하듯, 이드는 도덕이나 질서에서 자유로운, 무의식의 원초적 욕망이다. 자아(ego)의 중재가 사라진 상태에서, 그녀는 쾌락 원칙에 지배된 이드의 세계로 몸을 던졌으며 이로써 현실 원칙——즉 사회질서와 안정의 논리——을 포기한 셈이었다.

결국, 삼녀의 선택은 문화와 문명이 공고히 해온 금기의 울타리를 무너뜨리는 동시에, 문명화 과정에서 억압되어 온 욕망의 근원을 폭로하는 행위였다. 이는 단순한 윤리적 위반이 아닌, 금기에 도전함으로써 무의식의 심연과 문명의 표면을 동시에 흔드는 상징적 폭력이었다.

근친상간에 대한 금기는 단순한 도덕적 규범이라기보다는, 자연 상태에서 문화 상태로의 이행을 상징하는 인류 문화의 핵심적인 기표 가운데 하나다. 혈연이라는 자연적 관계 속에서 발생할 수 있는 성적 결합이 혼인이라는 사회적 제도를 통해 문명으로 정제되는 그 지점에, 인류는 '터부'라는 금지의 울타리를 세워왔다.

이처럼 근친상간의 금지 규율은 인간이 동물과 구별되는 결정적 표식이며 문화가 자연을 억제하고 가공하는 방식 중 하나다. 실제로 대부분 사회는 이러한 금기를 극히 엄격히 지켜 왔으며 문명화가 진전될수록 그 범위는 더욱 뚜렷하고 구체화했다. 부모와 자식, 형제자매 사이의 근친상간은 바로 그 문명 질서의 가장 중심부에 자리한 금기인 셈이다.

이 소설 속 삼녀와 오빠 사이의 근친상간은 바로 이러한 금기에 대한 도발이자, 동시에 무너진 상징계 속에서 새로운 질서를 갈구하는 원초적 몸짓처럼 읽힌다. 그들의 관계는 결코 사랑이나 교감, 조화 같은 인간적 정서에 기반한 것이 아니다. 오히려 황폐하고 음산한 '저택'——즉 억압, 침묵, 고통, 소외로 가득한 공간——이 만들어낸 폐쇄된 세계 속에서 비롯된, 일종의 심리적 탈출구에 가까웠다.

삼녀에게 오빠와의 관계는 혐오스러운 세계에서 벗어나고자 하는 궁극의 탈주선이었다. 긍정적인 인간성과 빛을 갈망하던 그녀에게, 이 금기된 사랑은 현실의 억압을 파괴하고자 하는 유일한 수단으로 작동했다. 오빠의 독백을 통해 암시되는 이들의 성적 결합은 단순히 타락이나 파괴가 아닌, 억눌린 존재로서의 절박한 몸짓, 즉 사회가 부여한 정체성과 의미 질서에서 해방되고자 하는 몸의 저항이었다.

삼녀의 근친 사랑 행위는 단순한 의사소통의 욕구를 넘어서 에로티즘의 추구를 포함한다. 이는 성적 터부가 본질적으로 에로티즘의 형성과 밀접하게 연결되어 있기 때문이다. 에로티즘은 사회적으로 규정된 금기를 전제로 해 발생하며 이러한 금기의 일탈이 쾌락과 불안을 동시에 유발하는 구조를 갖는다. 근친상간은 대부분 사회에서 가장 강력한 성적 터부로 간주하며 삼녀는 이 금기를 직접 실행함으로써 강한 두려움과 동시에 고립된 상태에서 경험할 쾌락을 수용했다.

따라서 그녀의 행위는 쾌락 원칙에 따른 무의식적 충동의 실현이자, 터부에 대한 일시적 해체를 통해 발생하는 에로틱한 효과의 수용으로 해석될 수 있다. 삼녀는 사회적으로 부정된 행동을 수행했으나, 주관적인 차원에서는 금기를 넘는 행위를 통해 에로티즘적 감각을 경험한 것이다.

소설 『저택』에 나타난 남매 간의 근친 관계는 두 가지 기능을 수행한다. 첫째, 이 관계는 부정적 감정과 단절로 채워진 폐쇄적이고 비조화로운 의사소통 구조에서 벗어나려는 시도로 이해된다. 둘째, 의도된 쾌락의 추구를 통해 사회적·종교적·법률적 권위 체계 및 도덕적 양심의 명령이 강제한 억압적 질서에 대한 저항을 나타낸다. 이러한 아버지의 전면적 권위 부정은 근친상간이라는 터부의 위반을 수단으로 삼아 표현되며 이는 곧 족장 중심의 가족 구조 내에서 부권의 권위를 거부하려는 반란의 상징으로 작용한다.

이와 같은 분석적 관점은 수잔 질 레빈(Suzanne Jill Levine, 1948-)의 평가와도 상응한다. 그녀는 문학 작품 속 근친상간의 재현이 단순한 성적 일탈이 아닌, 사회가 부과한 금기와 명령 체계를 위반하려는 인간의 반발 충동과 밀접하게 연결되어 있다고 설명한다.[3] 그녀에 따르면, 이 같은 위반 행위는 인간의 자유를 억제하는 규범적 권력에 개인이 수행하는 상징적 투쟁의 표현이다.

③ 죽음의 선택과 존재의 경계

소설 『저택』에서 삼녀가 기존 체제에 대항해 시도한 세 번째 위반은 '삶의 본능(Eros)'을 거부하고 '죽음의 본능(Thanatos)'을 선택하는 방식으로 나타난다. 이 선택은 도덕적 규범에 대한 의식이 결여된 채 전통의 개입을 해체하려는 시도가 좌절된 결과이며 이후 발생한 강한 죄책감의 표현으로 해석된다.

삼녀는 자신의 가문과 그것이 대표하는 전통적 가치를 부정하고자, 외부 계층에 속한 병사와 성적 관계를 시도한다. 이 사건은 아버지의 혈통 중심적 사고와 전통적 우월주의가 극단적인 형태로 표출된 사례로, 아버지는 도덕과 문화적 규율을 근거로 삼녀를 폭력적으로 제재한다. 나아가 그는 그녀의 행위를 외부에서 은폐하기 위해 스스로 선택한 사윗감마저도 처형하는 등의 극단적인

---

3) Suzanne Jill Levine, *El espejo hablado*, Caracas: Monte Avila Editores, 1935, p. 109.

행위까지 감행한다.

이러한 일련의 억압과 통제로 인해 삼녀는 더 이상 기존 질서 내에서 삶을 지속할 수 없다는 인식을 가지며 자신의 시도가 궁극적으로 실패했다는 사실에 따른 자기 응시와 죄책감에 사로잡힌다.

삼녀가 느끼는 죄책감의 기원은 두 가지 요인으로 분석될 수 있다. 첫째, 그녀는 현실 원칙을 무시하고 성적 행위를 반복함으로써 도덕적 자의식을 형성하지 못했으며 시간이 지나면서 현실과 괴리된 자신의 의식 구조를 인지한다. 둘째, 기존 질서에 저항하고 자유와 변화를 실현하고자 했던 시도가 좌절되면서 그 실패에 대한 정신적 고통을 경험한다.

삼녀가 느끼는 죄책감은 외부로 향하지 않고 내면으로 침전되어, 결국 자기 자신을 향한 공격적 충동으로 바뀐다. 이러한 내면화된 감정은 그녀가 죽음을 자발적으로 선택하는 행위로 이어진다. 이는 좌절과 죄책감이 타인이나 자신에게 해를 끼치는 방식으로 전환될 수 있다는 심리적 메커니즘을 통해 설명될 수 있다.

삼녀의 죽음은 단순한 생물학적 종결이 아니라 극단적인 자기 파괴의 의미를 지닌다. 지속된 죄의식은 일상으로의 복귀를 가로막고, 존재의 허무를 자각하게 하며 결국 내면의 자기 비판에 이르게 한다. 이 과정에서 죽음은 회복 불가능한 상태를 정리하는 유일한 해법으로 인식되었고, 그녀는 이를 통해 정체성과 죄책감 간의 갈등을 종결하고자 했다.

삼녀가 죽음을 선택한 과정은 죄의식에서 비롯된 연속적인 인지적·심리적 전개를 통해 설명될 수 있다. 먼저, 그녀는 스스로

죄에 대한 인지적 자각과 죽음을 통해 이를 해결해야 한다는 당위의식을 형성한다. 이러한 '죽어야만 한다는 의무감'은 점차 죽음을 원하게 되는 감정적 충동과 결합하며 궁극적으로 자발적인 생의 단절을 결정한다.

특히, 오빠의 귀환 소식은 억눌려 있던 죄책감을 재자극하는 계기로 작용하며 그녀가 과거에 저지른 도덕적 위반에 대한 내적 심판을 가속화한다. 결과적으로 이러한 심리적 압력은 자살이라는 행위로 구체화한다.

그러나 이 죽음은 단순한 절망이니 무기력의 결과가 아니다. 그것은 가부장제와 전통적 질서에 종속되기를 거부한 주체적 결단이며 그녀의 투쟁이 현실에서 받아들여질 수 없음을 확인한 뒤 선택한 극단적 해방의 방식이다. 따라서 작품 속에서 그녀의 죽음은 패배가 아니라 상징적이고 실존적인 저항의 완결이자 승리의 행위로 해석된다.

삼녀가 죽음을 떠올린 초기 동기는 죄의식이었다. 그러나 실제로 죽음을 실행하는 순간, 그것은 단순한 자기 부정이나 처벌이 아니라 전통적 가치와 불의한 질서에 대한 상징적 저항으로 전환된다. 이때 죽음은 생물학적 생의 종결이 아니라 사회적 금기와 도덕 규범에 억압된 주체가 자유를 획득하는 마지막 수단으로 기능한다.

따라서 그녀의 죽음은 정서적 패배나 비극적 종말이 아니라 기존 체제를 거부하고 새로운 가치를 선언하는 행위로 해석된다. 자발적 죽음은 죄의식에서의 해방이자, 현실 질서와의 최종적 단절을 의미한다.

이러한 행위는 작품 전반에 걸쳐 삼녀가 보여준 삶의 태도와 일관성을 이룬다. 그녀는 아버지와 장녀가 대표하는 보수주의적 가치관에 저항하며 자유, 평등, 변화, 개혁 등의 가치를 지속해서 추구했다. 결과적으로 그녀의 일련의 선택은 권위주의적 사회 구조와 불평등에 대한 비판이며 주체가 억압 속에서 자신의 존재 의미를 회복하고자 한 시도로 해석된다.

삼녀의 투쟁 정신은 이후 세대를 구성하는 세 자매에게 계승된다. 이들 제3세대의 투쟁은 이전 세대와 비교해 훨씬 능동적이고 전면적인 방식으로 전개된다. 특히 이들은 과거 집안을 통제하고 자신들을 양육해 온 권위주의적 장녀를 직접적인 투쟁 대상으로 삼는다.

그들의 행동은 자유, 자율성, 개혁 사상에 근거해 추진되며 투쟁의 구체적인 표현은 장녀의 눈을 뽑는 행위로 나타난다. 이는 '까마귀를 기르면 눈을 쪼아 먹는다(Cría Cuervos y te sacarán los ojos)' 라는 속담의 맥락과 연결되며 가족의 전통을 유지하며 그들의 성장을 지켜봤던 장녀에게 있어 반란과 패배를 상징하는 결과로 작용한다.

작품 속에서 '눈을 뽑는 행위(Sacar los ojos)'는 그리스 신화의 상징적 코드를 전유한다. 특히 오이디푸스 신화에서 눈을 뽑는 행위는 자기 거세(auto-castración)의 상징으로 나타난다. 오이디푸스는 자신의 무의식적 근친상간을 인지한 후, 죄의식으로 인해 스스로 눈을 제거함으로써 성적 능력과 인식을 동시에 박탈한다.

〈그림 6〉•스페인어 속담 "Cría cuervos y te sacarán los ojos"는 은혜를 베풀었지만 배신당하는 상황을 경고하는 말이다.

출처: https://junesmadridtranslator.wordpress.com/2021/05/06/cria-cuervos-y-te-sacaran-los-ojos/.

따라서 세뻬다 사무디오의 이 서술은, 권위를 유지하려던 장녀의 통치 의식과 도덕성, 그리고 전통 계승의 기획이 실패했음을 시각적으로 상징화하기 위한 구성으로 볼 수 있다. 이로써 제3세대는 상징계로 표상된 가족 구조 내 질서를 근본적으로 해체하려는 시도를 구체화한다.

소설『저택』에서 장녀가 조카들에 의해 눈을 뽑히는 장면은 그녀가 더 이상 권력의 행위자가 아니라 기존 가부장제를 상징하는 지배적 위치에서 몰락한 존재로 전환되었음을 나타낸다. 이는 전통과 질서를 강조하던 집안의 구조가 해체되었음을 상징적으로 시사한다.

‘눈을 뽑는 행위’는 그녀의 시각적 능력뿐 아니라 세계 인식 능력 자체의 박탈을 의미하며 작가는 이를 통해 권위적 보수 담론에 대한 비판 의식을 드러낸다. 결과적으로 장녀는 상징계 내부의 규율을 수호하려 했으나, 그 구조가 붕괴하는 과정을 통해 과거의 권력을 상실한 존재로 변모한다.

작품『저택』은 ‘아버지’와 ‘장녀’를 중심으로 하는 보수주의 세력과, ‘장남’과 ‘삼녀’로 대변되는 자유주의 세력 간의 문화적 이데올로기 갈등을 중심 서사로 삼는다. 작가는 이들 양 진영 사이의 대립 구도를 통해 양측 모두의 구조적 한계와 내적 모순을 부각한다.

양 진영 간의 갈등은 현실적 대안을 도출하지 못한 채, 막연한 증오와 반복되는 감정적 충돌로 귀결된다. 특히, 이성적 대화나 정서적 연대의 결여, 그리고 지속적인 우월감과 차별 의식, 냉소와 침묵은 ‘저택’이라는 공간 내에서의 긴장을 고조시키며 공동체 내부의 의미 없는 갈등 순환 구조를 형성한다.

결과적으로, 이러한 갈등의 결과는 양 세력의 동반적 붕괴이며 제3세대 인물들의 자각으로 이 사실이 확인된다. 자유, 평등, 자결권을 추구했던 제3세대는 비판적 사유보다는 증오의 감정에 사로잡힌 폭력적 방식을 선택했고, 이는 그들이 이상적으로 지향한 가치 실현을 저해하는 요인으로 작용한다.

따라서 작품은 이념적 대립이 무비판적 감정 표현으로 전락할 경우, 이념 자체가 의미를 상실하고 체제 비판의 기능을 상실한다는 사실을 지적하며 무의미한 대립 구조의 반복 가능성을 경고한다.

소설 『저택』에서 작가가 제시하고자 한 핵심 메시지는 증오와 갈등의 반복을 지양하고, 이해와 사랑을 기빈으로 한 인간 중심의 가치 회복에 있다. 이는 특정 이념이나 권위에 종속되지 않고, 타인의 권리와 가치를 인정하는 다원주의적 태도를 지향하는 것으로 해석된다.

작품은 감정 충돌과 이념 간의 극단적 대립이 결국 파멸로 귀결된다는 서사를 통해, 감정의 논리보다는 이성적 판단에 근거한 공존의 질서가 더욱 지속 가능한 대안임을 암시한다. 작가는 극단성과 배타성, 독선과 권위주의적 사고의 폐해를 비판하며 다양한 가치관이 상호 충돌이 아닌 공생의 방식으로 전환될 필요성을 강조한다.

결과적으로, 『저택』은 개인의 일탈이나 가정 내 갈등을 넘어서, 이념적 갈등이 구조화된 사회 시스템 속에서 어떻게 반복·재현되는지를 보여준다. 지금까지는 가정 서사적 틀을 통해 작품 속 인물들의 심리와 갈등을 분석했으며 이후 단계에서는 이를 확장해 구체적 역사적·사회적 맥락 속에서의 갈등 구조와 비판 의식을 중심으로 논의를 이어간다.

4 사회적 현실의 서사화: 노동과 소외의 문제의식

(1) 삶, 노동 그리고 소외

노동은 인간이 자연에서 자원을 얻고, 삶을 표현하며 창조의 기쁨을 누리는 근본적 활동이다. 그러나 역사적 과정을 거치며 그 의미는 변모했다. 평등했던 인간관계는 지배와 피지배, 고용과 피고용의 구조로 전환되었고, 그 결과 노동의 산물이 노동자가 아닌 외부에 귀속되는 소외 현상이 발생했다. 그로 인해 노동은 자아 실현의 수단이 아니라 인간 소외를 초래하는 과정으로 변질되었다.

오늘날 중남미, 특히 콜롬비아에서는 많은 노동자와 농민들이 노동에서 소외되고 사회적 재분배에서도 배제된 채 살아간다. 이들이 진정한 삶을 실현하기 위해서는 인간 소외를 극복하고 삶과 노동의 본래 관계를 회복해야 한다. 인간의 역사는 이러한 분리와 그 극복을 향한 투쟁이 병행되어 온 과정이다.

이러한 흐름을 문학적으로 구현한 작품이 『저택』이다. 이 소설은 콜롬비아의 노동자 파업 사건을 소재로 삼아, 사건 자체보다 그 배경에 자리한 구조적 모순과 인간 소외의 문제를 감성적이고 일상적인 서술을 통해 형상화한다.

콜롬비아는 20세기 초, 산업 발전과 국가 경제 회복을 목적으로 외국 자본과 외국 기업을 대대적으로 유치했다. 이는 외국 유학파 개혁 지식인들의 주장에 따라 이루어진 조치였다. 그러나 이러한 외자 도입은 곧 정부의 외자 의존도를 높이고, 노동자와 농민 계층의 빈곤과 소외를 심화시키는 결과를 가져왔다.

콜롬비아 경제는 자립적 성장보다는 외세에 종속되는 관료 자본주의 및 대외 종속적 자본주의 구조를 띠게 되었고, 그로 인해 사회적으로 생산된 경제 잉여에서 민중은 배제되었다. 특히 값싼 노동력에 의존한 수출 중심의 경제는 민중의 저임금 착취 구조를 고착시켰다.

외국 기업은 국제 경쟁력 확보를 이유로 저임금 정책을 추진했고, 정부 역시 임금 억제와 노동운동 박해 등을 통해 이에 협조했다. 결국, 국내에서 생산된 경제 잉여는 외국으로 유출되고, 민중은 경제 성장에서 소외되는 구조가 고착되었다. 이러한 경제 구조는 식민지적 성격을 띤 불균형적 분배 체계를 형성하며 콜롬비아 노동자와 농민 계층의 지속적인 소외와 빈곤을 제도적으로 재생산했다.

콜롬비아 북부의 항구 도시 산따 마르따에는 20세기 초 미국의 다국적 기업 유나이티드 프루트 컴퍼니(이하 UFC)가 진출했다. 이 기업은 막대한 자본을 바탕으로 철도를 직접 건설하고, 바나나 재배에 적합한 토지를 저렴하게 매입하며 지역 내에 영향력을 확대했다. 대지주뿐 아니라 소작농까지 흡수하면서 지역의 경제적 헤게모니를 장악하게 되었고, 중앙정부에 정치적 압력을 행사해 자사에 유리한 정책이 시행되도록 만들었다.

〈그림 7〉·UFC는 콜롬비아에 철도를 건설해 바나나 농장과 항구를 연결하며 지역 경제를
활성화했지만, 동시에 이 철도는 외국 자본의 착취 구조를 강화하는 수단이 되었다.
출처: Reviva의 특집 방송 〈La herencia de Osvaldo〉 한 장면.

당시 레예스 정부 또한 바나나 산업을 수출 산업으로 육성하
려는 의도가 있었기에, UFC에 유리한 정책을 마련하고 적극 협
력했다.

이후 UFC는 철도, 용수, 토지 등을 독점하며 지역 노동자들을
철저히 종속시켰다. 주민들은 회사를 떠나면 생계가 불가능할 정
도로 경제적으로 의존했고, 그 결과 열악한 환경과 비인간적 조건
속에서 저임금 착취가 지속되었다. 노동법조차 무시되는 구조 속
에서 노동자들은 극심한 인간 소외를 겪는다.

콜롬비아 산따 마르따 지역의 바나나 노동자들은 노동의 결과
물이 외부 자본에 귀속되는 현실 속에서 점차 삶과 노동의 본래
의미를 상실한다. 자아를 표현하고 창조하던 노동은 존재를 부정

당하고 소외되는 경험으로 전락하며 결국 육체와 정신을 황폐화하는 무의미한 활동으로 변한다.

이러한 극심한 소외를 극복하기 위해 노동자들은 임금 인상과 노동 조건 개선을 요구하며 삶과 노동의 균형을 되찾고자 하는 자기 해방의 시도에 나선다. 그러나 이 요구는 받아들여지지 않았고, 결국 파업이라는 집단 행동에 이른다. 정부와 UFC 측은 파업을 무력으로 진압했고, 이 사건은 역사적으로 '바나나 농장 파업 사건'으로 기록된다.

이 사건은 삶과 노동의 조화를 추구하려는 민중의 노력과 자본주의 논리를 앞세워 이를 억압하는 자본·권력 구조와의 충돌을 상징하는 중요한 역사적 사례이다.

(2) 노동자 파업의 구조적 배경과 무력 진압

콜롬비아 산따 마르따 지역에서 정부의 통제력이 미치지 않는 상황 속에 놓인 바나나 노동자들은 노예와 같은 처우를 받으며 기본적인 노동권조차 보장받지 못한 채 방치되었다. 퇴직금이나 산재 보상은커녕, 최소한의 생계만을 유지할 열악한 주거 환경 속에서 살아가야 했다. 반면, UFC 관계자들은 호화로운 주택에서 생활하며 극명한 생활 격차를 보여주었다.

회사 측은 법적으로 규정된 노동 조건을 전혀 이행하지 않았다. 특히 임금 지급 방식에서도 부당함이 두드러졌는데, 회사는 현금 대신 자사 매점에서만 사용할 상품권으로 임금을 지급했다. 이는 노동자들을 회사의 경제적 지배 아래 두기 위한 수단으로 활용되었다.

결과적으로 이들은 물질적 빈곤뿐 아니라 제도적 배제와 인권 침해 속에서 살아가야 했으며 이는 자본주의적 이윤 논리하에서 발생하는 인간 소외의 구조적 사례로 볼 수 있다.

콜롬비아 바나나 농장 노동자들은 누적된 불만 속에서 삶의 의미 상실, 인간 소외, 박탈감을 경험하며 점차 사회 불안 요소로 대두되었다. 이에 따라 이들은 임금 인상, 매점 폐쇄, 휴무일 보장, 의무 보험 도입, 단체 협약 시행, 개인 계약 금지, 의료 시설 확대 등을 내용으로 하는 청원서를 정부와 회사 측에 제출했다. 이는 소설 속 장남의 서술처럼 불의한 구조를 바로잡으려는 정의의 실천이었다.

하지만 현실에서는 청원서가 검토 없이 묵살되고, 회사·대지주 측과의 협상은 결렬되며 11월 15일 1만여 명 규모의 파업으로 이어진다. 이 파업은 단지 노동 조건 개선의 요구에 그치지 않고, 기존의 고용자·노동자 간 지배와 피지배의 관계를 근본적으로 변화시키고자 하는 의지를 담았다. 이는 곧 인간 소외를 초래하는 기존 질서에 대한 전면적인 재구성과 자기 해방의 의식적 표현이었다.

파업으로 인해 경제적 피해를 본 회사와 대지주들은 강경한 대응을 요구했고, 정부 역시 정치·경제적 이유로 기업의 이익을 보호하려는 명분 아래 파업에 개입했다. 결국, 재산 보호를 명분으로 병력이 파견되면서 사태는 군사적 개입으로 이어진다.

소설 『저택』의 첫 장인 「병사들(Los soldados)」은 이 파병 장면으로 시작된다. 침묵과 긴장 속의 마을 분위기, 굳게 닫힌 집들, 근심 어린 주민들의 모습 등을 통해 작가는 파업이 몰고 올 비극을 암시한다. 그러나 작가는 갈등의 전개 과정보다는 사건 그 자체를 묘사하며 객관적인 사실 중심으로 독자의 판단을 유도한다.

정부는 정령을 통해 파업자들을 불순분자로 규정하고, 무력 진압을 정당화할 법적 명분을 확보한 뒤, 파업을 군사력으로 진압한다. 이는 콜롬비아 역사상 최악의 노동자·농민 학살 사건으로 기록된다.

소설『저택』은 파업 진압 장면을 아버지, 장남, 하녀, 병사, 마을 여인 등 여러 인물의 시점을 통해 입체적으로 표현한다. 이러한 스테레오 형식의 다각적 서술 기법은 단일한 시각을 배제하고 사건에 대한 객관적인 시각을 극대화하려는 작가의 의도를 보여준다. 이는 극작가이자 언론인이었던 세뻬다 사무디오의 경험에서 비롯된 것으로, 역사적 진실을 더욱 정밀하게 복원하려는 작가의 역사 의식의 산물이다.

작가는 정령(政令)과 군사 명령문 등의 실제 자료를 소설 속에 원문 그대로 삽입하고, 화자의 감정 개입을 최소화하며 마치 카메라처럼 보고 듣는 사실만을 묘사하는 방식을 통해 담론보다는 이야기 전개에 집중한다. 이는 권위주의와 단선적 역사 서술을 넘어서려는 비판적 서사 전략이다.

파업 이후 생존자에 대한 체포와 구속 과정에서 '아버지'와 '장녀'는 재발 방지를 위한 극단적 처벌을 요구한다. 이는 상층 계급이 파업을 기득권 질서에 대한 위협으로 인식하며 지방 호족과 대지주들이 기존 체제 유지에 본능적으로 반응하는 모습을 보여주는 것이다.

당시 콜롬비아는 봉건적 잔재가 강하게 남아 있었고, 자본주의로의 전환을 가장 소극적으로 수용한 집단은 대지주 계급이었다. 이들은 경제적으로는 외국 자본과 연대하면서도 정신적으로는 봉건주의에 깊은 향수를 지녔다.

소설 속 '저택'은 보수적·전통적·권위주의적 봉건 사회의 상징으로 등장하며 그 안의 가족 구조는 정치·경제·문화·이데올로기 측면에서 봉건 질서의 전형을 드러낸다. 중심 인물인 '아버지'는 중남미 특유의 지방 토호제(Caciquismo)와 대농장 제도(Latifundio)를 계승한 절대 권력자로, 군부의 보호 아래 노동자 저항을 억누르며 지배권을 유지한다.

그는 자신의 지배적 위치를 천부적 권능으로 믿으며 착취와 통치를 정당한 행위로 받아들인다. 이러한 우월 의식은 지배 세력 간의 연대를 강화하고, 소설은 바나나 생산을 매개로 한 대지주−정부−외국 회사 간 공조 체제를 보여준다. 더불어, 종교 세력마저 비판적 중립을 잃고 권력과 유착하는 모습이 묘사되는데, 이는 종교가 사회 정의를 실현하지 못한 현실에 대한 작가의 비판 의식을 담는다.

콜롬비아 노동자 파업에 대한 무력 진압은 보수 정권과 지배 세력들이 외국 자본에 종속되어 자신들의 이해관계를 극대화하기 위해 자행한 조직적 학살 사건이었다. 이는 노동의 진정한 가치를 회복하고 인간다운 삶을 추구하고자 한 노동자들과 최대 이윤을 추구하며 노동력을 착취하려는 자본, 그리고 기존 질서를 유지하려는 권력자들의 충돌 속에서 지배층의 의지가 관철된 결과였다.

작가 세뻬다 사무디오가 『저택』을 통해 드러내고자 한 것도 바로 인간의 존엄을 파괴하고 부조리한 사회 구조를 고착시킨 정치 권력에 대한 고발이다. 그는 권력에 의해 은폐된 진실을 드러내고, 피와 땀으로 얼룩진 역사적 실체를 복원하고자 했다.

5 전환기의 미래 전망: 힘의 문화에서 이성의 문화로

소설 『저택』은 봉건 사회에서 자본주의 시민사회로 이행하는 과정에서 나타난 정치·경제·사회·문화적 이념 갈등과 대립을 핵심 구조로 한다. 이 속에서 등장인물들은 모두 이성의 질서가 아닌 부조리한 현실 속에서 인간 존재의 괴리감을 경험한다. 세뻬다 사무디오는 이러한 비논리적이고 비인간적인 질서에 저항하며 인간다운 삶과 자유를 추구하는 민중의 모습을 통해 기존 질서 안에 내재한 구조적 모순을 날카롭게 비판한다.

작가는 객관적 서사 기법을 통해 감정을 절제하고 사건을 사실적으로 묘사함으로써, 비인간적이고 비논리적인 학살이 자본주의 종속 구조와 권력 논리에 의해 자행된 것임을 분명히 고발한다. 이는 소설이 단순한 재현을 넘어, 역사적 복권과 집단 기억의 회복이라는 문학적 과제를 수행함을 보여준다.

소설 『저택』의 작가 세뻬다 사무디오는 학살 사건이 발생한 산따 마르따 출신으로서, 당시 희생자들에게 씌워진 '불순분자', '폭도'라는 규정을 거부한다. 그는 이데올로기의 정당성 주장 이전에, 왜 수많은 민간인이 이유도 모른 채 희생되어야 했는지에 대한 근본적 질문을 던지며 비이성적 권력의 논리로 구성된 사회 구조 자체에 대한 비판 의식을 드러낸다.

『저택』의 서사 구조는 작가가 체험한 사회의 모순과 시대적 집단 의식을 반영하며 논리·이성과는 무관한 힘의 논리가 반복적 증오와 복수를 유발해 결국 '저택'과 그 구성원을 파국으로 이끄는 악순환의 구조를 묘사한다. 이러한 묘사는 단지 콜롬비아만이 아닌 중남미 사회 전체의 현실을 상징적으로 형상화한 것이다.

작가는 학살의 원인을 분석하는 데 그치지 않고, 그 갈등의 근원을 제거하고 더 나은 사회 질서의 방향을 제시한다. 그는 성장 중심주의·물질 중심주의의 가치 지향을 비판하고, 향후 콜롬비아 사회가 성장과 분배의 균형, 관 주도에서 민간 주도로의 전환, 타율에서 자율과 참여로의 진화, 양적 확장에서 질적 내실화로의 이동, 권위주의에서 합리주의로의 이행을 실현해야 한다고 주장한다.

결국 세뻬다 사무디오는 '힘의 논리'에서 '이성의 논리'로의 사회 구조 전환을 시대적 갈등 해결의 열쇠로 제시하며 작품을 통해 역사적 환기와 미래적 성찰을 동시에 시도한다.

콜롬비아의 '힘의 문화'는 전통 봉건주의의 권위주의 사고와 서구 자본주의의 도입에 따라 형성된 경제적 계급 구조에서 비롯되었다. 특히 20세기 초 외국 기업이 바나나 농장 지역에 진출하면서 토지와 자본 소유에 따른 수직적 신분 질서가 뚜렷해졌다. 그 결과 유산 계급과 무산 계급, 상층과 하층 간 극단적 불평등 구조가 형성되었고, 이는 노동자의 경제적·인간적 착취로 이어졌다.

소설 『저택』에 나타난 세계처럼, 힘의 논리가 지배하는 사회에서는 지배와 피지배라는 불평등한 사회 관계가 고착되고, 공정한 사회 윤리가 무시되며 갈등 해결이 폭력과 억압에 의존한다. 대화와 이해보다 권력과 증오의 논리가 우선시되는 사회는 민주적 시민사회로 기능할 수 없고, 진정한 정의로운 공동체로 나아갈 수 없다.

소설 『저택』에서 작가 세뻬다 사무디오는 콜롬비아가 산업자본주의 사회로 성숙해 가는 과정에서 기존의 '힘의 문화'를 극복해야 한다는 의식을 드러낸다. 그는 과거의 폭력과 대립을 반복하는 사회 구조 대신, 대화와 사랑에 기초한 '이성의 문화'를 새로운 대안으로 제시한다.

그 전망은 소설의 마지막 장 「아이들(Los Hijos)」에 등장하는 제3세대의 자각을 통해 구체화된다. 이들은 처음에는 증오 때문에 폭력을 선택하지만 곧 그것이 파괴적 한계에 불과하다는 점을 깨닫고, 감정과 욕망을 스스로 절제하며 합리적 행동을 선택한다. 이는 권위주의와 배타주의를 넘어서고, 이성과 다원성의 가치를 수용하는 변화된 태도를 상징한다.

작가는 이와 같은 변화의 과정을 통해 '저택'이 상징하는 파괴된 사회를 복원할 가능성을 시사하며 새로운 사회 질서로서 합리주의적 이성의 문화를 지향한다.

이성의 문화는 비판적·창조적 이성에 기초한 합리성, 절대적 가치나 권위를 거부하고 다원적 가치의 공존을 추구, 닫힌 세계가 아닌 열린 세계, 공포와 증오가 아닌 대화의 질서, 인간 주체성과 인본주의를 존중하는 사회환경 지향으로 특징지어진다.

이성의 문화는 인간이 독재, 권력, 제도, 금력 등에 종속되지 않고, 자신의 본성과 주체성을 보존하며 살아갈 사회, 즉 자유, 평등, 정의, 희망이라는 인간 궁극의 가치를 회복하려는 비전을 담는다.

결국 작품『저택』은 단순한 사실적 묘사에 그치지 않고, 작가의 역사 의식과 시대 인식을 통해 권력 중심의 문화를 비판하고 이성과 다원주의를 추구하는 새로운 사회 통합의 원리를 제시한 문학적 성찰이라 할 수 있다. 작가는 과거 사실을 창조적으로 형상화하며 이를 통해 현 사회 집단의 핵심 가치관을 반영하고자 했다. 작품은 실제 역사적 사건에 담긴 의미를 분명히 포착하며 중남미의 현실과도 긴밀한 연관성을 지닌다. 이러한 점에서 작품은 창조된 세계와 현실 사이의 일관성을 유지하며 시대 의식과 미학적 가치를 동시에 보여주는 뛰어난 예로 평가받는다.

제 5 장

폭력의 일상화와 문학적 증언:

에벨리오 로세로의 『군대들』을 중심으로

1 기억의 서사 창조자, 에벨리오 로세로

에벨리오 로세로(Evelio Rosero)는 1958년 3월 20일 콜롬비아 보고
따에서 태어났다. 이후 가족이 보고따 남서부의 도스께브라다스
로 이주하면서 그는 청소년기 대부분을 농촌에서 보냈다. 가톨릭
계 초·중등학교에 다닌 그는 이 시기부터 사회 문제에 관심을 가
졌다.

성인이 되어 보고따로 돌아온 그는 엑스떼르나도대학(Universidad
Externado de Colombia) 커뮤니케이션언론학부에 입학했다. 청소년기
부터 글쓰기에 두각을 나타낸 그는 일간지에 단편소설을 게재하
며 작가로서의 활동을 시작했다.

1978년, 20세의 나이에 콜롬비아 '청소년문학상'을 수상했고,

〈그림 1〉·에벨리오 로세로의 모습.
출처: 출판사 New Directions.

이듬해에는 『부재자들(*Ausentes*)』로 '단편문학상(Premio Nacional de Cuento del Quindío)'을 받았다. 이후 그의 작품은 단절, 차별, 소외 등 사회적 주제를 중심으로 전개되며 이러한 테마는 그의 소설 세계의 핵심을 이룬다.

1982년부터 에벨리오 로세로의 문학은 본격적인 결실을 맺기 시작했다. 그해,『구두를 벗은 트럼펫 연주자와 막 잠들기 전에 읽는 단편선(*El trompetista sin zapatos y otros cuentos para poco antes de dormir*)』으로 멕시코 '네차우알꼬요뜰 단편문학상(Premio Iberoamericano de Libro de Cuentos Netzahualcóyotl)'을 수상하며 국제적인 주목을 받았다. 이 작품을 기점으로 그는 에로티즘과 폭력을 혼합한 독특한 문학적 기조를 확립한다.

이후 그는 3부작 소설 『고독한 마떼오(*Mateo Solo*)』(1984), 『훌리아나가 보고 있다(*Juliana los mira*)』(1986), 『피방화자(*El Incendiado*)』(1988)를 완성하며 작가로서의 입지를 더 굳혔다. 특히 『피방화자』는 1988년부터 1992년 사이 출간된 작품 중 최고의 소설로 평가받아 제2회 '고메스 발데라마상(Premio Pedro Gómez Valderrama)'을 수상했다.

1998년 발표한 『가장 긴 모퉁이(*Las esquinas más largas*)』에서는 농촌이 거친 현실을 피해 도시로 이주한 이들의 비인간적인 삶을 사실적으로 그려내며 사회적 메시지를 강화한다.

로세로는 아동문학, 청소년문학, 단편과 장편소설 등 다양한 장르를 넘나들며 꾸준히 새로운 독자층을 확보해 왔다. 그의 작품은 장르를 초월한 깊이와 문제의식을 통해 문학적 확장을 지속한다.

로세로는 주로 콜롬비아의 부조리한 현대사를 고발하는 데 집중했다. 그의 대표작 『군대들(*Los ejércitos*)』 역시 콜롬비아 사회의 광기와 폭력의 실체를 드러내는 데 초점을 맞춘다. 이 작품에서 그는 전쟁과 폭력을 유발하는 개인과 집단의 욕망, 그리고 그로 인한 사회적 파장을 깊이 있게 탐구한다.

특히 콜롬비아 정치·경제 시스템에 결정적인 영향을 미치는 무장 집단의 실상을 적나라하게 묘사하며 비이성적인 사회 구조의 본질을 고발한다. 이 과정에서 인간성의 황폐화, 부조리, 내적 갈등, 인간 존엄의 상실이라는 문제들을 날카롭게 조명한다.

『군대들』은 2006년 출간 직후 '뚜스껫스 출판사 문학상(Premio

<그림 2> • 에벨리오 로세로의 작품 『군대들』 표지.
출처: 출판사 Tusquets Editores.

Tusquets Editores de Novela)'을 수상하며 문학적 성취를 인정받았다. 이어 2009년에는 영국《인디펜던트》지가 선정한 '최우수 외국 문학상(The Independent Foreign Fiction Prize)'을, 2019년에는 덴마크 '알로아상(Premio ALOA)'을 수상하며 국제적인 명성을 확고히 했다.

이 작품은 전쟁으로 인해 인간의 삶이 어떻게 파괴되는지를 섬세하게 그려내는 동시에, 인간 존재에 대한 깊은 성찰을 담았다고 평가받는다. 로세로는 『군대들』을 통해 콜롬비아 내부 갈등이 낳은 수십 년간의 잔혹한 현실을 기억과 망각의 순환 속에서 체화하고, 이를 서사로 풀어낸다.

『군대들』은 콜롬비아 사회에 만연한 폭력과 불합리한 구조, 그리고 그로 인해 고통받는 민중의 현실을 세계에 알리는 강력한 문학적 증언이다. 이 작품은 문학이 인권과 어떻게 맞닿을지를 보여주는 대표적인 사례로, 로세로를 세계적 작가의 반열에 올려놓았다.

2 콜롬비아의 삼중 폭력: 게릴라, 마약, 군대의 교차점

콜롬비아는 독립 이후 자유당과 보수당 간의 극심한 대립 속에서 지속적인 폭력의 역사를 겪었다. 특히 1948년부터 1958년까지 이어진 정치 폭력 시대 '라 비올렌시아' 동안 약 20-30만 명이 사망하고 국가의 산업 기반은 거의 붕괴되었다.

이후 양당의 합의로 출범한 국민전선(Frente Nacional, 1958-1974) 체제는 정치·경제·사회 개혁을 지연시켰고, 그 결과 좌익 반군 게릴라와 우익 민병대가 등장했다. 이 시기부터 마약과 폭력이 사회 전반에 깊숙이 뿌리내린다.

게릴라, 준군사 조직, 마약 마피아들은 마약 밀매를 주요 자금원으로 삼았으며 그 수익은 콜롬비아 통화의 평가절상을 초래했다. 이는 농산물과 산업 수출 경쟁력을 약화해 경제 구조를 심각하게 왜곡하는 결과를 낳았다.

1960-1970년대 콜롬비아에서는 다양한 무장 단체들이 창설되었다. 1962년에는 국민해방군(이하 ELN), 1966년에는 콜롬비아 혁명군(이하 FARC), 1970년에는 M-19(4월 19일 운동), 1974년에는 인민해방군(Ejército Popular de Liberación, EPL)이 등장했다. 이들은 기존 사

회 질서를 유지하려는 정부와 군부에 맞서 혁명적 변화를 추구한 좌익 게릴라 조직이었다.

1970년대 이후에는 이에 대응하는 우익 민병대가 세력을 확장한다. 이들은 좌익 반군에 맞서 정부군을 지원하기 위해 조직된 극우 성향의 군사 집단으로, 1990년대에는 콜롬비아 연합자경단(Autodefensas Unidas de Colombia, 이하 AUC)으로 발전한다. AUC는 농민, 축산업자, 농장주, 소상공인 등으로 구성되었으며 게릴라에 대한 자위 목적을 내세웠다. 그러나 군부, 경찰, 정치권 인사들과의 연계 속에서 이들은 대량 학살과 강제 이주를 자행하며 공포의 상징으로 변모했다.

또한 AUC를 비롯한 무장 단체들은 마약 카르텔과 연결되어 마약 밀매를 통해 자금을 조달했고, 이는 콜롬비아 사회의 폭력 구조를 더 고착시키는 요인이 되었다.

1970년대 초반, 메데인 카르텔과 깔리 카르텔로 대표되는 콜롬비아의 마약 밀매 조직은 점차 국가 조직에 영향을 미치기 시작했다. 1980년대에 들어서면서 이들 마피아 조직은 급속한 세력 확장을 통해 사회 전반에 공포를 확산시켰다.

빠블로 에스꼬바르가 이끈 메데인 카르텔은 특히 폭력성이 강하고, 깔리 카르텔보다 더 강력한 군사적 기반을 갖췄다. 이들은 암살자와 변호사를 조직적으로 연결하며 '돈 아니면 총알(plata o plomo)'이라는 공포의 논리를 통해 관료와 정치인을 굴복시켰다. 이 정책은 뇌물(돈)을 받거나, 거부하면 총알(납)을 받는다는 극단적인 협박 방식으로 악명 높았다.

〈그림 3〉・'Plata o plomo'는 빠블로 에스꼬바르가 공무원들에게 뇌물을 받거나 죽음을 택하라고 협박할 때 쓴 표현이다.
출처: Wizkha의 앨범 〈Plata o Plomo〉 커버.

1990년대에 들어서면서 콜롬비아 마약 카르텔의 경제 활동은 더욱 활발해졌고, 이를 둘러싼 무력 갈등도 심화했다. 갈등은 주로 마약의 재배, 가공, 유통을 둘러싸고 발생했으며 이는 단순히 마약 밀매 조직만의 문제가 아니라 지역 패권을 놓고 경쟁하는 다양한 집단 간의 충돌에서 비롯되었다.

이러한 폭력의 확산은 게릴라, 준군사 조직, 마약 밀매 조직, 정치 세력 간의 복잡한 연합 관계를 형성하게 했다. 이 합종연횡 속에서 가장 큰 이득을 본 집단은 준군사 조직과 게릴라 조직이었다. 그들은 오랜 기간 치열한 전투로 인해 큰 피해를 보았지만, 새로운 연합 구조를 통해 자금과 영향력을 확보하며 세력을 재정비할 수 있었다.

콜롬비아의 폭력 주체 간 전략적 제휴는 국가 상황을 더욱 복잡하게 만들었다. 먼저 극우 성향의 준군사 조직과 마약 카르텔 간의 협력이 강화되었다. 이 동맹은 초기에는 좌익 게릴라와 공산당에 맞서기 위한 목적이었으나, 시간이 지나며 폭력은 통제 불가능한 수준으로 확산했다. 그 결과 좌익 인사뿐 아니라 무고한 농민, 법관, 기자, 정치인까지 희생되기에 이른다.

정부군과 준군사 조직 간의 협력도 이루어졌다. 정부군은 이들의 작전을 후방에서 지원하며 세력 확장을 묵인하거나 방조했다. 동시에 제도권 인사들과 마약 밀매 조직 간의 동맹도 지속되었다. 정치권과 사법기관 일부는 사면과 같은 법적 편의를 제공하고, 자금 세탁에도 협조함으로써 마약 밀매 조직의 영향력을 강화하는 데 일조했다.

폭력 주체 간의 복잡한 연합으로 인해 사건의 책임을 명확히 규명하기 어려워졌다. 희생자들은 정부에 대한 신뢰를 잃고, 단지 폭력에서 벗어나기를 바란다. 특히 외곽 농촌 지역에서는 이런 현상이 두드러진다. 주민들은 지배 세력이 게릴라든, 준군사 조직이든, 마약 밀매 조직이든 상관없이, 그 지역에서 가장 강력한 집단의 질서에 따를 수밖에 없다. 실제로 콜롬비아 남부와 남동부에서는 게릴라가 주류 판매, 토지 분쟁, 혼인 문제까지 관여하며 세금까지 징수하는 실정이다.

주민들은 상대편에 의해 종속적 삶을 살 수밖에 없고, 결국 이쪽 혹은 저쪽 편에 설 수밖에 없는 힘없는 주민들만 피해자가 되는 구조다. 작품 『군대들』에 나타난 주민들의 기억에도 어느 쪽이든 폭력의 주체이기는 마찬가지다.

이스마엘은 어느 편을 선택하는 것이 무의미하다고 말한다. 그는 이쪽이든 저쪽이든, 모두 본질적으로 다를 바 없는 존재들이라고 본다. 누가 어느 편에 속해 있느냐는 중요하지 않으며 결국 모두 같은 부류라는 냉소적 시각을 드러낸다. 이는 작품이 특정 집단이나 이념에 기대지 않고, 모든 행위자를 비판적으로 바라보려는 태도를 보여준다.

게릴라에 맞서 농촌의 안전을 명분으로 창설된 우익 준군사 조직은 결국 마약 재배와 유통을 자금원으로 삼으며 새로운 갈등을 낳는다. 이들의 등장은 무력 집단 간 경쟁을 격화시키고, 살인·납치·대학살·성폭행·강제 이주 등 다양한 형태의 폭력을 증가시켜 민간인 희생을 초래한다. 『군대들』은 이러한 현실을 바탕으로 희생자들의 고통에 초점을 맞추며 모든 무장 집단의 폭력을 입체적으로 형상화한다.

1998년 대통령이 된 안드레스 빠스뜨라나(Andrés Pastrana Arango, 1954-)는 FARC와 평화를 위한 대화를 시작했고, 알바로 우리베 벨레스(Álvaro Uribe Vélez, 1950-, 2002-2010 집권)의 뒤를 이은 후안 마누

엘 산또스 깔데론(Juan Manuel Santos Calderón, 1951-, 2010-2018 집권) 정권 동안에 대화의 결실을 본다. 산또스 대통령은 2015년 9월 23일 FARC와 협정에 합의하며 평화협정의 이정표를 세웠고, 2016년 11월 24일 최종 협정이 서명되면서 약 50년간 이어진 폭력의 역사가 일단락된다.

에벨리오 로세로의 『군대들』은 이 평화협정 이전까지 콜롬비아 전역에서 벌어진 폭력 사태를 형상하며 비판적 시각으로 그 현실을 조명한다.

3 에로티시즘에서 폭력의 기억으로

소설의 배경인 산 호세에서 벌어지는 모든 사건은 화자 이스마엘 빠소스의 시선을 통해 전개된다. 그는 70세의 은퇴한 교수로, 부인 오띨리아는 교사 출신이며 산 비센떼에서 40년 전 그를 만났다. 이스마엘은 말보다 바라보는 것을 즐기며 특히 여성을 몰래 관찰하는 데서 기쁨을 느낀다. 그는 관음증적 성향을 지니며 문틈이나 거울, 카메라 등을 통해 여성을 훔쳐본다. 때로는 들킬 위험이 그에게 흥분을 더하지만 숨거나 피하지 않고 사다리를 오르며 적극적으로 관찰을 이어간다. 여자의 남편이 나타나도 개의치 않는다.

이스마엘의 훔쳐보기는 순진한 이상 성욕처럼 묘사되며 대상인 헤랄디나와 그녀의 남편도 이를 악의 없는 일탈로 받아들인다. 반란군의 개입으로 공포가 지배하는 마을에서 일상을 벗어나려는 욕망의 표현일 뿐이다. 그의 관음증은 새삼스러운 일이 아니며 아내 오띨리아도 이를 알고 묵인한다.

그러나 오띨리아의 말처럼 그것이 단순하고 천진한 행동이라 보긴 어렵다. 이스마엘의 훔쳐보기는 욕망이 깃든 부적절한 행위이며 무력감까지 내포한다. 오띨리아는 겉으로는 무관심한 척하지만 속으로는 걱정하며 결국 체념한다. 교수는 여전히 옆집 여인을 음탕하게 바라보며 훔쳐보기는 그에게 억눌린 일상에서의 탈출이자 숨 막히는 현실에서의 도피였다. 이 시점까지 집과 마을은 그에게 평온하고 유쾌한 공간이었다.

〈그림 5〉•지역 순찰 중인 콜롬비아 무장 군인들.
출처: 픽사베이.

폭력은 산 호세 마을에 서서히 스며들며 불안을 퍼뜨린다. 사람들은 침묵을 강요받고 집 안에 갇힌다. 첫 사건은 이스마엘 교수의 아내 오딜리아의 실종이다. 교수가 아내를 찾아 마을을 돌아다니며 병사들의 무례한 태도와 통행 검열을 목격하고, 폭력의 기운을 체감한다. 결국 주민들은 자발적으로 떠나거나 강제로 이주당하고, 산 호세는 평화롭던 낙원에서 폭력의 공간으로 변모한다.

이스마엘은 실종된 아내를 찾아 마을을 헤매다 집으로 돌아오지만, 그의 집도 옆집도 닫혀 있다. 더 이상 평화롭던 공간이 아니다. 헤랄디나의 남편 에우세비오도 사라지고, 교수는 아내 외에도 실종자가 늘어남을 깨닫는다. 군인들이 마을에 나타나고, 사람들은 공포에 질려 집 안에 숨어 지낸다. 이스마엘은 마을이 점점 이상해지며 새로운 폭력이 다가옴을 직감한다.

이 작품에서 집은 교수에게 아내의 기억을 떠올리는 공간으로 작용한다. 그는 집을 오가며 실종된 아내의 흔적을 되새긴다. 마지막에 집으로 돌아가기 전, 교수는 폐허가 된 헤랄디나의 집을 찾는다. 그곳에서 그는 헤랄디나의 나체 시신을 목격하고, 충격에 빠진다. 이 장면은 집이라는 공간이 더 이상 안식처가 아닌, 폭력의 흔적을 담은 장소로 바뀌었음을 상징한다.

이스마엘은 병사들의 얼굴에서 탐욕과 공포를 본다. 그늘은 각자의 욕망에 빠져 침을 흘리며 시신을 겁탈하려 줄을 선다. 이 모습을 본 이스마엘은 자신의 모습과 겹쳐 보며 자신도 모르게 그 폭력에 끌려 들어가 사건에 개입한다. 섹스의 대상이 평소 흠모하던 여성이며 이미 죽은 시신이라는 점에서 극단적 역설을 드러낸다.

이 장면은 인간적·도덕적 가치가 파괴된 상태를 보여주며 야만의 극한을 상징한다. 헤랄디나에 대한 시신 간음은 무장 단체의 비인간성과 폭력의 비이성을 고발하는 은유로 작용한다. 이는 생명 존중과 삶에 대한 경외를 정면으로 거스르는 행위다. 헤랄디나의 죽음과 반복되는 폭력은 콜롬비아 사회의 현실을 반영하며 다양한 '군대들'에 의해 인륜과 도덕이 무너진 사회를 비판한다.

이 사건과 함께 이스마엘 교수의 배회는 끝난다. 헤랄디나의 나체 시신을 본 순간이 그의 마지막 발걸음이다. 이 장면은 그가 처음부터 누려왔던 평화롭고 전원적인 공간이 완전히 사라졌음을 보여준다. 작가는 전쟁과 폭력의 혼란 속에서 개인적 관심보다 집단적 현실이 더 중요해지는 상황을 드러낸다.

초반에 행복하게 그려졌던 산 호세 마을은 점차 폭력의 희생지로 변하고, 주민들의 감성도 달라진다. 평화는 공포로, 에로티즘은 폭력으로, 삶은 죽음으로 뒤바뀐다. 유린당한 헤랄디나의 모습은 파괴된 마을의 현실을 은유적으로 상징한다.

이 소설은 혼란, 불안, 초조, 두려움, 절망 등 인물들의 심리적 흐름을 섬세하게 드러낸다. 산 호세 주민들은 불확실한 세계 속에서 태어나고 살아가며 전쟁에 대한 집단적 기억만을 차곡차곡 쌓아간다. 이스마엘 교수의 관음증 역시 현실에 대한 불안과 혼란, 절망이 표출된 병리적 현상으로 볼 수 있다. 그에게 훔쳐보기는 전쟁 속 내적 갈등을 완화해 주는 일종의 오아시스다.

그렇다면 이스마엘 교수가 내면에 침잠하고 관음증에 빠지는 사회적 불안의 원인은 무엇인지 구체적으로 살펴볼 필요가 있다.

4 집단 기억과 역사적 현실의 재구성

(1) 개인적 기억에서 집단적 기억으로

작품에서 이스마엘 교수는 자신의 생각을 가장 명확하게 드러내는 인물이다. 그는 환상에 빠진 개인적 욕망과 폭력적 현실에 대한 집단적 감정을 동시에 표현한다. 작가는 에로티즘이라는 이스마엘의 사적 욕망과 전쟁이라는 공적 시각 사이에서, 일반인들과

<그림 6>·보하야 성당에 대한 공격으로 79명이 사망했다. 대부분은 18세가 되지 않은 어린이와 청소년이었다.

출처: BBC, https://www.bbc.com/mundo/noticias-america-latina-36607031.

연결되는 공공의 일상에 더 큰 비중을 둔다. 이야기는 이스마엘의 감정을 중심으로 전개되지만, 보다 넓은 사회 구조를 조망하는 공적 시각이 우위를 점한다. 이는 소설 속 문제가 단순히 개인의 문제로 끝나지 않음을 보여준다.

작가 로세로는 에로티즘이 전쟁으로, 삶이 죽음으로 전환되는 과정을 자연스럽게 구현한다. 예를 들어 소설 초반, 그라시엘라의 아름다움을 묘사하다가 갑작스럽게 과거의 성당 폭발 사건으로 전환되는 장면은 전쟁의 참혹함을 극대화하려는 전략이다. 이 사건은 2002년 5월 2일 콜롬비아 초코주 보하야 성당에서 실제로 발생한 폭탄 테러를 형상화한 것으로, 당시 70여 명이 사망하고 80여 명의 민간인이 부상을 당했다. 무장 게릴라 FARC의 소행으로 알려졌지만, 준군사 조직 역시 책임이 있었다. 사건 발생 2주 후, 베야비스따 주민 약 천 명은 대부분 인근 비히아 델 뿌에르떼로 이주했다.

그러나 이 작품은 장소, 시간, 증언 등 저널리즘적 진정성보다는 문학적 재현에 집중한다. 성당 미사 중 폭탄이 터졌다는 설정도 충격적이지만, 더 당혹스러운 것은 공격의 주체가 불분명하다는 점이다. 주인공과 주민들은 자신들을 공격한 세력이 게릴라인지, 준군사 조직인지, 마약 밀매 조직인지, 혹은 정부군인지 알지 못한다. 이 모호함은 소설 제목이 단수형 '군대(*El ejército*)'가 아닌 복수형 '군대들(*Los ejércitos*)'인 이유이기도 하다. 주민들은 마을이 어느 군대의 손에 넘어갔는지 궁금해하지만 그 불확실성이 오히려 더 큰 불안을 유발한다. 그들은 눈에 보이지 않는 군대에 포위된 듯한 공포를 느낀다.

이 소설은 콜롬비아의 폭력 그 자체보다, 폭력이 불러온 불안과 초조, 공포, 절망을 중심으로 그려진다. 작품 전반에 걸쳐 이러한 감정들이 저변에 깔려 있으며 그 심각성이 강조된다. 주민들은 자신들이 느끼는 두려움과 불안의 원인을 어느 정도 파악할 수는 있지만, 그 책임이 누구에게 있는지는 끝내 밝혀내지 못한다. 이러한 불확실성은 결국 극심한 공포로 이어진다.

공포가 얼마나 깊은지, 마체떼에 맞아 죽는 것보다 총에 맞아 죽는 편이 낫다는 비논리적인 희망까지 등장한다. 삶에 대한 자포자기는 일상이 되어, 길거리에서 죽는 것보다 집에서 죽는 게 더 낫다고 토로할 정도다.

소설 속 이스마엘 교수는 콜롬비아 사회에 만연한 폭력의 기억을 회상하며 독자에게 전달한다. 대표적인 사례로는 다음과 같다.

첫째, 그는 40년 전 버스 터미널에서 어린 자객이 남성을 살해하는 장면을 목격한다. 살인의 이유조차 모르는 아이가 단지 돈을 위해 저지른 사건이었다.

둘째, 그의 제자 에밀리오는 스무 살도 되기 전에 골목에서 총탄에 맞아 사망한다. 가해자와 동기는 끝내 밝혀지지 않는다.

셋째, 쓰레기통에서 네 토막 난 갓난아기의 시신이 발견되고, 주민들이 십자성호를 그리는 장면을 통해 죽음이 일상화된 현실이 드러난다.

이러한 사례들은 모두 폭력이 일상에 스며들어 삶과 죽음의 경계를 흐리게 만들고, 주민들이 점차 죽음에 무감각해지는 현실을 보여준다. 이 소설은 폭력 자체보다 그로 인해 생겨나는 불안과 공포, 절망의 감정을 중심에 두며 그것이 개인과 공동체를 어떻게 무너뜨리는지를 섬세하게 드러낸다.

불안과 고통이 지배하는 사회에서는 삶 자체가 불안정할 수밖에 없다. 이스마엘 역시 자신이 언젠가는 어느 군대에 의해 죽임을 당한다는 불안에 사로잡힌다. 그에게 위협의 주체는 특정되지 않는다. 정부군일 수도 있고, 게릴라나 준군사 조직일 수도 있다. 중요한 것은 '누가'가 아니라 '언제'와 '어떻게'라는 막연한 공포다.

이처럼 가해자의 정체가 불분명하다는 점은 오히려 공포를 더 증폭한다. 총을 쏘는 손이 누구의 것인지 알 수 없다는 사실은, 사람들이 현실을 통제할 수 없다는 무력감을 느끼게 하고, 그 결과 일상은 끊임없는 긴장과 불안 속에 놓인다. 결국 이 소설은 폭력의 직접적인 묘사보다, 그 폭력이 개인의 내면에 남기는 흔적과 감정의 파장을 중심으로 삶의 불안정성과 인간 존재의 위태로움을 강조한다.

정부군 역시 민간인 학살의 주체가 될 수 있다. 베리오 대위는 게릴라와 친척이라는 이유만으로 무고한 시민을 사살하며 보호받아야 할 주민들을 폭력의 대상으로 삼는다. 이러한 권력 남용은 윗선의 지시에 따른 것이며 가해자는 처벌받지 않고 오히려 승진한다. 이는 국가 권력조차 폭력 구조에 편입되어 있음을 보여준다.

지금까지 살펴본 장면들은 콜롬비아의 현실을 그대로 반영한다. 대량 학살, 집단 사살, 폭탄 공격, 무력 투쟁 같은 단어들은 콜롬비아 언론에서 흔히 등장하며 그 피해자는 대부분 보호받지 못하는 일반 시민이다. 이들은 자신을 공격한 군대가 누구인지 끝까지 알지 못한 채 희생된다.

작가는 이러한 폭력의 현실을 단순한 은유가 아닌, 생생하고 구체적인 묘사를 통해 전달한다. 작품 속 산 호세는 폭력이 일상화된 콜롬비아 농촌 마을의 실상을 적나라하게 보여주는 공간으로 작동하며 독자에게 그 참혹함을 직접 체감하게 만든다.

(2) 폭력의 일상화와 강제 이주

콜롬비아인들은 시대를 거치며 폭력을 기억의 일부이자 일상적 삶의 일부로 받아들여 왔다. 1948년 자유당 정치인 가이딴의 암살과 그 이후 벌어진 보고따소 시절의 폭력 사태는 세대를 넘어 전해졌고, 국민은 폭력 속에서 성장했다. 1970년대에는 게릴라가 벌인 폭력이, 1980-1990년대에는 마약 테러로 인한 혼란이, 2000년대에는 준군사 조직이 자행한 무질서가 사회를 지배했다. 이 과정에서 루이스 까를로스 갈란(Luis Carlos Galán, 1943-1989), 하이메 빠르도 레알(Jaime Pardo Leal, 1941-1987) 등 많은 정치 지도자들이 희생되었고, 국민은 수십 년 동안 불안과 공포 속에서 살아야 했다. 언제, 어디서, 누구에 의해 희생될지 모른다는 두려움은 일상의 일부가 되었다.

작가 로세로가 이 작품에서 가장 우려하는 것은 바로 폭력의 습관화이다. 폭력이 일상으로 자리 잡는 현실은 결코 정상적일 수 없으며 작가는 이를 강하게 경계한다. 그는 작품을 통해 폭력에 대한 무관심과 그것을 당연하게 여기는 시각을 문제 삼으며 독자에게 경각심을 일깨우고자 한다.

1980년부터 1995년 사이, 콜롬비아에서는 30만 명 이상이 폭력으로 사망했고, 이 중 대량 학살로 인한 희생자만 5천 명이 넘는다. 테러, 납치, 살인, 성폭력, 강제 이주 등은 일상적으로 발생하는 사건들이며 사람들은 이를 더 이상 놀라운 일로 받아들이지 않는다. 그저 폭력의 일부로 인식될 뿐이다.

이러한 현실에서 등장인물들은 폭력을 일상적인 삶의 일부로 받아들인다. 자신이 아직 살아 있다는 사실에 놀라거나, 폭력이 이미 벌어짐에도 아무 일도 없는 것처럼 행동하는 모습에서 그들의 감정적 무감각이 드러난다. 처음에는 현실의 전쟁을 실감하지

〈그림 7〉・콜롬비아 역사기록센터는 지난 40년간 10년마다 약 10,000건의 납치가 발생했다는 통계를 『납치된 진실』 보고서를 통해 밝혔다.
출처: 픽사베이.

못했던 이스마엘도 점차 자신이 진짜 전쟁터 한가운데에 있다는 사실을 받아들인다.

이처럼 소설은 폭력의 반복과 일상화를 통해, 개인이 어떻게 현실에 무뎌지고 감정이 마비되어 가는지를 보여준다. 작가는 이를 통해 콜롬비아 사회의 깊은 상처와 그 안에서 살아가는 사람들의 내면을 섬세하게 드러낸다.

콜롬비아에서는 납치와 실종이 전쟁의 일부로 상시 발생하며 주민들은 이에 점차 체념한다. 납치는 군대 간의 전략적 상호작용의 결과로, 피해자들은 누구에게 당했는지도 모른 채 사라진다. 이러한 현실에서 사람들은 납치 소식을 무덤덤하게 받아들이며 감정적 반응조차 사라진다.

예를 들어, 학교 경비원 파니는 누군가의 실종 소식을 이스마엘에게 아무 감정 없이 전한다. 이는 납치가 일상화된 사회의 단면을 보여준다. 아무도 사건을 조사하려 하지 않고, 오히려 무관심이 생존을 위한 전략이다. 교구 신자들이 말하듯, 지나친 관심은 오히려 죽음을 부를 수 있다는 사실을 경험으로 알기 때문이다.

이처럼 소설은 폭력뿐 아니라 그에 대한 사회적 무감각과 체념까지도 함께 그려내며 콜롬비아의 현실을 깊이 있게 조명한다.

작기는 폭력이 일상화된 현실을 보여주는 동시에, 중앙 공권력의 부재를 지적한다. 외곽 지역일수록 국가의 보호는 미치지 않으며 주민들은 협박을 받아도 도움을 받을 수 없다. 경찰서조차 텅 비어 있고, 폭력은 이유 없이 사람을 사라지게 만든다. 백지 명부에 이름만 적히면 처형 대상이 되며 주민들의 생명은 아무런 가치 없이 취급된다.

정부의 태도는 폭력보다 더 깊은 절망을 안겨준다. 정부는 폭력 사태에 개입할 의지도 없고, 오히려 현실을 은폐하는 데 급급하다. 모든 상황이 통제된다는 말만 반복하며 대통령은 이 나라에 전쟁은 없다고 단언한다. 그의 주장대로라면 오뗼리아는 실종되지 않았고, 희생된 주민들은 단지 자연사한 것에 불과하다.

이처럼 국민을 무시하는 정부 앞에서 이스마엘은 반항할 힘도, 방법도 없다. 그는 그저 허무하게 웃으며 절망을 받아들일 뿐이다.

상황이 악화하자 주민들이 선택할 유일한 길은 마을을 떠나는 것이었다. 이는 더 나은 삶을 위한 선택이 아니라 단지 생존을 위한 결정이었다. 결국 이주 문제가 공론화되면서, 일부 주민들은 행정기관을 다른 지역으로 옮기자는 의견을 내놓았고, 다른 주민들은 이주가 해결책이 될 수 없다고 반대했다. 비록 의견은 갈렸지만, 모두가 폭력의 근본적인 문제를 해결해야 한다는 데에는 뜻을 같이했다. 언제, 누구에게 공격당할지 모르는 불안한 현실 속에서, 그들은 더 이상 안전을 기대할 수 없었다.

강제 이주는 결국 현실이 되었고, 그 여파로 마을은 급격히 붕괴했다. 2년 전만 해도 90여 채의 가구가 있었지만, 전쟁과 폭력으로 인해 현재는 약 16채만 남았다. 많은 주민이 목숨을 잃었고, 살아남은 이들은 강제로 떠나야 했다.

이스마엘 교수는 이러한 상황에서 마을의 미래를 걱정하며 스스로에게 질문을 던진다. 앞으로 몇 가구나 더 남을지, 자신들조차 이곳에 계속 머물지 알 수 없다는 것이다. 이는 자유롭고 안전한 미래를 기대하기 어려운 현실을 인식한 데서 비롯된 말이다.

주민들에게 진정한 고통은 단순한 신체적 억압이 아니다. 매일 들려오는 총소리 속에서 살아야 한다는 사실, 그리고 그 상황에서 벗어날 희망조차 없다는 절망과 불안이야말로 가장 큰 고통이다.

결국 산 호세는 두려움이 일상을 잠식한 도시로 변해 버린다. 예전처럼 자연스럽게 하루가 흘러가는 평온한 마을이 아니라 숨조차 쉬기 어려운 긴장 속에 놓인 공간이다. 사람의 온기와 이성은 사라지고, 술책과 폭력만이 남은 마을은 머리도, 심장도 없는 껍데기처럼 느껴진다. 산 호세는 더 이상 희망을 품을 수 없는, 버림받은 도시이자 미래가 존재하지 않는 도시가 되어버린 것이다.

5 미래 부재의 공간, 산 호세

산 호세는 작가가 창조한 허구의 공간이지만, 콜롬비아와 라틴아메리카 대중의 실제 삶을 압축적으로 보여주는 상징적 장소다. 작품 속 사건들은 실제 뉴스에서 접할 폭력과 희생의 이야기와 맞닿아 있으며 현실의 생생한 목격담처럼 다가온다.

산 호세 주변은 코카 재배지로, 언론에서는 전략적 요충지로 묘사하지만 이는 주민의 삶을 위한 요충지가 아니라 마약 생산과 유통에 유리한 지역이라는 의미다. 실제로 마약 밀매 조직은 코카 재배를 위한 토지를 확보하기 위해 폭력과 협박 등 모든 수단을 동원했고, 이후에는 준군사 조직과 이 지역의 패권을 놓고 충돌한다.

준군사 조직이 자행한 대학살과 그로 인한 강제 이주는, 조직이 더 이상 게릴라에게 의존하지 않고 코카인 생산의 이익을 독점하는 계기가 된다. 이처럼 산 호세는 폭력, 마약, 권력 투쟁이 얽힌 현실을 압축적으로 보여주는 공간으로 기능하며 작가는 이를 통해 콜롬비아 사회의 구조적 문제를 날카롭게 드러낸다.

전략적 요충지라는 이유로 가장 큰 피해를 보는 것은 결국 주민들이다. 평화롭던 마을은 어느새 불법과 폭력의 중심지가 되고, 다양한 군대가 몰려들면서 주민들은 속절없이 희생된다.

작가 로세로는 산 호세를 배경으로 전쟁의 무대를 사실적으로 재현한다. 마을은 군대들에 포위되고, 집들은 참호나 농경지로 전락한다. 작가는 폭력이 특정 지역에만 머무르지 않고, 콜롬비아 전역에서 반복된다는 점을 강조한다. 어제는 아빠르따도와 또리

〈그림 8〉·코카 재배지를 급습하는 콜롬비아 군인들.
출처: Crisisgroup.

비오 같은 마을이 공격을 받았고, 오늘은 산 호세가 그 대상이 되었으며 내일은 또 어떤 마을이 희생될지 알 수 없다고 말하는 장면이 있다. 이는 폭력이 언제 어디서든 발생할 현실임을 보여주며 작품 속 사건들이 실제 역사적 참사들과 긴밀히 연결되어 있음을 암시한다. 예를 들어, 아빠르따도는 안띠오끼아주에 실재하는 마을로, 2005년에는 어린이를 포함한 8명의 시민이 학살당했다. 또 리비오는 까우까주에 있는 마을로, 약 20년 전부터 게릴라의 공격으로 수많은 군인과 경찰, 시민이 희생되었다. 작가는 이러한 현실을 작품 속에 녹여내며 폭력의 반복성과 구조적 문제를 날카롭게 드러낸 것이다.

작가는 실제 역사적 사건들을 바탕으로 산 호세라는 마을을 죽음과 폭력의 상징적 공간으로 재창조한다. 그리고 이스마엘 교수의 목소리를 통해 현재 콜롬비아 사회의 참혹한 현실을 생생하게 전달하고자 한다. 산 호세는 단순한 허구의 배경이 아니라 콜롬비아 전역에서 반복되는 폭력의 축소판이다.

작가는 산 호세 외에도 보고따(Bogotá), 네이바(Neiva), 낀디오(Quindío), 뽀빠얀(Popayán), 부가(Buga), 마니살레스(Manizales) 등 다양한 지역을 언급하며 혼란과 폭력이 특정 지역에 국한된 문제가 아니라 전국적으로 확산한 구조적 현실임을 강조한다. 이는 소설 속 사건들이 콜롬비아 사회 전체의 고통을 대변함을 보여주는 작가의 전략적 선택이다.

정부 역시 산 호세 마을을 외면한다. 레스메스 교수와 시장은 마을에 설치된 참호를 제거할 방법을 찾기 위해 수도 보고따를 방문하지만 아무런 성과 없이 돌아온다. 그들이 들은 것은 정부 관계자의 냉담한 말뿐이었다. 그는 전쟁과 굶주림도 결국 사람들은 익숙해지게 마련이라는 식으로 말하며 주민들의 고통을 외면한다.

무장 집단의 폭력은 학교와 병원까지 침범한다. 아이들의 미래를 책임져야 할 교육 현장은 붕괴하고, 병원에서는 환자와 의사마저 군대에 의해 살해당하는 참혹한 일이 벌어진다. 주민들은 건강과 교육이라는 가장 기본적인 권리조차 누릴 수 없는 처지에 놓인다. 학교와 병원 같은 사회의 기초 인프라가 무너진다는 것은, 곧 콜롬비아의 미래가 무너진다는 뜻이기도 하다.

상황이 이 지경에 이르자, 주민들은 신마저도 이 마을을 버렸다고 느낀다. 그리고 그 불길한 예감은 현실이다. 마을을 지키던 사제마저 결국 떠나버린 것이다.

로세로는 작품에서 콜롬비아의 전통문화와 종교적 상징을 적극적으로 활용하며 이를 통해 현실의 모순을 드러낸다. 대표적인 예가 산 호세라는 지명이다. 본래 성인의 이름을 딴 이 마을은 종교적 보호와 평화를 상징해야 하지만 작품에서는 신에게조차 버림받은 듯한 절망의 공간으로 묘사된다.

교회는 더 이상 종교적 기능을 수행하지 못하며 마을에서 발생한 첫 번째 폭발 사고가 바로 교회에서 일어났다는 점은 매우 상징적이다. 이 사건은 주민들에게 깊은 종교적 회의감을 안겨주고, 신에 대한 믿음마저 흔들리게 만든다. 교회의 점령과 폭발은 단순한 물리적 피해를 넘어, 등장인물들의 기억에 각인된 트라우마로 남는다. 이러한 기억은 소설 전반에 걸쳐 증오와 두려움, 불안을 불러일으키는 핵심적인 정서적 배경이다.

결국 로세로는 종교적 상징을 통해, 전통적 가치가 무너지는 콜롬비아의 현실을 날카롭게 비판하며 폭력과 상실이 개인의 내면에 어떤 흔적을 남기는지를 섬세하게 그려낸다.

로세로는 작품에서 콜롬비아의 전통과 권위를 상징하는 종교적 인물과 상징들을 언급하며 이를 통해 신앙의 회복 가능성을 모색하려 한다.

루비아노 사엔스(Pedro Rubiano Sáenz, 1932-2024) 대주교와 아기 예수의 이름은 그런 시도의 일환이다. 그러나 현실은 너무나 잔혹하다. 전쟁과 갈등의 참혹함 속에서 종교의 본질은 이미 무너졌고, 그 효력도 상실된 상태다.

<그림 9>•루비아노 사엔스는 보고따 대교구의 대주교를 역임했으며, 2001년 교황 요한 바오로 2세에 의해 추기경으로 서임되었다.
출처: 위키피디아.

작가는 산 호세 주민들이 소중히 여기는 신비의 성상 아이콘을 등장시키지만, 그것조차도 주민들의 절망을 치유하거나 희망을 되살리기에는 역부족이다. 종교적 상징들은 더 이상 위안이나 구원의 역할을 하지 못하고, 오히려 무력한 존재로 남는다. 이는 종교가 폭력 앞에서 얼마나 무기력해질지를 보여주는 동시에, 콜롬비아 사회의 깊은 상처를 드러내는 장치로 작용한다.

알보르노스 신부의 행실은 산 호세에서 종교적 권위가 무너졌음을 상징적으로 보여준다. 그가 블랑까라는 여인과의 사이에서 딸을 낳은 것은 가톨릭 교리를 정면으로 위반한 행위로, 종교적 도덕성과 신뢰를 크게 훼손한다. 이러한 사건은 산 호세에서 종교적 담론이 더 이상 의미가 없음을 드러내며 주민들에게는 오히려 고립감과 불안만을 심화시킨다.

산 호세는 신의 존재를 느끼기에는 너무나 열악하고 참담한 곳이다. 신이 부재한 공간에서 사람들은 미래에 대한 희망조차 품을 수 없다. 이스마엘 역시 주민들과 마찬가지로, 자신들과 뜻을 같이하지 않는 신을 원망하며 그 부재를 안타까워한다. 종교는 더 이상 위로가 아닌, 상실과 허무를 상징하는 요소로 전락한 것이다.

로드리고 뻰또와 그의 가족은 산 호세의 절망을 가장 은유적으로 드러내는 존재다. 그는 아내와 다섯 아이와 함께 살아가며 아이들 덕분에 미래를 꿈꾸고 희망을 품는 젊은이다. 자신이 태어나고 자란 산골에서의 삶을 이어가고자 하며 산을 옮겨 살면 더 나은 삶이 가능하리라는 소박한 희망도 품는다.

그러나 그 희망은 군대의 공격으로 무참히 꺾인다. 로드리고와 그의 가족은 다른 기회를 얻지도 못한 채, 자신들이 태어난 땅에서 죽음을 맞는다. 이들의 죽음은 단순한 개인의 비극을 넘어, 산 호세라는 마을의 미래가 사라졌음을 상징한다. 더 이상 희망은 존재하지 않으며 산 호세의 날들은 절망으로 가득 차 있다. 이 마을은 이제 생명이 아닌 죽음을 품은, 이미 끝나버린 도시다.

작가 로세로는 산 호세라는 허구의 공간을 통해 실제 콜롬비아 사회의 비극적 현실을 은유적으로 드러낸다. 그는 전쟁의 직접적인 장면이나 풍경을 묘사하기보다, 그로 인해 드리워진 참혹한 그림자와 인간의 고통에 집중한다. 산 호세에 전쟁을 끌어들인 주체가 누구인지보다, 그 전쟁 속에서 희망을 잃어가는 주민들의 절망과 위기의 순간에도 침묵하는 국가의 무관심이 더 중요하다는 것이 작가의 시선이다.

이러한 태도는 단순한 문학적 창작을 넘어, 현재 콜롬비아를 지배하는 통치자들이 대중의 고통을 외면한다는 비판으로 이어진다. 산 호세처럼 버림받은 공간이 반복되는 한, 콜롬비아의 미래 역시 불확실하다는 작가의 우려가 작품 전반에 깔려 있다.

로세로는 이 작품을 통해 인본주의적 관점을 지닌 작가로서, 그리고 자신이 살아가는 시대와 국가를 예리하게 바라보는 관찰자로서 역할을 성실히 수행한다. 그는 인간 중심의 가치에 기반해 이야기를 구성하며 문학을 통해 사회의 구조적 모순과 현실의 고통을 깊이 있게 성찰하려는 태도를 분명히 보여준다.

6 문학과 현실의 경계 허물기

로세로의 『군대들』은 강한 리얼리즘적 성격을 띠며 작가 자신의 경험을 바탕으로 구성된 작품이다. 그는 어머니가 살던 깔리에서 이주해 온 사람들과 나눈 대화를 통해 실제 삶의 고통과 폭력을 생생하게 포착했고, 그들의 증언은 작품을 더욱 사실적으로 만드는 데 기여했다. 작가가 밝히듯, 아내와 딸을 납치한 자를 가리키는 손가락, 광장에서 무차별적으로 총을 쏘는 대령 등은 모두 실제 일화이며 주변 인물을 제외하면 허구는 거의 존재하지 않는다.

이처럼 로세로는 현실과 허구의 경계를 허물며 독자에게 현실 세계와 창조된 세계 사이의 일체감을 전달하려 한다. 이를 위해 그는 두 가지 주요 글쓰기 전략을 사용한다. 첫째는 주변부 인물들의 시선을 중심으로 이야기를 풀어나가는 방식이다. 이는 중심 권력이나 영웅이 아닌, 소외된 사람들의 관점에서 현실을 조명함으로써 폭력의 구조를 더욱 날카롭게 드러낸다. 둘째는 비논리적 시간 구조를 활용하는 것이다. 시간의 흐름을 단선적으로 제시하지 않고, 파편화된 기억과 감정을 따라 전개함으로써 전쟁의 혼란과 인간 내면의 불안을 효과적으로 표현한다.

결국 『군대들』은 단순한 허구가 아니라 콜롬비아의 현실을 깊이 있게 반영한 문학적 증언이며 로세로는 이를 통해 시대와 인간을 정면으로 응시하는 작가의 책임을 성실히 수행한다.

이 작품은 기존의 폭력 소설들과는 다른 방향을 취한다. 중심 권력이나 제도적 주체를 조명하기보다는, 주변부 인물들의 삶과 시선을 통해 폭력의 실체를 드러낸다. 정부, 시장, 교회, 군대 같은 권력의 중심은 배경으로 밀려나고, 이야기의 중심에는 이스마엘 교수와 그의 가족, 친구, 이웃처럼 평범하고 소외된 인물들이 자리한다. 그 외의 인물들은 이름조차 없는 산 호세의 주민들로, 모두 폭력의 희생자들이다.

작가는 이들을 '몸뚱어리들'이라 지칭하며 인간으로서의 개별성과 존엄이 지워진 존재로 묘사한다. 이는 전쟁의 잔혹함이 인간을 어떻게 익명화하고, 생명을 어떻게 무가치하게 만드는지를 극적으로 보여준다. 생존자들조차 이름 없이 남겨진 채, 마치 물리적 존재만으로 남아 있는 듯한 묘사는 폭력의 충격을 더 극대화한다.

이러한 서술 방식은 중심부의 시각에서 벗어나, 희생자의 시선과 목소리를 통해 무력 갈등의 본질을 고발하려는 작가의 의도를 분명히 한다. 로세로는 이 작품을 통해 권력의 언어가 아닌, 침묵 속에서 사라져 가는 이들의 언어로 콜롬비아의 현실을 증언하고자 했으며 바로 그 점에서 이 작품은 독창적이고 강력한 사회적 메시지를 지닌다.

작가는 콜롬비아의 역사적 현실을 풀이내기 위해 가상 평범한 현대 남성인 이스마엘 교수를 화자로 설정한다. 그의 시선은 독자의 시선과 겹치며 마을 곳곳을 배회하며 목격한 폭력과 상실의 장면들을 전달한다. 이스마엘은 단순한 관찰자가 아니라 점차 폭력의 현실을 증언하는 인물로 변화하며 그의 내면 역시 시대의 상처를 반영한다.

작품은 이스마엘의 시선을 통해 위기에 처한 산 호세 마을의 현실을 보여준다. 그는 오띨리아를 찾기 위한 여정 속에서 마을의 붕괴한 일상과 무력한 공동체를 목격하고, 그 경험을 독자에게 생생히 전달한다. 시간이 흐를수록 그의 시선은 점점 더 폭력의 본질을 꿰뚫는 증언자로서 역할한다.

그러나 소설의 마지막에 이르러, 이스마엘이 헤랄디나의 시신이 훼손되는 장면을 엿보는 순간, 그의 시선은 단순한 관찰을 넘어선다. 그 장면은 이스마엘의 시선 자체가 폭력에 물들어 있음을 암시하며 폭력의 구조가 개인의 인식과 감각마저 침범했음을 보여준다. 이는 독자에게 폭력의 파괴력이 단지 물리적 차원에 그치지 않고, 인간의 시선과 윤리적 감각까지 무너뜨릴 수 있다는 사실을 강하게 각인시키는 장면이다.

작가는 이스마엘 교수의 시선을 통해 집단의 인식을 대변하고자 한다. 이스마엘 교수와 산 호세라는 공간은 단순한 인물이거나 배경이 아니라 당대의 공식적인 담론에 맞서는 상징적 존재로 설정된다. 작가는 국가가 "전국 어디에서도 전쟁은 일어나지 않았다"라는 식으로 현실을 왜곡하는 지배 담론에 의문을 제기한다. 그는 이렇게 묻는다: 이토록 끔찍한 일이 벌어지는데, 이것이 전쟁이 아니라면 과연 무엇이 전쟁이란 말인가.

작가가 권력의 중심에 있는 인물들—정부 관계자, 시장, 군 지도자—의 시선이 아닌, 주변부 인물의 눈으로 사건을 바라보게 한 것은 이야기의 진정성과 객관성을 확보하려는 의도에서 비롯된다. 동시에 이는 기존 질서에 대한 해체 작업이기도 하다. 작가는 중심 권력의 시각을 배제하고, 소외된 이들의 경험을 통해 현실을 조명함으로써 기존의 서사 구조를 흔든다.

이러한 해체의 의도는 시간의 구성 방식에서도 드러난다. 작가는 선형적이고 논리적인 시간 흐름을 따르기보다, 파편화된 기억과 감정의 흐름을 따라 이야기를 전개한다.

작품 속 시간 구성은 산 호세 마을 주민들이 겪는 혼란과 불안의 현실을 그대로 반영한다. 이스마엘이 아내를 찾아 방황하는 동안 그의 삶은 불안정하고 위태롭고, 그로 인해 시간에 대한 인식마저 흐릿해진다. 그는 "시간은 얼마나 흘렀을까", "앞으로 나의 시간은 어떻게 흘러갈까"라고 자문하며 시간의 흐름조차 불확실하게 느끼는 내면의 불안을 드러낸다.

하지만 마을이 침공당한 지 3개월이 지난 후, 이스마엘은 직접 날짜를 세기 시작한다. 이는 시간에 대한 그의 태도가 일시적으로 변화했음을 보여준다. 그러나 그가 방 안에 혼자 갇히게 되면서, 고독감은 점점 깊어지고 시간의 흐름은 다시 망각 속으로 사라진다. 날짜를 세는 것도 잊고, 시간의 감각을 상실한 채 식사조차 잊는다.

시간을 잊는다는 것은 곧 미래가 없다는 뜻이다. 요일의 흐름도 무의미해지고, 그는 "월요일일까", "목요일일까", "토요일일까", "수요일일까", "화요일일까"처럼 요일조차 확신하지 못한 채 의문으로 표현한다. 이는 희망의 부재, 삶의 무의미함, 그리고 깊은 두려움을 드러내는 작가의 서술 기법이다. 고통에 찬 절망적 현실을 표현하는 방식이며 이러한 시간 구성은 콜롬비아인들이 실제로 느끼는 비관주의와 우울감을 문학적으로 형상화한 것이다.

이처럼 소설 속 비이성적이고 비논리적인 시간 구조는 독자에게 전통적인 소설 읽기 방식에서 벗어나도록 요구한다. 이는 전쟁으로 인해 세상을 이해할 기준을 잃어버린 희생자들의 실제 경험을 독자에게 전달하려는 작가의 의도이며 문학적 구성과 현실의 고통이 긴밀하게 결합해 있음을 보여주는 중요한 장치다.

7 구조적 폭력에 대한 문학적 성찰과 비판

작품 『군대들』은 콜롬비아의 폭력적 현실을 모두 담아내기에는 한계가 있지만, 에벨리오 로세로가 창조한 산 호세의 폭력상은 콜롬비아 어느 마을에서도 충분히 일어날 보편적인 이야기로 읽힌다. 소설의 서사 담론은 콜롬비아 군대가 야기한 폭력에 초점을 맞추며 군대는 인간의 영혼을 마비시키고 타락시키는 절대적 존재로 묘사된다. 그로 인해 주민들은 오랜 시간 다양한 방식으로 피해 보아 왔고, 그 영향은 공동체 전체에 깊은 상흔을 남긴다.

『군대들』은 콜롬비아의 내전을 주제로 한 역사소설의 성격을 띠며 폭력학적 요소를 다수 포함한다. 작품 곳곳에는 실제 피해자들의 증언이 반영되어 있으며 인권 문제 또한 주요한 주제로 다뤄진다. 로세로는 이러한 서사를 통해 콜롬비아 사회의 폭력적 구조에 대한 깊은 이해를 바탕으로, 날카롭고 비판적인 시선을 제시한다. 작품은 단순한 허구를 넘어, 현실을 직시하고 성찰하려는 문학적 태도를 견지하며 독자에게 강한 울림을 전달한다.

에벨리오 로세로는 『군대들』을 통해 전쟁의 타락 속에서 비무장 시민, 즉 인간 존재의 고통과 현실을 섬세하게 그려낸다. 이 작품은 소설이 인간의 삶 그 자체를 담아내는 장르임을 잘 보여주는 예로, 로세로는 집필 과정에서 특정 군대나 정치적 이념에 치우치지 않겠다는 입장을 분명히 했다. 이러한 태도는 작품 전반에 걸쳐 드러나며 특정 집단이나 인물을 옹호하지 않고 중립적인 시각을 유지하려는 의도가 엿보인다.

　그런데도 『군대들』은 콜롬비아 사회에 만연한 폭력을 명확히 비판하며 국가가 생산하는 공식 담론과는 다른 목소리를 낸다. 로세로는 중심 권력이 아닌 주변부 인물들의 기억을 통해 전쟁의 어두운 그림자와 공포에 짓눌린 민중의 감정, 그리고 응축된 절망과 분노를 전달한다. 이는 단순한 서술을 넘어, 폭력에 침묵하거나 외면하는 사회 구조에 대한 깊은 문제의식을 드러낸다.

　소설에서 에벨리오 로세로는 이스마엘 교수라는 인물을 통해 비관과 절망이 짙게 깔린 회의주의적 전망을 제시한다. 이스마엘은 폭력의 일반화를 수용하지는 않지만, 마을의 혼란 속에서 생명을 유지하는 것이 얼마나 어려운지를 인정한다. 그는 전쟁의 부조리와 고립된 존재로서의 의식을 마주하며 자신의 정체성조차 무의미하다는 사실을 깨닫는다. 결국 그는 '어차피 죽을 목숨'이라는 인식 속에서, 군인들이 이름을 묻는다면 "이름이 없다"고 답하겠다고 결심한다. 이는 존재의 소멸을 자각한 인간의 마지막 저항이자 체념이다.

　로세로의 회의주의는 단순한 감정적 반응이 아니라 콜롬비아 사회의 폭력 구조와 기능 정지에 대한 정확한 현실 인식에서 비롯된다. 그에게 '민주적 안녕'이라는 말은 콜롬비아의 현실과는 어울리지 않는 공허한 이상일 뿐이다. 그의 회의주의는 이성의 위기와 폭력의 논리조차 설명할 수 없는 부조리한 세계를 반영한다.

　작가는 또한 독자에게 질문을 던진다. 우리가 전쟁 속에서 태어나고 죽음을 맞이하는 현실을 안다면, 왜 그토록 무관심하게 살아가는가. 로세로는 이 일상화된 무관심을 강하게 비판하며 그것이야말로 폭력의 지속을 가능케 하는 구조적 공모라고 지적한다. 『군대들』은 이러한 문제의식을 통해, 단순한 서사 이상의 사회적 성찰을 담아낸 작품이다.

에벨리오 로세로는 『군대들』을 통해 전쟁이 인간의 삶에 미치는 실질적인 영향을 깊이 있게 그려낸다. 그는 단순히 전쟁의 순간을 묘사하는 데 그치지 않고, 폭력이 인간의 탄생 이전부터 존재하며 죽음 이후에도 끝나지 않는다는 사실을 상기시키며 전쟁 속 삶의 참혹함을 강조한다. 교육, 의료, 종교처럼 인간적인 삶을 유지하는 데 필수적인 기반이 황폐해진 현실은 미래와 희망이 사라졌음을 보여준다. 삶에 대한 존중은 물론, 죽음에 대한 최소한의 예의조차 실종된 이 모습은 오늘날 콜롬비아의 현실을 상징한다.

그러나 로세로는 단순한 고발이나 비판에 머무르지 않는다. 그는 문학이 콜롬비아의 폭력을 치유할 수 있다고 믿는다. 문학은 즉각적인 변화를 일으키지는 않지만, 인간의 인식과 행동을 바꾸는 힘이 있다고 확신한다. 그래서 그는 이 작품을 통해 콜롬비아의 갈등을 외면하지 않고, 마치 푸닥거리처럼 직접 마주하며 싸우고자 했다. 이러한 문학적 대면을 통해 독자뿐 아니라 폭력으로 인해 상처 입은 사람들 역시 치유될 수 있다고 그는 믿는다. 로세로의 문학은 고통을 직시하면서도, 그 고통을 넘어설 가능성을 함께 품는다.

에벨리오 로세로의 소설 『군대들』은 무장 집단의 폭력에 대한 사회적 무관심을 극복하고, 잊힌 역사를 다시 기억할 것을 강하게 요청한다. 이 작품은 단지 콜롬비아 내부의 문제를 다루는 데 그치지 않고, 라틴아메리카는 물론 전 세계 문학 독자들에게도 유효한 메시지를 전달한다. 로세로는 산 호세라는 상징적 공간을 통해, 폭력의 실체와 그로 인한 인간적 고통을 보편적인 문제로 확장한다.

그는 콜롬비아의 폭력이 특정 지역이나 집단의 문제가 아니라 인간 전체가 직면한 일반적이고 총체적인 문제임을 강조한다. 따라서 이 문제는 국제적인 연대와 관심을 통해 해결되어야 한다는 입장을 견지한다. 로세로는 문학을 통해 세계인의 시선을 콜롬비아로 향하게 하고, 폭력의 항구석 해결을 촉구한다. 『군대들』은 기억의 복원과 감정의 공유를 통해, 폭력에 침묵하지 않고 맞서는 문학의 힘을 보여주는 작품이다.

제 6 장

광산 노동자의 삶과 사회 구조에 대한 비판적 고찰:

페르난도 소또 아빠리시오의 『쥐들의 반란』을 중심으로

1 침묵을 문학으로 바꾸는 작가, 소또 아빠리시오

페르난도 소또 아빠리시오(Fernando Soto Aparicio, 1933-2016)는 콜롬비아 보야까(Boyacá)주 소차(Socha)시에서 태어났다. 그는 15세의 나이에 신문에 시를 발표할 만큼 글쓰기에 뛰어난 재능을 보였다. 이후 프랑스 주재 유네스코에서 외교관으로 활동한 뒤 귀국해 보고따에 정착했고, 시인, 언론인, TV 드라마 작가 등 다양한 분야에서 활약했다. 그러나 그의 창작 활동의 중심은 시와 소설에 있었다.

소또 아빠리시오는 진실을 말하지 못하는 현대 사회의 현실을 고발하고자 했으며 이는 콜롬비아를 넘어 전 세계를 향한 그의 문학적 사명이었다. 바로 그것이 그가 글을 쓰는 이유였다. 그의 작

<그림 1> • 페르난도 소또 아빠리시오의 모습.
출처: vidaiconica, https://vidaiconica.com/biografia-de-fernando-soto-aparicio/#google_
vignette.

품은 대부분 시급한 사회 문제를 다루며 이를 통해 그는 사회의 대변인 역할을 자처했다.

그의 대표작 『쥐들의 반란(*La rebelión de las ratas*)』(1962)은 지금도 콜롬비아 학생들에게 필독서로 추천될 만큼 문학사적으로 중요한 위치를 차지한다. 이 작품은 띰발리(Timbalí)라는 가상의 마을을 배경으로 지역성과 보편성을 절묘하게 결합하며 탄광 회사와 광부 사이의 깊은 갈등을 섬세하게 탐구한다. 특히 1950-1960년대 콜롬비아 탄광 지역 노동자들의 비인간적인 노동 환경과 인간 생태계의 파괴를 문학적으로 형상화한 점에서 높은 평가를 받는다.

소또 아빠리시오는 이 작품을 통해 일그러진 콜롬비아 사회의 모습을 고발하는 동시에, 새로운 사회를 향한 비판적 전망을 제시한다.

『쥐들의 반란』을 관통하는 핵심 개념은 '노동 착취'와 '불공정'이다. 페르난도 소또 아빠리시오는 당시 콜롬비아 사회에 깊이 뿌리내린 가진 자와 못 가진 자, 착취자와 피착취자 사이의 대립 구조를 적나라하게 드러내며 인간을 지배하는 비이성적 욕망의 실체를 고발한다. 그는 이러한 구조 속에서 발생하는 인간성의 황폐화, 사회적 부조리, 내면의 갈등, 그리고 인간 존엄의 상실 문제에 깊은 관심을 기울인다.

작품 속 노동자들은 점점 심화하는 착취에 저항하며 파업을 결의하고, 이에 위협을 느낀 탄광 회사는 경찰을 동원해 무력으로 노동자들을 진압한다. 파업은 결국 실패로 끝나지만, 그 과정에서 드러난 사회적 불평등과 폭력, 열악한 노동 환경은 작품의 중심을 이루며 독자에게 강한 인상을 남긴다.

소또 아빠리시오는 이 소설을 통해 라틴아메리카 사회가 직면한 가장 시급하고도 비인간적인 현실을 비판적으로 조명하며 동시에 인간적·사회적 가치에 대한 뚜렷한 전망을 제시한다. 바로 이러한 점에서 그의 작품은 높은 평가를 받으며 이는 본 연구가 주목하는 핵심이기도 하다.

그의 문학적 성취는 국내외에서 인정받았다. 1960년, 그는 소설 『천복자(天福者)들(Los Bienaventurados)』로 제1회 '뽀빠얀 국제상(Premio Internacional en Popayán)'을 수상했고, 『쥐들의 반란』으로는 '스페인어 부문 선정상(Premio Selecciones Lengua Española)'을 수상했

다. 이어 1970년에는 쿠바에서 '까사 데 라스 아메리까스상(Casa de las Americas)'을, 1971년에는 스페인에서 '무르시아 도시상(Premio Ciudad de Murcia)'을 받으며 세계적인 작가로 자리매김한다.

페르난도 소또 아빠리시오의 『쥐들의 반란』이 특별한 주목을 받는 이유는 단순히 세계적으로 인정받은 작가의 작품이기 때문만은 아니다. 이 소설은 허구로 창조된 세계와 실제 콜롬비아의 사회 현실 사이의 일관성과 사실성이 뛰어나기 때문에 더욱 깊은 관심을 불러일으킨다. 『쥐들의 반란』은 침묵 속에 묻힌 진실을 폭로하고 정의를 향한 행동을 촉구하는 문학적 선언이다.

작가는 이 작품을 집필하기에 앞서, 보야까주에 위치한 광산에서 15일간 직접 광부들의 삶을 체험하며 그들의 고통과 현실을 몸소 느꼈다. 이러한 현장 경험은 작품 속 묘사에 생생함과 설득력을 더하며 독자에게 현실의 무게를 고스란히 전달한다.

『쥐들의 반란』은 이야기 전개 자체는 복잡하지 않지만, 정치·경제·사회적으로 내포한다는 의미는 매우 깊고 넓다. 작품의 주인공 루데신도는 농부로서 살아왔지만, 자신의 땅을 소유하지 못한 채 떠돌다 결국 띰발리라는 새로운 탄광 마을에 정착한다. 그는 광부로서 낯선 삶을 시작하지만 새로운 환경과 문화에 쉽게 적응하지 못한다. 루데신도의 여정은 단지 한 개인의 이야기가 아니라 당시 도시로 이주한 수많은 노동자의 집단적 경험을 상징한다.

그들은 '발전'과 '산업화'라는 이름 아래 진행된 근대화의 흐름 속에서 자본의 힘에 무방비로 노출되었고, 그 결과 굴욕과 무시, 착취를 감내해야 했다. 이 시대는 기계와 자본이 주인공처럼 군

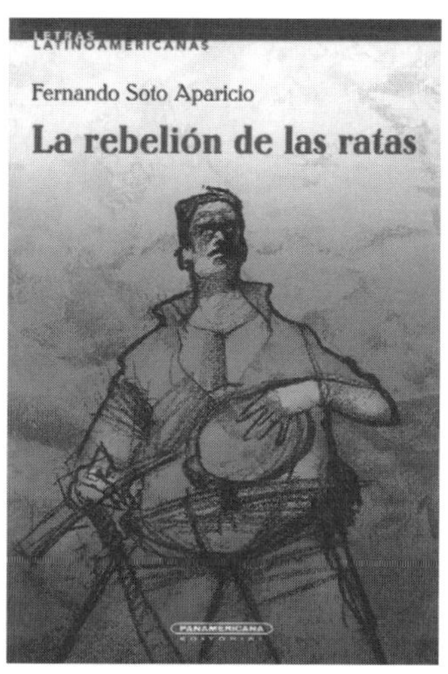

〈그림 2〉·페르난도 소또 아빠리시오의 작품 『쥐들의 반란』 표지.
출처: 출판사 PANAMERICANA EDITORIAL.

림하고, 도시와 문명이 중심이 되는 사회였다. 루데신도는 가난한 농부에서 임금노동자로 전락한 자신의 처지를 자각하며 다른 노동자들과 함께 불공정한 사회 구조를 바꿔야 한다는 인식을 갖는다. 바로 그 순간, 그는 '쥐들의 반란'을 꿈꾼다.

페르난도 소또 아빠리시오는 침묵하는 사회의 대변인으로서, 문학을 통해 억압받는 자들의 목소리를 세상에 전달하는 작가다. 그는 사회적 불공평과 구조적 착취에 맞서 언어의 힘으로 침묵을 깨고, 민중의 고통과 현실을 드러낸다.

소또 아빠리시오는 문학을 사회적 변화의 촉매제로 인식하며 독자들이 현실의 부조리를 직시하고 공감하도록 이끈다. 『쥐들의 반란』은 침묵하는 민중의 대변자로서, 정의와 평등을 향한 인간의 끊임없는 투쟁을 상징한다. 그의 작가 의식은 문학을 통해 사회적 불의를 고발하고, 보다 공정하고 인간적인 사회를 향한 희망을 제시하는 데 있다. 그는 말할 수 없는 자들의 언어가 되어, 침묵을 문학으로 바꾸는 작가다.

이 작품이 단순한 허구가 아니라 구체적인 사회 구조의 산물임을 이해하기 위해 작품의 배경이 되는 20세기 중반 콜롬비아와 보야까 지역의 석탄 산업을 간략히 살펴보자.

2 검은 땅의 기억: 콜롬비아와 보야까의 석탄 이야기

1899년부터 1902년까지 이어진 천일 전쟁으로 국토가 황폐해진 콜롬비아는 산업화를 통한 국가 재건이 절실한 과제로 떠올랐다. 라파엘 레예스 정부(Rafael Reyes, 재임 1904-1909)는 이러한 시대적 요구에 부응해 근대화의 기반을 마련했고, 이로써 콜롬비아의 산업 구조는 농업 중심에서 점차 광업과 제조업을 포함한 다양한 산업으로 확장되기 시작했다.

20세기 초중반에 이르러 광산업은 콜롬비아의 경제 성장과 산업화 과정에서 핵심적인 요소로 부상했다. 광산업은 지역 주민들에게 많은 일자리를 제공하며 생계 기반을 마련해 주었고, 동시에 인프라 개선을 촉진해 도로, 철도, 항구 등의 건설을 이끌었다. 광산업의 발전은 도시화에도 큰 영향을 미쳐, 주요 광산 지역 주변에는 새로운 도시와 마을이 형성되었다.

콜롬비아의 광산업은 지역별로 다양한 자원을 중심으로 발전해 왔다. 안띠오끼아(Antioquia), 보야까(Boyacá), 깔다스(Caldas), 까께따(Caquetá), 까우까(Cauca) 등 여러 지역에서는 석탄, 금, 에메랄드, 니켈, 철광석 등 다양한 광물이 채굴되었다. 이 가운데 석탄 산업은 채굴 기술의 발달과 함께 생산성이 크게 향상되었으며 산업용 석탄은 철강 산업과 에너지 생산에 필수적인 원료로 사용되었다.

1970년대 전반까지 콜롬비아의 석탄 산업은 대부문 중·소규모 광산을 중심으로 운영되었으며 생산량 역시 국내 수요를 충족시키는 수준에 머물렀다. 그러나 이후 산업화와 수출 중심 경제 전략의 영향으로 석탄 산업은 점차 확대되었고, 국제 시장에서도 경쟁력을 갖추게 되었다.

콜롬비아의 열 석탄 매장량 가운데 약 90%는 카리브해 지역에서 발견되며 이 중 가장 중요한 개발 프로젝트는 라 과히라(La Guajira)주의 엘 세레혼(El Cerrejón)과 세사르(Cesar)주의 라 로마(La Loma)에 자리 잡고 있다. 나머지 매장량은 내륙 지방인 보야까, 안띠오끼아, 까우까, 꾼디나마르까(Cundinamarca), 노르떼 데 산딴데르(Norte de Santander), 산딴데르(Santander), 바예 델 까우까(Valle del Cauca) 등지에 분포되어 있다.

20세기 중반, 콜롬비아 보야까 지역의 석탄 산업은 지역과 국가 경제를 이끄는 핵심 산업으로 성장했다. 풍부한 자원은 중공업과 철강 산업의 에너지원으로 활용되었고, 일부는 수출되어 외화 획득에 기여했다. 1940-1950년대에는 기술 발전과 외국 자본의 유입으로 채굴 방식이 기계화되며 생산 효율성이 크게 향상되었고, 보야까는 콜롬비아 석탄 산업의 중심지로 부상했다.

보야까주에서 중요한 광산들은 치까모차(Chicamocha)강 유역을 따라 분포되어 있으며 주요 도시로는 뚠하(Tunja), 빠이빠(Paipa), 소가모소(Sogamoso), 두이따마(Duitama), 띠바소사(Tibasosa), 놉사(Nobsa), 산따 로사 데 비떼르보(Santa Rosa de Viterbo), 벨렌(Belén), 빠스 데 리오(Paz de Río), 따스꼬(Tasco) 등이 있다. 이들 도시는 해발 2,200미터의 빠스 데 리오에서 해발 3,600미터의 따스꼬 사이에 있는 해발 2,500-2,550미터의 작은 계곡들로 이루어진 고원 지대에 자리 잡는다.

1948년 이후 보야까 지역의 석탄 산업을 이끌어 온 중심 기업은 '빠스 델 리오 제철소(Acerías Paz del Río)'이다. 이 회사는 처음에는 '빠스 데 리오 국립 철강 회사(Empresa Siderúrgica Nacional de Paz de Río)'라는 이름으로 설립되었으며 1954년 빠스 델 리오 제철소로 개명하면서 본격적인 생산 체제를 갖추게 되었다. 보야까 출신으로 쿠데타를 통해 권력을 잡은 구스따보 로하스 삐니야(Gustavo Rojas Pinilla, 1900-1975) 장군은 산업화의 핵심으로 철강 산업의 중요성을 강조했고, 그의 지원 아래 이 회사는 빠르게 성장했다.

빠스 델 리오 제철소는 풍부한 자원과 전략적 위치를 활용해 1950년대 보야까 지역 경제를 활성화했으며 1960년대에는 콜롬비아 유일의 통합 철강 회사로 성장해 국내 철강 생산의 30% 이상을 담당했다. 1954년 제철소의 본격 가동은 석탄 산업에 구조

〈그림 3〉•빠스 델 리오 제철소와 회사 로고. 『쥐들의 반란』에 나오는 동부석탄회사는 빠스 델 리오 제철소를 반영한 것이다.

출처: pulzo, https://www.pulzo.com/economia/pazdelrio-culmina-con-exito-su-proceso-de-recuperacion-empresarial-y-fortalece-la-industria-del-acero-en-colombia-PP4833335A.

적 변화를 일으킨 전환점이 되었으며 콜롬비아 산업화 과정에서 핵심 역할을 한 것으로 평가된다.

보야까 지역의 석탄 산업 발전은 주민들의 산업 구조 전환과 지역 경제 안정에 기여했으며 수익은 도로·학교·병원 등 공공 인프라 확충에 활용되었다. 20세기 중반에는 미국과 유럽 국가들의 외국인 투자가 콜롬비아 석탄 산업의 현대화를 이끌며 국가 경제의 핵심으로 자리 잡았다.

미국의 인터코어(Intercor)는 엑손(Exxon)의 자회사로 1980년대 초 세레혼 광산 개발에 참여하며 대표적인 투자 사례로 꼽힌다. 영국 역시 앵글로 아메리카(Anglo American), 비에이치피 빌리턴(BHP Billiton), 비피(BP) 등을 통해 석탄뿐 아니라 석유·가스 산업에도 활발히 투자하며 콜롬비아 에너지 산업 전반에 큰 영향을 미쳤다.

콜롬비아 석탄 산업의 발전은 국가 경제의 성장과 산업 개발에 중요한 기여를 했지만, 그 이면에서는 심각한 노동 착취 문제가 끊임없이 제기되었다. 탄광 노동자들은 종종 극도로 열악한 작업 환경에 놓였으며 낮은 임금과 과도한 노동 시간, 그리고 안전이 보장되지 않는 작업 조건에서 일해야 했다. 이러한 현실은 노동자들의 삶을 위협했을 뿐 아니라 노동 운동의 확산과 사회적 갈등을 촉발하는 요인이 되었다.

노동자들은 더 나은 노동 조건과 기본적인 권리를 요구하며 투쟁에 나섰고, 이는 정부와 기업에 있어 해결이 쉽지 않은 도전 과제가 되었다. 산업 발전의 그림자 속에서 벌어진 이러한 갈등은 단순한 경제적 문제를 넘어, 사회 구조의 근본적인 모순을 드러내는 계기가 되었다.

다음 절에서는 이러한 맥락을 바탕으로, 당시 탄광 노동자들이 직면했던 노동 착취의 실태에 초점을 맞추어 살펴볼 것이다. 특히 『쥐들의 반란』의 배경이 되는 띰발리 마을에서 노동자들이 체감한 불공정과 부조리의 사회 구조가 텍스트 속에서 어떻게 구체적으로 작동하는지를 분석함으로써, 작품이 제기하는 사회적 메시지를 보다 깊이 이해하고자 한다.

3 불평등이 지배하는 공간, 띰발리의 사회적 풍경

(1) 변화하는 띰발리: 산업화와 그 그림자

페르난도 소또 아빠리시오의 『쥐들의 반란』은 2월 10일(토)부터 2월 29일(목)까지의 사건을 날짜순으로 전개하며 "전에는 모든 것이 소박했고, 전원풍이었고, 평화로웠다"[1]라는 첫 문장으로 시작된다. 이 문장을 통해 알 수 있듯, 작품의 공간적 배경인 띰발리 마을은 한때 조용하고 목가적인 분위기를 간직한 시골 마을이었나.

　마을 주민 대부분은 옥수수와 감자 재배 등 농업에 종사하며 전통적인 삶의 방식을 유지해 왔다. 그들은 순박하고 공동체 의식이 강했으며 상부상조를 통해 어려움을 함께 극복하곤 했다. 이러한 삶의 방식 덕분에 마을과 주변 산림 환경은 잘 보존되어 있었고, 녹색으로 가득한 풍경은 생기와 활기를 더했다.

　그러나 마을의 평화로운 모습은 띰발리 산에 석탄과 광물이 상당량 매장되어 있다는 사실이 알려지면서 급격히 변화하기 시작한다. 자원 개발의 바람이 불어오면서 마을은 점차 산업화의 물결에 휩쓸리게 되고, 그로 인해 주민들의 삶과 공동체의 구조 역시 흔들린다.

　동부석탄회사(Compañía Carbonera del Oriente)는 어느 날 아무런 저

---

1) Fernando Soto Aparicio, *La rebelión de las ratas*, Bogotá: Plaza & Janes, 1981, p. 7.

〈그림 4〉•20세기 중반, 보야까 지역은 풍부한 석탄 자원을 바탕으로 중공업과 철강 산업의
에너지를 공급하며 지역 및 국가 경제의 중심축으로 자리 잡았다.
출처: utadeo, https://www.utadeo.edu.co/es/file/foto12jpg-2.

항 없이 자연스럽게 띰발리 마을에 들어섰고, 그 순간부터 마을은
빠르게 활기를 띠기 시작했다. 도시에서 이주해 온 수십 가구가
이 낯선 땅으로 몰려들었고, 가난과 희망이 뒤섞인 이곳은 점차
새로운 얼굴을 갖추게 되었다. 집들은 급하게 지어졌으며 양철,
나무판자, 돌, 시멘트가 마치 도시의 파편처럼 흩뿌려지며 마을의
풍경을 바꾸었다. 그렇게 '띰발리'라는 이름을 가진 새로운 마을
이 탄생했다.

정부는 '문명'과 '발전'이라는 명분 아래 탄광 회사를 국가의
희망으로 포장하며 농민들에게 전통적인 삶을 버리고 산업 노동

자로 전환할 것을 요구했다. 이는 소수의 희생을 통해 국가 경제를 살리겠다는 산업화 중심의 논리를 반영한 것이다.

이제 띰발리는 단순한 시골 마을이 아니다. 국가 광업 산업의 핵심 거점으로 탈바꿈했고, 평범했던 삶의 풍경은 그 어느 때보다 격렬하게 흔들리기 시작했다. 산업화의 물결은 마을의 정체성과 공동체의 구조를 근본적으로 뒤흔들며 주민들의 삶을 새로운 국면으로 몰아넣었다.

탄광 회사가 마을에 들어서면서 띰발리의 풍경은 급격히 변화했다. 트럭과 크레인 등 낯선 산업 기계들이 마을 곳곳을 점녕했고, 그로 인해 도로는 먼지로 뒤덮였으며 파종된 밭에는 신작로가 뚫려 농경지의 기능을 잃어 갔다. 매연으로 인해 초목은 시들고, 나뭇잎과 함께 새들의 둥지도 자취를 감추었다. 결국 띰발리는 누렇고 끈적이며 숨이 막힐 듯한 땅으로 변해 버렸다.

정오가 되면 사이렌 소리가 요란하게 울려 퍼지고, 기차의 기적 소리가 멈추면 대형 버스의 모터 소리가 이어지며 각지에서 들여온 목재를 실어 나르는 화물차 경적이 마을을 뒤흔든다. 소음은 일상이 되었고, 고요함은 영원히 사라졌다. 띰발리의 좁은 골목은 누렇게 변색했으며 그곳에서는 더 이상 평온한 순간을 기대할 수 없게 되었다.

이러한 묘사는 단지 허구적 공간의 변화가 아니라 실제 콜롬비아 빠스 데 리오 지역에서 석탄 산업으로 인해 생태계가 파괴되고 환경오염이 심화한 현실을 문학적으로 형상화한 것이다. 작품은 산업화의 이면에 자리한 생태적 파괴와 인간 삶의 질적 저하를 섬세하게 드러내며 독자에게 깊은 문제의식을 환기한다.

탄광 개발이 본격화하면서 띰발리에는 외지인의 유입이 급격히 증가했다. 이들 대부분은 재산이 없는 빈민층이거나, 도망자, 거지, 창녀, 혹은 정처 없이 떠도는 유랑자들이었다. 그들은 마을 주변의 농경지를 배회하거나 자선 단체에 몰려들며 생계를 이어 갔다. 이러한 변화 속에서 얼마 되지 않는 농토를 소유하던 농민들은 자발적으로 토지를 매각하기도 했고, 일부는 외지인의 탐욕과 압박에 못 이겨 억지로 땅을 넘겨야 했다. 결국 많은 주민이 농업을 포기하고 탄광 노동자로 전락하게 되었다.

외국인의 유입도 두드러졌다. 이들은 내국인과는 달리 마을에 '점령자' 혹은 '지배자'의 모습으로 등장했다. 영어, 프랑스어, 독일어 등을 사용하는 외국인들 가운데는 자국에서 추방된 이들도 있었고, 돈에 대한 욕망이나 호기심에 이끌려 띰발리에 들어온 이들도 있었다. 그들은 강하고 거친 말투를 사용했으며 붉은 얼굴에 금발 머리를 지닌 모습으로 묘사된다. 여성 외국인들은 키가 크고 창백한 얼굴을 해, 마을 주민들과는 뚜렷하게 대비되는 이질적인 존재로 그려진다.

탄광 개발 이후 띰발리 마을은 점차 노동자 거주 지역과 외국인 거주 지역으로 분리되었다. 노동자들이 사는 구역은 길거리가 흙먼지로 뒤덮여 있었고, 집들은 모두 같은 색으로 칠해져 있었다. 노란색 흙먼지가 지붕, 대문, 좁은 창문까지 덧칠되어, 마치 모든 것이 하나의 색으로 통일된 듯한 인상을 주었다. 이곳의 풍경과 사람들은 마치 녹이 슬어버린 것처럼 생기를 잃었고, 황량한 분위기 속에서 살아갔다.

반면 외국인 거주 지역은 넓고 잘 포장된 도로를 따라 세련된 빨간 벽돌집들이 늘어서 있으며 다양한 색의 쇠창살과 크고 깨끗한 유리창이 특징이다. 앞마당에는 희귀한 꽃들이 피어 있고, 기와지붕은 동화 속 집처럼 정성스럽게 꾸며져 있다. 먼지가 묻기만 해도 가정부가 즉시 닦아낼 정도로 청결과 관리가 철저히 이루어진다.

띰발리 주민들과 외국인의 생활 모습도 대조적이다. 주민들은 가난과 피로 속에서 알코올에 의손하며 욕설과 험남을 일삼는 황폐한 삶을 살아간다. 반면 외국인들은 교회나 카지노에서 가족과 함께 여가를 즐기고, 위스키를 마시며 품위 있고 절제된 생활을 한다. 두 집단은 생활 방식과 분위기 면에서 극명한 대조를 이루며 계층 간 삶의 질 차이가 뚜렷하게 드러난다.

띰발리 주민들 중 외국어를 이해하는 사람은 거의 없었기 때문에 외국인들의 삶을 완전히 파악할 수는 없었다. 그런데도 외형적으로 드러나는 생활 방식의 차이만으로도 주민들은 그들과 자신이 다르다는 사실을 인식하게 되었고, 점차 이질감과 위화감을 느낀다. 여기에 노동 환경과 노동 시간 대비 수입의 차이를 비교하면서 주민들의 자괴감은 더욱 깊어졌다. 이러한 감정은 시간이 흐르면서 자연스럽게 분노와 증오로 변해 갔다.

이러한 감정의 흐름은 작품 전반에 걸쳐 반복적으로 등장하는 핵심 어휘를 통해 더욱 분명히 드러난다. '분노(rabia)', '증오(odio)', '불공정(injusticia)'이라는 단어는 작품 전체에 산재되며 각각 'rabia/rabioso'는 11회, 'odio'는 17회, 'injusticia/injusto'는 23회 등장한다. 이는 단순한 감정 표현을 넘어, 구조적 불평등과 사회적 부조리에 대한 집단적 인식과 저항의 정서를 상징한다.

결국 주민들은 외국인과 권력자들의 삶과 자신들의 현실을 대비하면서, 불공정하고 불평등한 사회 구조의 문제를 자각하게 되고, 그에 대한 적개심은 점점 더 심화한다. 이러한 감정의 축적은 작품의 핵심 갈등을 형성하며 '쥐들의 반란'이라는 상징적 저항의 서사를 이끌어 가는 원동력이다.

(2) 뒤틀린 질서, 일상에 스며든 부조리의 구조

뗌발리 마을의 풍경은 그 자체로 불평등의 구조를 드러낸다. 탄광 회사에서 일하는 노동자들로 구성된 주민들과 그 회사의 외국인 임직원들 사이에는 뚜렷한 사회적 격차가 존재한다. 이러한 차이는 일상에 자연스럽게 비교의 시선을 낳으며 주민들이 가장 먼저 체감하는 불평등은 바로 주거 환경에서 비롯된다. 산 중턱에 올라 마을을 내려다보면, 그 차이는 한눈에 들어온다. 좁은 골목길 사이에 빽빽하게 들어선 노동자들의 누추한 막사들과 그 너머로 우뚝 솟은 외국인 임직원들의 호화로운 저택은 극명한 대비를 이룬다.

에스뻬넬은 이 장면을 목격하며 삶의 불공정함을 직시하게 되었고, 그 불공정에 분노하고 비판할 계기를 얻었다고 말한다. 그의 시선은 단순한 시각적 관찰을 넘어서, 구조적 불평등에 대한 자각으로 이어졌으며 이는 곧 저항의 출발점이 되었다. 주거 공간

〈그림 5〉•광부들은 하루 종일 고된 노동을 견디지만, 그에 대한 보상은 턱없이 부족해 점점 분노를 느낀다.
출처: Richard Dees, http://elradio.es/pobres-mineros-el-radio-633/.

이라는 눈에 보이는 현실은 사회적 지위와 자원의 분배를 가장 명확히 드러내는 지표였고, 그 풍경을 바라보는 행위 자체가 사회 구조를 비판적으로 바라보게 만드는 계기가 된 것이다.

이처럼 주거 공간의 위계는 단순한 생활의 차이를 넘어, 주민들에게 사회적 불공정과 계급적 억압을 직관적으로 인식하게 만드는 계기가 된다. 시선의 높이에서 드러나는 공간의 대비는 곧 삶의 격차를 상징하며 이는 주민들의 분노와 저항의 정서를 더 고조시키는 요인이다.

게다가 노동자들은 자신들의 노동이 정당하게 보상받지 못한다는 사실을 점차 깨닫는다. 땀에 절어 녹초가 될 때까지 하루 9시간씩 갱도에서 일하지만 그 대가로 받는 임금은 시간당 50센

트, 하루 일당으로는 고작 4.5페소에 불과하다. 이처럼 육체적으로 혹독한 노동을 감내하는 광부들의 한 달 임금이, 외국인 임직원들이 사무실 흔들의자에 앉아 여비서의 다리만 바라보며 보내는 반나절치 급여에도 못 미친다는 사실을 알게 되었을 때, 노동자들이 느끼는 분노는 극에 달한다.

대부분 노동자는 '더 많이 일한 사람이 더 많이 벌어야 한다'는 상식적인 정의를 믿으며 루데신도 역시 이러한 현실을 두고 불공정하다고 하소연한다. 이처럼 임금의 격차와 노동의 가치에 대한 인식은 단순한 불만을 넘어, 구조적 착취에 대한 집단적 자각으로 이어진다. 결국 이러한 불만은 점차 누적되어, 이후 발생할 파업과 반란의 씨앗이다.

떰발리 마을에서 벌어진 그리말도스와 작업반장의 충돌은 단순한 개인 간의 싸움이 아니라 구조적 불평등과 내부 권력에 대한 집단적 분노가 폭발한 상징적인 사건이다. 외국인 중심의 권력 구조 속에서, 작업반장은 같은 민족임에도 외국인의 지시에만 복종하며 동족 노동자들을 억압해 왔다. 이러한 배신적 행위는 노동자들의 누적된 불만을 키웠고, 결국 그리말도스가 작업반장의 폭력에 맞서 싸우며 이를 표출한다.

이 사건은 외부 권력에 대한 반감뿐 아니라 내부 권력자에 대한 증오가 공동체 내 갈등으로 어떻게 이어지는지를 보여준다. 특히 같은 민족이면서도 권력의 편에 서서 억압을 강화하는 인물에 대한 분노는 단순한 계급 갈등을 넘어 도덕적 배신과 정체성의 혼란을 야기한다. 노동자들이 그리말도스를 응원하며 침묵을 깨는 순간, 억눌린 감정은 하나의 행동으로 응집되고, 이는 이후 집단적 저항의 정당성과 결속력을 강화하는 계기가 된다.

그러나 이 집단적 응원과 연대의 분위기 속에서도, 그리말도스에게 가해질 보복의 가능성은 모두의 마음을 짓누른다. 회사는 분명히 띰발리 시장 리까르도 가르시아를 통해 보복에 나설 것이며 이는 권력 구조가 단지 외부에서만 작동하는 것이 아니라 지역 정치까지 포섭해 노동자들을 통제하고 억압하는 방식으로 작동함을 보여준다. 결국 이 사건은 구조적 불평등의 실체뿐 아니라 그 불평등을 유지하기 위한 권력의 복합적 연대를 드러내는 결정적 순간이다.

이러한 점에서 리까르도 가르시아 시장은 띰발리의 부조리를 상징하는 핵심 인물이라 할 수 있다. 그는 언제나 가장 강한 자들의 편에 서며 외국인 임직원, 회사 간부, 경찰, 지역 유력 인사들과 긴밀한 관계를 유지한다. 실제로 그는 일요일마다 외국인들과 어울려 하루 종일 와인을 마시며 친분을 과시한다. 루데신도가 아들의 석방을 위해 시장을 찾아갔을 때, 시장은 이미 아침부터 회사 경리부장과 역장 등과 함께 술을 마셔 반쯤 취한 상태였고, 결국 루데신도는 말도 제대로 꺼내지 못한 채 술집에서 쫓겨나고 만다.

이 사건은 루데신도에게 띰발리의 시정이 얼마나 불공정하고 권력 중심적인지를 뼈저리게 체감하게 만든 계기였다. 이전까지 막연하게 느껴졌던 불의와 불공정에 대한 분노는 이 사건을 통해 더 구체적이고 명확한 대상으로 향하게 되었고, 주민들의 저항 의식 역시 점차 현실적인 방향으로 응집되기 시작한다.

루데신도는 불의의 청산 대상으로 띰발리 시장을 지목했지만, 그 시장조차 꼼짝 못 하는 인물이 있다는 사실을 알게 되면서 더욱 깊은 혼란에 빠진다. 그 인물은 바로 엘 디아블로다. 그의 존재는 이 사회가 법과 정의가 아닌, 오직 힘의 논리에 따라 움직인다는 사실을 적나라하게 보여준다. 시장 역시 띰발리 주민들과 마찬가지로 엘 디아블로에 깊은 두려움을 품으며 실제로 그의 압력에 굴복해 빠초를 석방하는 모습을 통해 그 권력의 실체가 드러난다.

루데신도가 시장을 만나기 위해 애를 썼지만, 번번이 문전박대를 당했던 것과 달리, 엘 디아블로는 아무런 양심의 가책도 없이 시장을 움직여 원하는 결과를 얻는다. 범죄자이자 폭력의 상징인 엘 디아블로가 오히려 제도권 인물들을 통제하는 현실은, 이 마을이 얼마나 뒤틀린 권력 구조 속에 놓여 있는지를 보여주는 아이러니한 단면이다.

루데신도가 바라보는 띰발리의 세계는 모든 곳에서 불공정이 스며들어 있다. 마치 악취를 풍기는 누런 먼지처럼, 불의는 도처에 떠돌며 사람들의 삶을 짓눌렀다. 이처럼 엘 디아블로의 존재는 단순한 인물 이상의 의미를 지니며 정의가 실종된 사회에서 힘이 곧 법이 되는 현실을 상징적으로 드러낸다.

루데신도는 부정과 불의가 지배하는 사회 구조를 직접 체험하면서, 그에 대한 반감과 분노를 더욱 깊이 품는다. 그는 이 모든 불행의 근원이 가난에 있다는 사실을 절감하며 가난에서 벗어나지 못하는 현실에 원망을 느낀다. 동시에 '가난은 수치가 아니지만, 그것이 끊임없이 반복되어 왔다'는 자각과 함께, 앞으로도 이

굴레를 벗어나지 못할지도 모른다는 두려움이 그를 엄습한다. 그것은 단순한 불안이 아니라 절망에 가까운 공포였다.

결국 그는 자신의 불행한 운명을 탓하게 되고, 자신이 살아가는 공간—쓰레기통 같은 곳—은 더 이상 단순한 가난이 아니라 인간으로서의 존엄조차 위협받는 불행임을 인식한다. 가난이 구조적으로 고착된 상황에서, 부정과 불의를 바로잡기 위해서는 더 이상 평범한 방식으로는 안 된다는 깨달음에 이른다. 특단의 조치, 즉 체제를 흔들 근본적인 변화가 필요하다는 인식은 루데신도 개인의 각성을 넘어, 모든 광부의 내면에 반란의 씨앗을 심는 계기가 된다.

이러한 감정의 흐름은 단순한 불만을 넘어, 구조적 저항의 정서로 발전하며 이후 전개될 집단적 반란의 정당성과 필연성을 뒷받침하는 핵심 동력으로 작용한다.

4 혁명의 씨앗을 품은 루데신도

광산업이 본격화하면서 띰발리는 활기를 띠고 눈에 띄는 발전을 이루었다. 이 변화는 곧 전국 각지에서 다양한 계층의 사람들이 몰려드는 계기가 되었다. 출신과 배경은 제각각이었지만, 그들이 띰발리에 온 목적은 하나였다—부자가 되는 것. 사람들은 이곳으로 향하는 길이 곧 발전과 경제적 안정, 저축과 복지로 이어질 것이라 믿었다. 띰발리는 그들에게 기회의 땅처럼 보였다.

루데신도 가족 역시 이러한 희망을 품고 띰발리에 발을 디뎠다. 가난에서 벗어나고자 하는 간절한 열망, 더 나은 삶에 대한 기대는 그들을 이 낯선 땅으로 이끌었다. 그러나 그들이 마주한 현실은 기대와는 전혀 달랐다. 띰발리는 단지 기회의 공간이 아니라 불평등과 착취가 구조화된 공간이었고, 그 속에서 루데신도는 점차 자신의 삶과 사회 구조에 대한 근본적인 의문을 품는다.

루데신도는 키가 크고 마른, 지적이지 않은 남자로 부모도 모른 채 농장에서 심부름꾼으로 자랐다. 그는 주인의 채찍질을 견디며 살아야 했고, 삶에 대한 체념이 깊었다. 그런 그가 들판 노동자 빠스또라를 만나 결혼하고, 딸 마리에나와 아들 빠초를 낳아 단란한 가정을 꾸린다. 가족은 그의 유일한 기쁨이었지만, 가난은 끝내 그들을 놓아주지 않았다.

루데신도는 더 나은 삶과 물질적 만족에 대한 환상을 품고, 행복을 꿈꾸며 띰발리에 도착했다. 새 옷과 가구를 사는 삶, 단조로운 일상을 바꾸고 싶은 열망은 그를 비롯한 많은 사람의 공통된 바람이었다. 이러한 욕망은 띰발리 산업화의 원동력이 되었고, 루데신도는 동부석탄회사에 일자리를 구하러 간다. 평생 농촌에서 일해온 그는 시멘트 건물과 낯선 환경에 압도되지만, 가족을 위해 용기 내 구직에 나선다.

탄광 경험이 없는 루데신도는 일자리를 얻기 어려웠고, 영어 면접을 이해하지 못해 모욕까지 당한다. 결국 그는 붕괴한 라 뻰따다 갱도 복구 작업에 투입되는 일자리를 얻는다. 매몰된 노동자를 꺼내고 갱도를 재건하는 위험한 작업으로, 일당은 4.5페소에 불과하다. 계약서에 서명하고 카드 칩을 받는 순간, 루데신도는 자신의 처지를 뼈저리게 실감한다.

회사에서 루데신도는 이름 대신 '22048번'이라는 번호로 불렸다. 노동자는 단지 칩 하나로 구분되는 존재였고, 급여·처벌·청구 등 모든 것이 숫자로 처리되었다. 인간은 사라지고, 도구로 전락한 노동자만 남았다. 일터에 들어서는 순간 루데신도는 사람이 아닌 기계가 되었고, 회사는 그들의 고통이나 감정에 아무런 관심도 없었다. 환상과 희망을 품은 인간은 존재하지 않았고, 노동자는 그저 '희찮고 아무것도 아닌 존재'일 뿐이있다.

가족을 위해 모든 고통을 견디려 했던 루데신도는 점차 자괴감에 휩싸인다. 노동자는 모래알처럼, 파리처럼 하찮은 존재일 뿐이며 빵과 땅을 위해 싸우는 구더기 같은 삶을 살아간다는 사실을 깨닫는다. 띰발리와 회사는 더 이상 희망의 땅이 아니었고, 그가 마주한 것은 좌절과 허상이었다. 아들을 면회조차 못 하는 무력감 속에서, 그는 현실을 바꿀 힘이 없음을 인정한다. 희망이 컸던 만큼 체념도 깊었고, 그의 얼굴에는 비참함과 절망이 고스란히 새겨져 있었다.

작품에서 반복적으로 등장하는 '체념'은 주로 가난에서 비롯된다. 루데신도는 태어날 아들에게 가난을 물려주는 현실에 절망하며 심지어 아이가 태어나지 않기를 바란다. 그의 첫 체념은 농장에서 채찍질을 견디던 어린 시절에 시작되었고, 이후 영혼 깊숙이 체화되었다. 이 체념은 단순한 포기가 아니라 분노를 품은 불씨였으며 결국 반란의 불꽃으로 타오른다.

〈그림 6〉•보야까 광산 노동자들이 파업을 위한 집회를 열고 있다.

출처: PROCURADURÍA.

루데신도의 내면에 잠재된 분노에 이념적 불을 지핀 인물은 에스뻬넬이었다. 그는 노동 현실의 불평등과 외국인 우대에 대한 비판을 통해 노동자들을 의식화시켰고, 루데신도 역시 그의 연설에 감명받아 혁명가로 거듭난다. 이제 루데신도는 겁 많고 소심한 인물이 아니라 결단력 있고 반항적인 얼굴로 동료들을 향해 자발적으로 파업을 독려하는 격정적인 연설을 펼치는 인물로 변화한다.

루데신도는 노동조합 결성, 추가 근무 시간 폐지, 단체 생명보험 체결, 최저임금 인상 등 구체적인 요구를 제시하며 투쟁에 나선다. 그의 연설은 자극적이지만, 철저히 비폭력과 준법 행동을 강조하며 침착한 방식의 저항을 주장한다.

루데신도는 파업의 성공을 위해 단결과 연대, 그리고 형제애의 가치를 강조한다. 그는 빵 한 조각도 나눌 마음으로 끝까지 함께 싸워야 한다고 주장하며 공동의 목표를 위해 서로를 지지하는 자세가 필요하다고 말한다. 이러한 태도는 작가 소또 아빠리시오의 철학이 작품 속 인물에 투영된 결과다. 소또 아빠리시오는 연대를, 상대에게 보답을 기대하지 않고 기꺼이 돕는 행동이자 공동체 전체를 고려하는 지혜로운 태도로 바라본다. 그는 또한 형제애야말로 세상을 움직이는 힘이라고 믿는다. 루데신도의 말과 행동은 바로 이러한 작가의 신념을 반영한다.

루데신도는 처음엔 내면에만 반란의 용기를 품은 인물이었지만, 에스뻬넬의 연실에 감명받은 후 혁명의 필요성을 깨닫고 행농하는 사람으로 거듭난다. 가난과 불의, 불공정한 사회 구조에 대한 분노는 그를 파업 참여로 이끌며 현실을 바꾸기 위한 실천으로 이어진다. 그의 변화 과정은 동부석탄회사 노동자들이 집단으로 반란을 일으키는 흐름과 맞닿아 있다.

5 파업에서 반란까지: 노동자의 집단행동과 국가의 대응

(1) 파업의 배경과 전개 과정

라 뻰따다 탄광 노동자들은 가난과 불평등에 분노했지만, 해결책이 없다는 절망 속에서 '자선'과 '정의'의 죽음을 이야기한다. 이때 산따 브리가다 탄광 노동자들의 선동이 영향을 미치며 노조 결성과 파업의 필요성이 확산한다. 루데신도와 동료들도 이에 공감하며 저항을 공개적으로 시작하고, 그리말도스는 회사 설득 → 파업 → 폭력이라는 혁명의 3단계 계획을 제시한다. 분위기가 고조되며 마침내 2월 23일, 노동조합이 결성된다.

노동조합은 5인의 대표를 통해 회사에 노동 조건 개선을 요구했다. 생명보험 도입, 급여 인상, 사회보장기금 운용, 열악한 생활 여건 개선 등은 모두 불의와 불평등을 타파하려는 정당한 요구였다. 그러나 회사는 대표들의 말을 들으려 하지 않았고, 그들을 사무실 밖으로 내쫓았다. 생명보험은 자금 부족을 이유로 거부했고, 노동자의 궁핍은 술 탓이라며 책임을 회피했다. 임금 인상은 고려하지 않았으며 노조 결성을 반란으로 간주하고 하루 근무 시간을 오히려 1시간 연장했다.

회사의 냉담한 대응에 노동자들은 격분했고, 정의와 평등을 외치는 목소리는 더 커졌다. 결국 2월 24일 토요일, 만장일치로 총파업을 결의한다. 이는 단순한 불만 표출이 아니라 순리적 대화로는 욕구 실현이 불가능하다는 인식에서 비롯된 자발적이고 집단적인 행동이다. 총파업은 고용주와 노동자, 지배자와 피지배자 관계를 청산하고 기존 질서의 재구성을 요구하는 근본적 저항의 형태다.

노동자들은 파업 성공을 위해 신중함과 비폭력 원칙을 행동 강령으로 제시했다. 폭력, 욕설, 질서 파괴는 금지되었고, 파업은 노동 중지를 통해 사용자에게 노동자의 필요성과 현실을 인식시키는 수단이었다. 그들의 궁극적 목표는 안정과 정의의 실현이었다. 파업이 시작되자 마을은 정적에 휩싸였다. 자동차, 기차, 공장, 곤돌라 모두 멈췄고, 띰발리에는 다시 초기의 고요함과 적막이 찾아왔다.

대규모 파업으로 가장 큰 타격을 입은 것은 회사로, 하루 20만 페소 이상의 손실이 발생한다. 반면 노동자들은 하루 4페소의 일당을 잃지만, 이는 생존을 위한 전부이기에 단기적으로는 노동자들의 피해가 더 크다. 시간이 지날수록 생계에 대한 불안이 커지지만, 노동자들은 파업의 당위성을 공유하며 투쟁 의지를 높인다. 이때 정부는 외국 회사를 보호하려는 정치·경제적 이유로 개입하며 치안 확보 명목으로 띰발리에 경찰을 파견한다.

(2) 저항의 격화: 파업이 반란으로

띰발리를 감싸던 고요함은 단순한 정적이 아니었다. 그것은 다가올 격변을 예고하는 불길한 징조, 마치 폭풍전야의 침묵과도 같았다. 파업이 시작된 지 이틀이 지난 2월 26일, 수도 보고따에서 무장한 경찰 300여 명이 노란 트럭을 타고 도착했다. 권총과 소총으로 중무장한 그들은 동부석탄회사의 요청에 따라 파견된 자들이었다. 회사 경영진은 노동자들의 반란이 폭력으로 번질 것을 두려워했고, 결국 국가의 무력을 호출한 것이다.

그들이 도착하자마자 산따 브리가다 광산, 비엔또 알레그레 광산, 로까스 블랑까스 광산 입구는 물론, 라 뻰따다 지하 동굴까지 계곡 전체에 퍼져 진을 쳤다. 그들의 제복은 단순한 옷이 아니었다. 노동자들에게 그것은 죽음의 상징이었다. 수년간의 억압과 고통을 떠올리게 하는 제복 앞에서, 노동자들은 두려움에 떨었고,

불신으로 눈빛을 굳혔다. 경찰이 지나갈 때마다 그들의 입술은 혐오와 증오로 굳게 다물어졌다.

그 순간, 반란의 불씨는 더욱 거세게 타올랐다. 노동자들에게 경찰은 더 이상 질서를 지키는 수호자가 아니었다. 그들은 농촌을 파괴하고, 야만의 씨앗을 뿌린 장본인이며 조국을 병들게 한 원흉이었다. 경찰의 도착은 단지 물리적 진압의 시작이 아니라 노동자들의 분노를 더욱 깊이 각성시키는 계기가 되었다.

실제 치까모차 광산에서는 경찰의 폭력적 진압이 현실로 드러났다. 그곳에서 경찰은 작업을 거부한 열 명의 노동자를 표적으로 삼았고, 그중 후안 벨뜨란은 쇄골이 부러지는 중상을 입었다. 육체적으로 무력해진 그는 강제로 다시 일터로 끌려갔고, 결국 탈진한 채 기절하며 생명을 위협받는 지경에 이르렀다.

이 사건은 단지 한 사람의 고통으로 끝나지 않았다. 주민들의 증언에 따르면, 경찰은 남성과 아이들을 죽이고, 여성들을 성폭행하는 잔혹한 행위를 저질렀다. 그들은 '법 집행 요원'이라는 이름으로 마을에 들어왔지만, 그들의 야만성은 곳곳에 스며들어 있었다.

이러한 기억은 뗌발리 주민들에게 깊은 불안으로 다가왔다. 과거의 폭력이 다시 재현될지도 모른다는 공포는, 마을 전체를 침묵 속의 긴장으로 몰아넣었다. 경찰의 존재는 질서의 상징이 아니라 파괴와 공포의 전조였다.

노조의 요구가 회사 측에 의해 공식적으로 거절되었다는 소식이 뗌발리에 전해졌을 때, 노동자들의 분노는 걷잡을 수 없이 고조되었다. 그 순간, 기름을 붓는 듯한 사건이 터졌다——술에 취한

〈그림 7〉·노동자들의 시위는 혁명으로 번졌고, 띰발리는 폭력과 혼란에 휩싸였다.
출처: 픽사베이.

경찰이 역에서 기관사 또레스를 총으로 사살한 것이다. 이 비극은 띰발리의 '파업'을 '반란'으로 뒤바꾸는 결정적 전환점이 되었다.

노동자들은 두 손을 높이 들어 올리며 외쳤다: "혁명 만세! 노동자 만세!" 그것은 더 이상 침묵하지 않겠다는 선언이었고, 억눌린 존재들이 자신들의 목소리를 되찾는 순간이었다. 거리로 뛰쳐나온 노동자들은 타도의 대상으로 외국인, 인사부장, 작업반장, 경찰, 시장 등 회사의 권력 구조와 그 조력자들을 지목했다.

정부와 회사는 노동자들의 행동을 반란으로 간주했지만, 노동자들에게는 그것이 혁명이었다. 평화로운 시위는 무너지고 총성이 울려 퍼지며 띰발리는 폭력과 혼란에 휩싸였다. 경찰 300명과 반란군 약 1,000명이 충돌했고, 외국인 거주지를 중심으로 치열한 교전이 벌어졌다. 많은 사상자가 발생했으며 띔발리의 거리는 죽음과 파괴로 물들었다. 혁명은 되돌릴 수 없는 불길로 번져 갔다.

외국인들은 차량 두 대로 마을에서 탈출했고, 전투력에서 밀린 경찰도 후퇴했다. 반란군은 외국인 거주지를 불태우며 잠시 희열을 느꼈고, 이어 "시장 집으로 가자!"는 외침에 따라 루데신도를 포함한 일부가 리까르도 가르시아 시장의 집으로 향했다. 그곳에서 시장은 노동자에게 잔혹하게 살해된다. 주민들이 시장을 증오한 이유는 그가 착취자 편에 서서 약자들을 억압했기 때문이다. 작가는 시장의 죽음을 통해 노동자들의 욕구가 부분적으로 실현되었음을 보여주지만, 그것이 곧 정의의 완성은 아님을 시사한다.

리까르도 가르시아 시장의 죽음 이후, 반란군 약 500명이 총과 횃불을 들고 사무실 건물로 진격해 건물 사수대와 격렬한 총격전을 벌인다. 이들은 가진 것 없는 자들, 버림받고 잊힌 자들이며 불의에 맞서 싸우는 굶주린 존재들이었다. 누더기 속에서 살아온 그들이 마침내 반란이라는 극단적 유혈 사태로 나아간 것이다.

이 반란은 단순한 폭동이 아니라 구조적 불의와 사회적 배제에 대한 집단적 저항이었다. 그것은 억눌린 자들이 자신들의 존재를 드러내고, 침묵을 깨고, 정의를 요구하는 행위였다. 반란은 잊힌 자들이 역사의 중심으로 나아가려는 몸부림이자, 인간 존엄성 회복을 향한 절박한 외침이었다.

2월 29일, 윤년의 하루. 사무실 건물에서 날아온 총알 하나가 광부 루데신도의 가슴을 관통한다. 그는 그 자리에서 쓰러지고, 다시 일어나지 않는다. 그의 이름은 루데신도, 노동자 번호는 22048번. 그러나 죽음의 순간, 그는 이름도, 번호도, 감정도 없이 조용히 숨을 거둔다. 고통도 느끼지 못했고, 배고픔도 잊었으며 복수조차 떠오르지 않았다. 그가 외쳤던 '빵과 사랑과 정의'는 결국 그에게 돌아오지 않았고, 그는 그 어떤 것도 누리지 못한 채 세상을 떠났다.

루데신도의 죽음은 단순한 개인의 비극이 아니라 억압받은 존재의 상징적 희생이다. 그의 죽음은 혁명의 불꽃을 더욱 거세게 타오르게 만들며 띰반리 전체를 반란의 불길로 휘감는다. 소설은 이 죽음을 끝으로 결말을 맺지만, 혁명의 결과는 보여주지 않는다. 이는 혁명이 끝난 것이 아니라 이제 막 시작되었음을 암시하며 독자에게 상상과 해석의 여지를 남긴다.

6 『쥐들의 반란』이 제시하는 사회 구조에 대한 비판적 시선

『쥐들의 반란』은 단순한 허구가 아닌, 작가 페르난도 소또 아빠리시오의 탄광 노동 체험을 바탕으로 한 증언소설이다. 그는 콜롬비아 보야까주 빠스 데 리오의 라 차빠 탄광에서 직접 일하며 광부들의 열악한 생활, 고용주의 학대, 비참한 임금 구조, 노동조합에 대한 열망, 그리고 분노가 반란으로 이어지는 과정을 생생하게 목격했다.

이 작품은 사회를 장악한 진보의 개념에 대한 반항이며 지난

<그림 8> • 갱도 붕괴 사고가 일어난 보야까의 라 차빠(La Chapa) 광산의 모습. 『쥐들의 반란』의 라 삔따다 광산은 라 차빠 광산의 현실을 반영한 것이다.
출처: infobae, https://www.infobae.com/america/colombia/2021/03/11/no-fue-posible-rescatar-a-minero-atrapado-en-derrumbe-de-socota-boyaca/

50년간 지역 사회를 지배해 온 광업 경제의 구조적 모순에 대한 비판이다. 특히 작가는 소설 속 지리적 공간을 현실과 밀접하게 연결한다. 띰발리 마을은 빠스 데 리오를, 라 삔따다 광산은 라 차빠(La Chapa) 광산을, 동부석탄회사는 빠스 델 리오 제철소를 반영한 것이다. 실제로 빠스 데 리오에는 허름한 노동자들의 초가집과 외국인들의 호화로운 주택, 사무실, 식당, 교회, 황사 낀 거리 등이 공존했다.

이처럼 소또 아빠리시오는 현실의 공간과 인물, 구조를 문학 속에 재현함으로써, 가난한 자들에 대한 억압과 불의가 어떻게 시작되고, 어떻게 분노로 폭발하는지를 박진감 있게 그려낸다.『쥐들의 반란』은 단지 문학적 상상이 아니라 사회적 고발과 역사적 증언의 기록이다.

소또 아빠리시오가 그려낸 띰발리의 노동자 삶은 참혹하다 못해 처절하다. 그들이 겪는 가난은 단순한 결핍을 넘어선, 인간 존엄성마저 위협받는 비참함이다. 노동자들은 불공정하고 부조리한 구조 속에서 끝없이 허덕이며 그 누구도 그들의 편에 서지 않는다. 국가조차 그들을 외면한 채, 그들은 현재의 비천한 삶에서 벗어날 길을 찾지 못한다.

그들의 미래는 어둡고, 희망은 요원하다. 절망과 고립, 그리고 사회적 소외가 그들의 일상에 깊게 스며들어 있다. 소또 아빠리시오가 형상화한 것은 바로 이처럼 잊히고 배제된 계층의 목소리다. 그는 산업화의 물결 속에서 도시로 밀려든 이주 노동자들의 고통과 외침에 귀를 기울이며 그들의 침묵을 문학으로 되살려낸다.

작품 속에서 노동자를 지칭하는 표현들을 살펴보면, 당시 그들의 삶이 얼마나 비참하고 열악했는지를 짐작할 수 있다. 소또 아빠리시오는 노동자들을 쥐(ratas), 바퀴벌레(cucarachas), 개(perros), 도마뱀(lagartijas), 곤충(insecto) 등 열등한 동물에 비유하거나, 숫자(número), 칩(ficha)처럼 인간성을 박탈당한 존재로 묘사한다. 이들은 더 이상 이름을 가진 개인이 아니라 체계 속에서 소모되는 익명의 부품에 불과하다.

이뿐만 아니라 작가는 불운한 자(desgraciados), 빈곤한 자(desheredados), 비천한 자(humildes), 가진 것 없는 자(desposeídos), 버

림받은 자(desamparados), 잊힌 자(olvidados) 등의 표현을 반복적으로 사용하며 노동자의 이미지를 비천, 천박, 고아, 체념, 고독, 허기, 가난이라는 의소(sema)로 구축해 나간다. 이러한 언어적 전략을 통해 작가는 독자에게 노동자들이 왜 파업과 반란이라는 극단적인 선택을 할 수밖에 없는지를 설득력 있게 전달한다.

실제로 이 작품에서 중심이 되는 것은 반란의 결과가 아니라 그 원인과 당위성이다. 작가는 반란이 어떻게 끝났는지를 명확히 밝히지 않은 채, 그들이 왜 들고 일어날 수밖에 없었는지를 작품의 상당 부분에 걸쳐 조명한다. 마지막 장면에 이르기까지도 반란의 결말은 끝내 드러나지 않는다. 이는 독자에게 질문을 던지는 방식이며 동시에 현실의 구조적 모순을 직시하게 만드는 문학적 장치이기도 하다.

작품의 마지막은 다음과 같은 인상적인 문장으로 끝난다.

그리고 띰발리 마을 전역에 불길이 크고 붉은 날개를 펼쳤다.[2]

이 강렬한 이미지는 단순히 한 마을이 파괴된 사건을 보여주는 데 그치지 않는다. 작가는 그 장면을 통해, 억압받는 사람들의 저항 정신이 여전히 살아 숨 쉰다는 점을 전달하고자 한다. 이러한 메시지는 띰발리라는 특정 지역을 넘어서, 콜롬비아 전역, 나아가

---

2) Ibid., p. 203.

라틴아메리카 전체에 걸쳐 사회적 불평등과 억압에 맞서는 민중의 지속적인 투쟁을 상징한다.

작가의 이러한 의도는 노동자들이 반란을 일으킬 때 외치는 목소리를 통해 더욱 분명하게 드러난다. 화자는 억눌린 사람들의 외침에 귀를 기울여야 한다고 강조하며 하나님께서 모든 인간에게 동등한 권리를 주셨다는 점을 상기시킨다. 따라서 사회적으로 모욕당하고, 조롱받으며 교육이나 정보에서 소외된 사람들은 단지 생존을 위한 음식만을 요구하는 것이 아니라 자신들의 삶을 이해받고 공정한 대우를 받을 권리를 함께 요구해야 한다. 이들은 서로 연대해 하나의 목소리로 힘 있게 외침으로써, 자신들의 존재와 요구를 세상에 분명히 드러내야 한다는 것이다.

이 외침은 단순한 분노의 표현이 아니라 존엄을 회복하려는 인간의 본능적이고 집단적인 호소다. 작가는 이를 통해, 반란이 단순한 폭동이 아니라 정당한 권리를 되찾기 위한 필연적이고 도덕적인 행위임을 독자에게 설득한다. 마지막 장면의 불길은 단순한 파괴가 아니라 새로운 질서와 정의를 향한 불타는 갈망의 상징이다.

궁극적으로 소또 아빠리시오가 『쥐들의 반란』을 통해 고발하고자 한 것은, 부자가 가난한 자를 학대하고, 부자는 더 부자가 되고, 가난한 자는 더욱 가난하게 되는 사회의 불공정한 현실이다. 이 작품은 단순한 이야기 그 이상으로, 사회 구조의 모순과 계급 간의 불균형을 정면으로 겨냥한 고발문학이다.

작품 속 노동자들은 극도의 빈곤 속에서 최소한의 생존을 위해 일하지만 그 대가로 얻는 것은 피폐해진 육체와 소모된 정신뿐이다. 그들은 광산 노동의 가혹한 현실에 직면하며 인간으로서 존엄성과 생존의 권리를 지키기 위해 투쟁한다. 그러나 그들의 노력은 체계적이고 구조적인 억압 앞에서 번번이 좌절되고 만다. 노동은 생존을 위한 수단이 아니라 고통을 재생산하는 굴레가 되어버린다.

이러한 맥락에서 우리는 『쥐들의 반란』이 지닌 핵심 구조를 '불공정하고 부조리한 사회에 대한 비판적 전망'으로 이해할 수 있다. 이는 단순히 현실을 묘사하거나 감정을 전달하는 수준을 넘어서, 작가로서의 윤리적 책무가 문학 속에 충실히 구현된 결과라 할 수 있다. 소또 아빠리시오는 단지 자신의 시대를 관찰하는 목격자나, 삶을 비추는 거울 같은 존재에 머무르지 않는다. 그는 때로는 사회의 부조리를 고발하고, 인간에게 해를 끼치는 상황을 폭로하는 검사와 같은 역할을 해야 한다는 문학적 사명을 실천하는 작가였다. 이러한 작가 의식은 『쥐들의 반란』 전반에 걸쳐 강하게 드러나며 억압받는 자들의 목소리를 대변하는 문학의 힘을 보여준다.

소또 아빠리시오의 『쥐들의 반란』은 특정 지역의 이야기만을 담는 것이 아니다. 이 작품은 뗌발리나 콜롬비아, 혹은 라틴아메리카만을 배경으로 한 것이 아니라 세계 곳곳에서 벌어지는 노동자들의 현실을 반영한 보편적인 이야기이다. 콜롬비아, 칠레, 중국 등 세계 곳곳의 탄광에서 반복되는 사고와 참사들은 이 작품이 특정한 지리적 위치에만 국한되지 않음을 보여준다. 결국 이 소설은 전 세계적으로 공통된 문제를 다루며 인간의 삶과 노동, 그리고 그 속에서 발생하는 불의에 대한 보편적인 메시지를 담는다.

『쥐들의 반란』에는 인간의 보편적 가치를 중시했던 소또 아빠리시오의 평소 지론이 고스란히 반영되어 있다. 그는 작가의 역할에 분명한 입장을 가졌다.[3] 작가는 단순히 철학적이거나 법적인 관점에서 추상적인 개념으로 가치를 정의하는 사람이 아니라 그 가치를 등장인물들의 삶 속에서 구체적으로 드러내고 설명하는 사람이다. 다시 말해, 작가는 법이나 규칙을 통해 가치를 규정하는 것이 아니라 인물들이 살아가는 일상과 경험을 통해 그 가치가 어떻게 작동하는지를 보여주는 존재라는 것이다.

그는 더 나아가, 작가는 침묵하는 사회를 대신해 말해야 한다고 강조한다.[4] 즉 말할 수 없는 사람들을 대신해 목소리를 내고, 체념한 사람들을 대신해 주장하며 두려움에 떠는 사람들을 대신해 외치고, 침묵 속에 묻힌 사람들을 대신해 변호해야 하는 존재라는 것이다. 이러한 작가 의식은 『쥐들의 반란』 전편에 걸쳐 강하게 드러나며 이 작품이 단순한 문학을 넘어 사회적 고발과 윤리적 책임을 수행하는 문학적 선언임을 보여준다.

---

3) Fernando Soto Aparicio, "La libertad de la patria del hombre", *Cuadernos de Lingüística Hispánica*, No.8, 2006, p. 35.
4) Ibid., p. 27.

참고문헌

제1장 역사소설에 나타난 폭력의 구조화와 문학적 재생

마누엘 뻬레이라, 「마르께스와의 대담」, 가브리엘 가르시아 마르께스, 홍
　보업 옮김, 『아무도 대령에게 편지하지 않다』, 서울: 민음사, 1977.

Arango, Antonio Manuel, *Gabriel García Márquez y la novela de la
　violencia en Colombia*, México: Fondo de Cultura Económica,
　1985.

Augusto, Escobar M., *Imaginación y realidad en "Cien años de
　soledad*, Medellín: Ediciones Pepe, 1981.

Bell-Villada, Gene H., *García Márquez: The man and his work*, The
　University of North Carolina Press, 1990.

Caballo, Emanuel, "Gabriel García Márquez, un gran novelista
　latinoamericano", En *Nueve asedios a García Márquez*, Santiago
　de Chile: Editorial Universitaria, 1969, p. 30.

Courtés, Joseph, *Traducción de Felipe Ardilla, Hacia una aproximación modal a la huelga*, Bogotá, Inédito.

Fonnegra, Gabriel, *Las Bananeras: un testimonio vivo*, Bogotá: Círculo de Lectores, 1986.

García Márquez, Gabriel, *La Hojarasca*, Bogotá: Editorial Oveja Negra, 1988.

______, *Cien años de soledad*, Barcelona: Círculo de Lectores, 1971.

______, *El coronel no tiene quien le escriba*, Bogotá: Editorial Oveja Negra, 18a. edición, 1989.

______, "La literatura colombiana, en fraude a la nación", *ECO*, No.203, 1978.

González Bermejo, Ernesto, "Gabriel García Márquez: Ahora doscientos años de soledad", *Casa de las Américas*, La Habana, 1970.

Guillén Martínez, Fernando, *Raíz y futuro de la revolución*, Bogotá: Tercer Mundo, 1973.

Inés Mena, Lucila, "Cien años de soledad: novela de la violencia", *Hispamérica*, No.5, 1976.

Lastra, Pedro, "La tragedia como fundamento estructural de La Hojarasca", en *García Márquez*, Madrid: Taurus, 1981.

Pérus, Françoise, *Literatura y sociedad en América Latina: el modernismo*, México: Siglo XXI, 1980.

Rama, Ángel, "Un novelista de la violencia americana", En *García Márquez*, Madrid: Taurus, 1981.

Rodríguez-Luis, Julio, *La literatura hispanoamericana*, Madrid: Fundamentos, 1984.

Rodríguez Monegal, Emir, "Novedad y acronismo de Cien años de soledad", en *Revista Nacional de Cultura*(Caracas), año XXIX, No.185, julio-septiembre de 1968.

Vargas Llosa, Mario, *Gabriel García Márquez: Historia de un deicidio*, Barcelona: Barral Editores, 1971.

______, *La novela en América Latina: Diálogo*, Lima: Ediciones Universidad Nacional de Ingeniería, 1975.

제2장 폭력의 언어와 저항의 미학

Abad Faciolince, Héctor, "Estética y narcotráfico", en *Revista Número*, Separata 2-3, Bogotá, 1995, pp. 34-39.

Bogdan, Piotrowski, *La realidad nacional colombiana en su narrativa contemporánea*, Bogotá: Instituto Caro y Cuervo, 1988.

Camacho Guizado, Álvaro, "La violencia de ayer y las violencias de hoy", en varios autores, *Imágenes y reflexiones de la cultura en Colombia, Impacto de la violencia reciente en la cultura*, Tomo 3, 1989, pp. 281-305.

Dorfman, Ariel, *Imaginación y violencia en América*, Santiago de Chile: Editorial Universitaria, 1970.

Escobar Mesa, Augusto, "La violencia: ¿generadora de una tradición literaria?", en *Gaceta*, Bogotá: Colcultura, No.37, 1996.

Henao Salazar, José Ignacio, y Castañeda Naranjo, Luz Stella, *El Parlache: lenguaje de los jóvenes marginales de Medellín*, http://www.lopaisa.com/parlache.html.

______, "El Parlache: historias de la ciudad", en *Literatura y cultura, narrativa colombiana del siglo XX*, Hibridez y alteridades, Vol. 3, Compilación y edición de María Mercedes Jaramillo, Betty Osorio y Ángela Inés Robledo, Bogotá: Ministerio de Cultura, Colombia, 2000.

Jácome Liévano, Margarita Rosa, *La novela sicaresca: exploraciones ficcionales de la criminalidad juvenil del narcotráfico*, Tesis de Ph. D. University of Iowa, 2006.

Martín-Barbero, Jesús, "Jóvenes: desorden cultural y palimpsestos de identidad", en *'Viviendo a toda': jóvenes, territorios culturales y nuevas sensibilidades*, Humberto Cubiles, María Cristina Laverde y Carlos Eduardo Valderrama, eds., Bogotá: Fundación Universidad Central, 1998, pp. 22-37.

Salazar, Alonso J., *No nacimos pa'semilla*, Bogotá: Centro de Investigación y Educación Popular, 1993.

Vallejo, Fernando, *La virgen de los sicarios*, Bogotá: Alfaguara, 1994.

Von der Walde, Erna, "La sicaresca colombiana. Narrar la violencia en América Latina", en *Nueva Sociedad*, No.170, 2000, pp. 219-231.

______, "Limpia, fija y da esplendor: El letrado y la letra en Colombia a finales del siglo XIX", en *Revista Iberoamericana*, Vol. 63, Enero-junio, 1997, pp. 68-82.

제3장 광기 서린 현대사의 어두운 거울

Arrubla, Mario, y otros, *Colombia, hoy*, Bogotá: Siglo XXI, 1987.

Birdsong, Brian, "La locura y violencia en Delirio como una reflexión de la vida violenta en Colombia", *Cadencias*, 2014.

Bourdieu, Pierre, *La dominación masculina*, Barcelona: Anagrama, 2000.

Cáceres Aguilar, Dagoberto, "Imágenes masculinas y violencia simbólica en Delirio de Laura Restrepo", *Kipus*, Revista andina de letras 27, Quito: UASB, 2010.

Camacho Guizado, Álvaro, "La violencia de ayer y las violencias de hoy", en varios autores, *Imágenes y reflexiones de la cultura en Colombia, Impacto de la violencia reciente en la cultura*, Tomo 3, 1989.

Castillo, Carolina, "Colombia: violencia y narración", *Espéculo, Revista de estudios literarios*, Madrid: Universidad Complutense de Madrid, 2004.

Castillo Gálvez, Natalia, "La locura, ¿una respuesta literaria a la violencia en Colombia? En torno a *Delirio*, de Laura Restrepo", *Kamchatka*, No.3, 2014, pp. 227-259.

Castillo Granada, Álvaro, "Encuentro con Laura Restrepo", *Revista Universidad de Antioquia* 296, Antioquia: Universidad de Antioquia, 2009.

Gutiérrez Ramírez, Diana Carolina, *La locura femenina en la novela latinoamericana*, Alemania: Editorial Académica Española, 2016.

Hemstock, Caroline Beverley, *La influencia de la violencia en el sujeto femenino abyecto en Delirio de Laura Restrepo*, University of Calgary, Alberta, 2013.

Nystrom, Linn Mary, *Literatura y sociedad en Colombia: Discurso, poder y lenguaje en Delirio de Laura Restrepo*, Tesis de Maestría, Universitet I Oslo, 2009.

Ocampo López, Javier, *Historia básica de Colombia*, Bogotá: Plaza & Janés, 1990.

Ortega García, Oscar Eduardo, *Laura Restrepo y la novela histórica del tiempo presente: encuentro de tres escrituras: historia, periodismo y literatura*, Bogotá: Editorial Académica Española, 2011.

Poveda Ayala, F., *Manual de historia colombiana*, Bogotá: Thalassa Editores, 2005.

Restrepo, Laura, *Delirio*, España: Alfaguara, 2013.

Romero Quintana, Laura, *Vestigios de realismo mágico, narco-narrativa y escritura de mujer en Delirio de Laura Restrepo*, Tesis de grado, Universidad de Chile, 2010,http://www.tesis.uchile.cl/tesis/uchile/2010/fi-romero_l/pdfAmont/fi-romero_l.pdf

Sánchez-Blake, Elvira, *El universo literario de Laura Restrepo*, Bogotá: Taurus, 2007.

제4장 전환 시대의 갈등 구조와 미래적 함의

Bataille, Georges, *El erotismo*, Barcelona: Tusquets Editores, 1988.

Bachelard, Gaston, *La poética del espacio*, México: Fondo de Cultura Económica, 1986.

Beals, Ralph, y otros, *Introducción a la antropología*, Madrid: Aguilar, 1973.

Cepeda Samudio, Álvaro, *La casa grande*, Bogotá: Plaza & Janés, 1988.

Fonnegre, Gabriel, *Las bananeras: un yestimonio vivo*, Bogotá: Círculo de Lectores, 1965.

Fromm, Erich, *Sobre la desobediencia y otros ensayos*, Barcelona: Ediciones Paidós, 1984.

Freud, Sigmund, *New Introductory Lectures on Psychoanalysis*, N.Y.: W.W. Norton, 1933.

Gurméndez, Carlos, *Tratado de las Pasiones*, México: Fondo de Cultura Económica, 1986.

Gutiérrez de Pineda, Virginia, *Estructura, función y cambio de la familia en Colombia*, Bogotá: Ascofame, 1975-1976.

Halperin-Donghi, Tulio, *Historia contemporánea de América Latina*, Madrid: Alianza Editorial, 1972.

Hesnard, A., *La obra de Freud*, México: Fondo de Cultura Económica, 1972.

Lacroix, Jean, *Filosofía de la culpabilidad*, Barcelona: Editorial Herder, 1980.

Levine, Suzanne Jill, *El espejo hablado*, Caracas: Monte Avila Editores, 1975.

Marcuse, Herbert, *Eros y civilización*, Barcelona: Editorial Seix Barral S. A., 1972.

Robert L., y otros, "En Homenaje a Alvaro Cepeda Samudio", en *De Ficciones y Realidades—Perspectivas sobre Literatura Colombiana*, de Alvaro Pineda Botero y Raymond L. Williams, Bogotá: Tercer Mundo Editores, 1989.

Donato Rodríguez, Norma, "Espacio y tiempo en crisis: reseña de Los ejércitos, de Evelio Rosero", en *Dialéctica*, No.8, Buenos Aires, 2015.

Fernández Escobar, Jhon Edilson, *Desasosiego en Los Ejércitos de Evelio Rosero*, Univ del Quindío, junio de 2014.

Gardeazábal Bravo, Carlos, "Derechos humanos y corporeidad de *Los ejércitos* de Evelio Rosero", en *Chasqui*, Vol.46, No.1, Mayo de 2017.

Gómez Andrés, Javier, *El espacio narrativo en tres novelas de Evelio José Rosero*, Medellín: Universidad EAFIT, 2013.

Jiménez Enviado, Arturo, "Escribo para exorcizar el dolor de la violencia: Evelio Rosero", en *La Jornada*, domingo 6 de mayo de 2007, http://www.jornada.unam.mx/2007/05/06/index.php?section=cultura&article=a03n1cul.

Moraña, Mabel, "Violencia, sublimidad y deseo en Los ejercitos, de Evelio Rosero", en *La escritura del límite*, Madrid: Iberoamericana/Vervuert, 2010.

Padilla Chasing, Iván Vicente, "Los ejércitos: novela del miedo, la incertidumbre y la desesperanza", en *Literatura: teoría, historia, crítica*, Vol.14, No.1, ene-jun de 2012.

Palacios, Marco, *Violencia Pública en Colombia, 1958-2010*, Bogotá: Fondo de Cultura Económica, 2012.

Pécaut, D., *Guerra contra la sociedad*, Bogotá: Editorial Planeta Colombiana S. A., 2001, p. 201.

Ramírez, Liliana, "Redspirando desde los asediados: una lectura de Los ejércitos de Rosero y Los vigilantes de Diamela Eltit", en *Estudios de Literatura Colombiana*, No.33, julio-diciembre, 2013.

Rosero, Evelio José, *Los ejércitos*, México: Editorial Tusquets, 2014.

Vásquez Córtes, Carlos, y Zapata Torres, Nhora Constanza, *De las víctimas reales a las ficcionales en la novela Los ejércitos de Evelio José Rosero*, Universidad del Valle, Cali, 2016.

제6장 광산 노동자의 삶과 사회 구조에 대한 비판직 고찰

Arroyave Villa, Norberto Alonso, *Timbalí: una ciudad que cobra vida en la pluma de Soto Aparicio*, Medellín: Universidad Pontificia Bolivariana, Tesis doctoral, Anexo 1, 2014.

Avellaneda Cusaría, José Alfonso, "Aproximación a la historia ambiental de la minería en Boyacá", *HALAC*, Belo Horizonte, Vol.3, No.1, septiembre 2013-febrero, 2014.

Cárdenas, Mauricio, y Reina, Mauricio, "La Minería en Colombia: Impacto Socioeconómico y fiscal", *Cuadernos de Fedesarrollo*, No.25, Colombia: La Imprenta Editores Ltda, Abril, 2008.

Ingeominas, *El carbón colombiano: recursos, reservas y calidad*, Bogotá: Ingeominas, 2004.

Medina López, Alberto, "'La rebelión de las ratas': cuando la realidad supera la ficción". *Noticias Caracol*, Colombia, 13 de Junio, 2020, https://noticias.caracoltv.com/colombia/la-rebelion-de-las-ratas-cuando-la-realidad-supera-la-ficcion

Parra, Esteban, "El regreso de 'La rebelión de las ratas'", *Publimetro*, 21 de junio de 2022, https://www.publimetro.co/opinion/2022/06/21/el-regreso-de-la-rebelion-de-las-ratas/

Soto Aparicio, Fernando, *La rebelión de las ratas*, Bogotá: Plaza & Janés, 1981.

______, "La libertad de la patria del hombre", *Cuadernos de Lingüística Hispánica*, No.8, 2006.

Soto Mancipe, Carlos, Escobar López, María Teresa, y Pinzón, Jorge, "Fernando Soto Aparicio, un hombre llamado Latinoamérica", *Revista Latinoamericana de Bioética*, Vol.17, No.33-2, mayo, 2017.

"La rebelión de las ratas; Fernando Soto Aparicio", *Rincón del Vago*, https://html.rincondelvago.com/la-rebelion-de-las-ratas_fernando-soto-aparicio_3.html

"Entrevista con Carlos Roberto Soto, 'El legado de Fernando Soto Aparicio'", 13 de junio, 2017, https://www.boyaca.gov.co/secretariaculturapatrimonio/el-legado-de-fernando-soto-aparicio/

문학은 어떻게 폭력을 기억하는가

콜롬비아의 폭력적 현실과 문학적 형상화

1판 1쇄 발행 2025년 12월 15일

지은이 | 유왕무
펴낸이 | 조영남
펴낸곳 | 알렙

출판등록 | 2009년 11월 19일 제313-2010-132호
주소 | 경기도 고양시 일산서구 중앙로 1455 대우시티프라자 715호
전자우편 | alephbook@naver.com
전화 | 031-913-2018, 팩스 | 031-913-2019

ISBN 979-11-994033-6-9 (93870)

* 이 책은 2019년 대한민국 교육부와 한국연구재단의 지원을 받아 수행된 연구입니다.
  (NRF-2019S1A6A3A02058027).

* This work was supported by the Ministry of Education of the Republic of Korea
  and the National Research Foundation of Korea(NRF-2019S1A6A3A02058027)